ÉPÉES ET DÉMONS

ŒUVRES DE FRITZ LEIBER
DANS PRESSES POCKET

DEMAIN LES LOUPS
LE LIVRE D'OR DE LA SCIENCE-FICTION : FRITZ LEIBER, anthologie réunie par Alain Dorémieux.

LE CYCLE DES ÉPÉES

ÉPÉES ET DÉMONS
ÉPÉES ET MORT
ÉPÉES ET BRUMES
ÉPÉES ET SORCIERS
LE ROYAUME DE LANKHMAR
LA MAGIE DES GLACES

SCIENCE-FICTION
Collection dirigée par Jacques Goimard

FRITZ LEIBER

LE CYCLE DES ÉPÉES

ÉPÉES ET DÉMONS

*Traduit de l'américain par Jacques Parsons
et Brian Hester (pour la préface)*

TEMPS FUTURS

Titre original :
SWORDS AND DEVILTRY
et : The Profession of S.F. :
Mysterious Islands (préface)

ISBN : 2-266-02930-4

PRÉFACE

MON MÉTIER : SCIENCE-FICTION ET ÎLES MYSTÉRIEUSES
par Fritz Leiber

LA première histoire que j'écrivis, en 1935, mettait en scène les personnages de Fafhrd et du Souricier Gris. C'était, même si on n'employait pas ce terme à l'époque, une aventure de sword and sorcery. *C'était* Le Jeu de l'Initié [1].

La première histoire que je parvins à vendre appartenait aussi au cycle du Souricier Gris. Il s'agit de la nouvelle Les Bijoux dans la forêt [2] *qui parut pour la première fois dans le magazine* Unknown *en 1939.*

Et maintenant, à près de quarante ans plus tard, une des dernières nouvelles que je viens de terminer, L'Ile de givre [3], *fait, encore et toujours, partie du cycle de Fafhrd et du Souricier Gris.*

Il me semble donc que ces histoires picaresques disséminées tout au long d'une vie et formant le corps de six volumes, se trouvent au cœur de mes motivations d'écrivain, expliquant autant mes débuts que l'ensemble de ma carrière.

Okay, Fafhrd et son copain ne sont pas de la S.F.; pourtant ils ont influencé, et bougrement, mes romans de S.F. même si aujourd'hui je refuse encore d'être catalogué dans un genre ou dans un autre.

Enfant ou adolescent, je fus un lecteur très conventionnel. Ni très rapide ni très vorace, comme le furent

1. Voir *Épées et brumes*, Éd. Temps Futurs, 1982.
2. Voir *Épées et Mort*, Éd. Temps Futurs.
3. Voir *Magie des glaces*, Éd. Temps Futurs.

ma femme et nombre de mes amis, j'aimais tout : le policier, l'aventure, la science-fiction, l'horreur, et, en vrac, Le Magicien d'Oz, *le* Tarzan *de Burroughs ou son* Cycle de Mars, Sherlock Holmes, Craig Kennedy « The Scientific Detective », *Verne, Wells, Stevenson, Zane Grey, Jack London ou Edgar Allan Poe. Au début, j'étais mitigé à l'égard des histoires d'horreur. A ma première rencontre avec le magazine* Weird Tales, *je le jugeai d'abord trop effrayant. De même pour le* Fu Manchu *de Sax Rohmer, j'y trouvai trop d'araignées et de mille-pattes. Et même* La Couleur tombée du Ciel [1], *d'H.P. Lovecraft, roman puissant mais maléfique, faillit pour un temps me faire abandonner la lecture d'*Amazing Stories. *Je dois dire que je leur préférais la lecture de Wells qui m'apportait d'intéressantes lueurs sur la découverte de la sexualité. Je pense en particulier à des romans tels qu'*Au temps de la comète, M. Barnstaple chez les Hommes-Dieux, *ou* The World Set Free [2]. *A l'époque, j'avais sur ces matières une ignorance et une inhibition assez prodigieuses...*

Fils unique d'acteurs tout pétris de Shakespeare, mes premières vraies lectures furent celles des dramaturges : Galsworthy, Barry, Milne, Shaw et Ibsen. Et dans le domaine des essais, je citerai Oswald Spengler, Freud et Bertrand Russel (ces deux derniers au plus grand profit, encore, de mes découvertes sexuelles... tandis qu'avec Spengler je m'initiai à une autre lecture de l'Histoire, bien différente des mornes enseignements et des tristes années de lycée occupées à rabâcher les épisodes de la Guerre de Sécession).

A l'école, je portai d'abord un certain intérêt aux disciplines scientifiques et aux maths, mais, parvenu à l'Université de Chicago, j'inclinai plus vers les sciences douces que sont biologie, psychologie ou physiologie, avant de me tourner vers la philo, domaine bien moins ardu où je satisfaisais plus aisément mes

1. Présence du futur n° 4, Éd. Denoël, 1954.
2. Inédit en français.

besoins de succès. Sans doute, aussi, cherchais-je à découvrir de nouveaux aspects de ma personnalité et de la vie en général... Sans oublier, non plus, le côté sexuel!

C'est à cette époque que je fis la connaissance d'Harry O. Fischer, natif de Louisville, Kentucky, venu en visite à Chicago. Goûts communs, imagination identique : tout nous rapprochait. Nous devînmes les meilleurs amis du monde. Pendant les cinq années qui suivirent nous échangeâmes une abondante correspondance et nous nous rencontrâmes à plusieurs occasions. Et, aujourd'hui encore, nous restons très liés.

Je l'ai déjà écrit, mais je dois le répéter, Harry eut alors une influence décisive sur la création et le développement des histoires de Fafhrd et du Souricier Gris. D'abord, en nous prenant pour modèles, il inventa les deux personnages. Et je dois avouer ici deux points qui m'ont toujours fasciné chez lui :

Harry est un lecteur prodigieux, pas moins de huit heures de lecture rapide quotidienne. Et c'est lui qui le premier attira mon attention sur des auteurs aussi divers que James Joyce, James Branch Cabell, John Webster, Jacob Wasserman, Erik Linklater, E.R. Eddison, Montague Rhodes James ou Melville.

Ensuite, il faut bien dire qu'Harry était un génie précoce de l'écriture. Ses lettres étaient un torrent d'observation, d'introspection où se mêlaient des morceaux fantastiques, satiriques ou poétiques. Toutes sortes de jeu de l'esprit ou de la rhétorique. Mes missives à côté, et c'est peut-être encore vrai aujourd'hui, étaient indigentes. Banalités, platitudes, quatre ou cinq phrases : ce qu'on écrit habituellement au dos des cartes postales. Mais à son contact, pris d'émulation, investi de cette inspiration amicale, j'entrepris moi aussi de donner à mes lettres un tour plus varié. Sous son regard fraternel et critique, j'appris à écrire... ou tout au moins, à noircir du papier.

Hasard ou coïncidence, c'est aussi à cette époque que commença à se développer en moi le goût de l'étrange, l'amour des histoires surnaturelles. Franklin MacKnight, camarade étudiant en psycho à l'U. of C. qui fit qu'Harry et moi nous nous rencontrâmes, en est sans doute à l'origine. Il me fit (re)découvrir Lovecraft dans les sordides « pulps » d'époque, j'appris à surmonter mes premiers dégoûts et, en leur place, parut une certaine admiration!... La formule de ces histoires était simple et je m'y sentais bien : bâtir soigneusement une atmosphère, installer un certain climat de terreur et le tour était joué. Explication et dénouement sous des formes minimales, pas de grands développements psychologiques, pas de conflits intérieurs ou autres nécessités de pesantes intrigues. L'histoire surnaturelle peut se terminer exactement comme elle commence : dans le plus grand mystère. J'aimais ça.

Pendant ces années d'apprentissage, je touchai un peu à tout. Je cherchai ma vocation de-ci, de-là, et je finis, au hasard, par décrocher un petit boulot rédactionnel. Puis je me mariai. Avec Jonquil Stephens, jeune et belle poétesse fraîchement venue du Pays de Galles, passionnée d'histoires de fantômes, de contes de sorcières et de tout ce qu'il faut bien appeler le fantastique moderne. Et pendant tout ce temps, toujours l'envie décrire un roman... Je suivis un cours sur les techniques narratives à Chicago et j'écrivis Confused Alarms, *histoire sans queue ni tête d'un pacte menant au suicide que je m'imaginais haute en couleur. J'entrepris un roman (aujourd'hui encore inachevé) racontant la survie au Yucatan d'une tribu Maya avec ses inévitables sciences secrètes. J'écrivis un court roman d'intrigues autour d'une machine à explorer le temps. J'écrivis aussi une bouillie de nouvelles non identifiées. Aucune vente...*

Mais bientôt, la lecture de Tros de Samothrace *de Talbot Mundy, et celle de* Moi, Claude *de Robert Graves me fit découvrir une nouvelle passion pour l'histoire. Sous le feu de l'enthousiasme, j'entrepris une nouvelle où l'on voyait Fafhrd et le Souricier évoluer aux côtés de l'empereur Claude!*

C'est cela que je repris dans Le Jeu de l'Initié. *Non sans avoir changé le décor au profit de la Syrie de l'époque hellénistique, principalement en raison du mystère qui entoure cette période, mais aussi en raison d'une nouvelle intrigue construite autour d'une ressemblance avec* La Chute de la maison Usher *de Poe me permettant de dévoiler mes inhibitions et mes curiosités sexuelles. Un frère et sa sœur sont tous deux télépathes, mais la volonté du frère domine. Celui-ci montre une grande curiosité de la vie, retenue par une crainte psychotique du contact humain. Il force donc sa sœur à la prostitution, vivant à travers elle l'expérience d'une vie de débauche. Et le contraste entre leurs modes de vie allait croissant jusqu'au paroxysme où le frère, vivant couché dans une tombe, jouissait télépathiquement des extases de sa sœur. Mais comment introduire Fafhrd et le Souricier dans cette histoire? Il force donc sa sœur à les approcher (chastement, cette fois-ci) et la transforme en « voyeur » de leurs aventures... (Au passage, je dois souligner que j'aurais sûrement été incapable* à l'époque *de résumer ainsi cette intrigue!)*

Et cette nouvelle fut refusée. Par Little, Brown & Co, par un ou deux éditeurs de romans et par la revue Weird Tales. *Un exemplaire de cette nouvelle parvint pourtant entre les mains d'H.P. Lovecraft, car Jonquil lui avait écrit, demandant comment on pouvait obtenir des exemplaires de ses œuvres et nous présentant, Harry et moi. (Comme dans mon histoire, c'était donc la femme qui prenait l'initiative de l'action. Personnellement, j'eusse préféré mourir que d'oser écrire une lettre à H.P.L.). Il nous répondit le 2 novembre 1936 et, dans les mois qui suivirent, s'établit entre nous toute une correspondance extrêmement précieuse. J'en ai retrouvé, non sans émotion, récemment la trace lors de la publication de* H.P. Lovecraft : Selected Letters 1934-1937 *aux éditions Arkham House. On trouvera là de nombreux extraits des lettres qu'il adressa alors à ma femme, à Harry ou à moi. Lorsqu'il mourut à l'hôpital le 15 mars 1937, il laissa derrière lui une dernière lettre inachevée à son ami James F. Morton qui fut publiée pour la première fois dans ce volume. À ma grande surprise, il y parlait de nous. Deux pages nous étaient consacrées ainsi qu'à mon père qu'il avait eu l'occasion de voir jouer sur scène. Voici ce qu'il écrivait :*

« La capacité artistique du fils est évidente dans un travail qu'il m'a fait parvenir pour la Noël, une série d'illustrations macabrement étranges pour quelques-uns de mes contes. Le procédé est nouveau, original, et, de façon surprenante, donne un aspect très vivant un peu à la manière semi-futuriste. Le meilleur est sûrement un dessin montrant le vol vers la Terre des entités nocturnes de Yuggoth, illustrant *Celui qui chuchotait dans les Ténèbres* [1]. De même je ferai aussi prochainement circuler parmi notre groupe une remarquable nouvelle encore inédite du jeune Leiber, *Le Jeu de l'Initié.* Ce texte a été refusé par Wright mais j'ai suggéré qu'il revienne sur sa décision. C'est un très brillant morceau d'imagination fantastique, qui se souvient de Cabell, Beckford, Dunsany, et même de Two-Gun Bob, et cela mérite d'être publié. Malheureusement, ce texte entre difficilement dans les critères commerciaux à bon marché de nos magazines, aussi est-ce la raison pour laquelle je le ferai circuler parmi nous. Cette nouvelle fait partie d'un cycle mythique extrêmement curieux né d'une correspondance entre le jeune Leiber et son meilleur ami Harry O. Fischer de Louisville, la ville aux inondations. Fischer fait lui aussi partie du cercle encombré de mes correspondants épistolaires et, à certains égards, il est peut-être encore plus remarquable que Leiber. Même s'il semble parfois manquer de puissance dans l'émotion et de profondeur dans l'analyse, son imagination est brillamment fertile. Leur cycle mythique, dû à l'origine de Fischer, inclut mon propre panthéon de Yog-Sothoth, Cthulhu et autres, et tourne autour des aventures de deux personnages errants (Fafhrd le Viking construit d'après Leiber, qui mesure près

1. In *La Couleur tombée du Ciel,* Éd. Denoël, 1954.

d'un mètre quatre-vingt-dix, et le Souricier Gris, être chétif à l'image de Fischer). L'action se déroule dans les mondes semi-fabuleux d'un lointain passé. Les parties du cycle dues à Fischer, bien que fort vivantes, sont décousues et mal assemblées, si bien que, pour le moment, Leiber, le meilleur artisan, est le plus professionnel des deux. Dans *Le Jeu de l'Initié,* l'action se déroule dans la Syrie pré-hellénistique, mais s'éloigne bientôt des royaumes de Tyr et d'Ephèse pour se situer dans les montagnes de l'Asie centrale. L'épouse de Fischer est une artiste accomplie, et a brossé plusieurs pastels fort bien vus pour décrire quelques-unes des Entités innombrables qui peuplent ces aventures. »

Imaginez ma surprise en apprenant avec quarante ans de retard *que Fafhrd et le Souricier, deux ans avant toute publication, étaient déjà devenus des personnages légendaires!*

Pourtant, je ne suis pas d'accord avec Lovecraft. Ou tout au moins, pas entièrement d'accord. A l'époque Harry était, de nous deux, certainement le meilleur. Moi je me suis contenté de donner un développement et une fin à l'histoire. Et on reconnaîtra sans doute bien là l'obstination bornée à l'origine de toute carrière d'écrivain. De même, l'idée d'inclure le panthéon personnel de Lovecraft dans nos histoires ne doit être reproché qu'à moi. Dans la première mouture de cette nouvelle telle qu'il la lut, il n'y avait aucune référence aux mythes de Cthulhu. C'est moi, dans mon enthousiasme délirant, qui voulus introduire ces ajouts, lui en fis part, et réalisai (à peu près à l'époque de sa mort) une nouvelle version pleine d'invocations à Yog-Sothoth, Shub-Niggurath, etc. Et ce n'est que devant les pressantes récriminations conjuguées d'Harry et de Jonquil que je finis par supprimer tout ce fatras. Mais j'anticipe. Car cette histoire ne fut publiée pour la première fois qu'en 1947 dans le recueil Night's Black Agents *et subit, entre-temps, bien d'autres révisions, même si aucune ne s'avéra réellement importante. C'était plus de la perte de temps qu'autre chose. Mais lorsqu'on n'a jamais été publié, on s'imagine trop aisément que changer un mot par-ci par-là conduira au miracle.*

Mais nous ne sommes pour l'instant qu'en 1939, année où parut le magazine Unknown. *Je me devais d'essayer d'y introduire mon Souricier. Je décidai donc de leur faire regagner leur décor originel de Lankhmar et je me fis un point d'honneur à pimenter le tout de nombreuses aventures (Après tout,* Unknown *n'était qu'un* pulp!) *Je trouvai mon intrigue dans une histoire de fantômes de Bulwer-Lytton,* The House and the Brain. *Si vous vous en souvenez c'est l'histoire d'une maison hantée mue par un curieux mécanisme caché dans les fondations : un grand aimant et un plateau de mercure où flottent divers objets. Le vif-argent m'a toujours fasciné (voilà bien l'esprit pseudo-scientifique!). Je conçus donc une histoire où une maison devenait littéralement vivante et chassait ses occupants sous l'action d'un mécanisme bizarre (un bassin de mercure empli de bijoux et muré dans une cave). Il y avait des chercheurs de trésors et des jeux d'épées jusqu'au dénouement où la maison devenait vivante. Ainsi j'écrivis* Les Bijoux dans la forêt [1].

*John W. Campbell, rédacteur d'*Unknown, *accepta le texte non sans avoir préalablement exigé que je lui signe une attestation certifiée affirmant que j'en étais authentiquement l'auteur. Comment ai-je pu accepter si facilement? Je suppose qu'il avait conçu quelque doute envers moi, me soupçonnant d'avoir remanié, voire plagié, quelque obscur récit et qu'il s'imaginait m'intimider si tel avait été le cas. Eh bien en fait, je peux l'avouer maintenant, même si l'intrigue et le texte sont bien de moi, je ne suis pas le seul auteur en ce qui concerne les décors et les personnages... Et ceci, sans même mentionner le nom d'Harry envers qui j'ai déjà confessé ma dette...*

(Au passage, il faut bien que j'indique qu'il y a une

1. Voir *Épées et Mort*, Éd. Temps Futurs.

forte composante fétichiste et sexuelle dans ce récit. Sur le moment, j'étais tout à fait inconscient de la chose et n'en découvris le sens que dix ans plus tard. Mais cette maison hantée qui devient vivante est évidemment un phallus, une grande tour élancée avec deux petits dômes à sa base, et cela sous les yeux d'une fille trop jeune pour que Fafhrd et le Souricier s'intéressent à elle... en ces temps de tabous puritains. Depuis, les mœurs ont bien changé.)

Ma seconde vente à Unknown *fut aussi un « Souricier » :* Le Rivage désolé [1], *texte lugubre où, originellement, les deux héros disparaissaient pour toujours après avoir traversé la Mer Extérieure.* Weird Tales *l'avait refusé sous cette forme. Aussi, pour la rendre acceptable et publiable dans les magazines, ajoutai-je en un second temps le personnage du sorcier qui leur donne leur mission et qu'ils détruisent triomphalement à leur retour.*

Dans le même temps, je fis ma première vente à Weird Tales *avec* Le Pistolet automatique [2], *histoire d'horreur surnaturelle où des gangsters étaient tués par le pistolet d'une de leurs victimes. Le revolver, enfermé dans une valise, entrant subitement en action (était-ce encore un symbole phallique ?).*

*Jusqu'ici rien donc de particulièrement méritoire. Deux personnages intéressants et un bon décor d'*heroic fantasy, *mais qui ne m'appartenaient pas en propre. Beaucoup de sexe, la plupart du temps sous une forme totalement inconsciente. Un travail de tâcheron, consciencieux certes, mais exécuté sur mesure pour coller aux nécessités des « pulps ». Des intrigues empruntées ou adaptées au fonds traditionnel des histoires d'horreur. Mais c'était comme ça. Seuls les personnages étaient imaginés à partir d'êtres réels, Harry et moi, ainsi que tous ces ingrédients sexuels qui, au moins pour leur part consciente,*

1. Voir *Épées et Mort*, Éd. Temps Futurs.
2. In *Les Lubies lunatiques de Fritz leiber*, Éd. Casterman, 1980.

étaient fondés sur mes propres désirs et nécessités.

Pourtant, une autre bonne réussite fut, toujours pour Le Rivage désolé, *l'invention de la taverne de l'Anguille d'Argent à Lankhmar. C'est là que mon histoire commence. Cet endroit vit maintenant en lui-même. Je peux me le représenter dans la tête et j'y retourne souvent pour y chercher une bonne histoire. Fafhrd et le Souricier boivent... la lueur des torches... le brouillard... ils racontent les vieilles histoires... mais qui s'approche de leur table? Tout peut alors se produire!*

La voilà mon île au trésor, mon île mystérieuse...

Mais entre-temps il fallait bien vivre, quitter mon île magique et publier. Ma première histoire de S.F. fut achetée par la revue Future. *Pourtant* They Never Come Back *était une véritable escroquerie fondée sur une fumisterie scientifique. « Les nefs spatiales ne se déplacent pas librement dans l'espace interstellaire. Elles sont amarrées à d'invisibles lignes le long desquelles courent les forces de gravitation émises par les diverses planètes du système solaire et qu'intensifient des " projecteurs spéciaux ". Si un vaisseau vient à se détacher de son amarre, il est perdu... Il ne peut plus évoluer. Il est invisible des télescopes les plus puissants et même les ondes radio ne peuvent plus l'atteindre puisqu'il " est démontré " que celles-ci ne se déplacent que le long des lignes d'amarres. » Voilà, je n'avais rien trouvé de mieux pour transporter dans l'espace tout le légendaire des navires perdus,* Marie Céleste, Cyclops, Lone Star *ou tout autre vaisseau hantant les profondeurs de la Mer des Sargasses. J'étais encore sous la forte impression de ce roman de Stewart E. White et Samuel H. Adams,* The Mystery, *variation sur le thème de la* Marie Céleste *et la radio-activité, et je transposai cet incident dans l'espace en rajoutant force anecdotes de mon cru. Non sans avoir cependant emprunté quelques personnages de « méchants » à* The Mystery. *Le « mexicain » devint chez moi « chinois ». L'équipage était également cruel, raciste et belliqueux. J'ajoutai toutefois un homme dont la main amputée avait été remplacee par un crochet de métal et créai un brave professeur perdu dans l'espace avec ses deux ravissantes filles. (Dans le noir, elles se tenaient par la main. En fait j'avais besoin d'un personnage timoré et d'un autre courageux...)*

Quoi qu'il en soit cette sombre histoire restera à jamais comme un témoignage de ma farouche détermination à publier de la science-fiction à n'importe quel prix, honnête ou malhonnête. Un autre nom pour cela, c'est peut-être tout simplement une absence totale d'autocritique... Et, en plus, ajoutez à mon réquisitoire que je fus payé sur la base d'un demi-cent le mot (!) et que je dus écrire de nombreuses lettres de réclamation pour recevoir mon chèque...

Et maintenant, croyez-le ou non, mais sachez qu'à la même époque j'écrivais de la vulgarisation scientifique pour une collection intitulée The University of Knowledge *et que ce fut mon premier travail à temps plein : servir de nègre à quelques professeurs débordés. Au début je me sentais horriblement mal. C'était comme retourner à l'école avec pour seule différence que les journées étaient considérablement plus longues. Puis je m'y fis. Je me souviens même d'avoir rédigé le chapitre concernant la lumière (je sais que vous ne me croirez pas en lisant* They Never Come Back) *mais je m'arrangeai pour être discret sur la façon dont les ondes se déplacent le long des amarres. Je travaillai aussi pour le compte de* The Standard American Encyclopedia, *rédigeant les articles « Aborigène », « Antarctique », ainsi que divers « Alexandre ». Bref, j'occupai ainsi un peu plus de quatre années.*

Puis je me remis aux travaux forcés. Piqué au vif par la tiède réaction de Weird Tales *à chacune de mes tentatives, j'entrepris donc d'écrire une histoire sur mesure comportant le maximum de ce qui me semblaient être les « clichés » favoris de la revue : un milieu de gens aisés, le cadre d'une famille d'aristocrates quelque peu décadents, la beauté en péril, un héros avec une épée, un nègre de comédie, superstitieux et ridicule, un savant fou, bien sûr, et une araignée géante. Ce fut* Spider Mansion. *Et ils achetèrent...*

Pourtant, à quelque temps de là, je fus bien vexé par un ami qui venait de vendre une nouvelle au New Yorker *et qui qualifia mon travail « d'excellent boulot au niveau de la littérature populaire ». Parfait pour ce genre de magazines « spéciaux »! C'était un compliment. Mais aussi une critique très claire de ma nouvelle* Sac de suie [1], *la première de mes histoires non-Lankhmar vendue à* Unknown *où, avec une ambition délirante, je tentais de mettre l'accent sur l'horreur des grandes métropoles modernes en transcrivant un peu de l'expérience de ma vie à Chicago, passée à courir du soir au matin le long des tramways conduisant à l'Université au milieu des paysages sinistres, des toitures en ruine, des murs décrépis, délavés, des arrière-cours ténébreuses. La vie solitaire et sombre...*

La littérature d'horreur n'est pas faite pour transmettre des messages. Voilà la leçon.

Puis je partis à Los Angeles. A Eagle Rock, à l'Occidental College, pour un an, j'enseignai l'art dramatique et la rhétorique. Et j'y trouvai le décor de mon Ballet de sorcières [2]. *A la base, deux idées très simples « Toutes les femmes sont des sorcières » (mystique féminine) et « Les épouses sont l'artisan de la réussite de leurs maris » (voir* What Every Woman Knows *de Barry). Le tout agrémenté de personnages croqués sur le vif, ma sorcière de femme, moi-même, et plusieurs collègues de la fac accompagnés de leurs épouses, soigneusement déguisées, bien sûr.*

Puis j'arrêtai mon travail d'enseignement et, pendant près d'une année, me consacrai entièrement à l'écriture. Campbell m'encourageait alors à travailler pour Astounding *dont j'étais un fidèle lecteur.*

Heinlein fut alors mon maître. Impressionné par son roman, Sixième colonne [3], *où des scientifiques*

1. In *Les Lubies lunatiques de Fritz Leiber*, Ed. Casterman, 1980.
2. Le Masque fantastique nº 7, Lib. des Champs-Élysées, 1976.
3. Hachette, 1951.

mettant sur pied une fausse religion réalisent des miracles à l'aide de leur science afin de s'entourer de fidèles pour résister à une invasion, il me sembla alors qu'il y avait là la source d'une autre histoire en poussant plus loin l'idée. A partir des prémisses d'Heinlein (religion artificielle, miracles réalisés à l'aide de la science), je poussai deux hypothèses complémentaires et contradictoires :

1. Le pouvoir corrompt et les scientifiques tenteront de s'y accrocher en dépit de la pureté de leurs intentions initiales.

2. La résistance envers une fausse religion prendra la forme d'une fausse sorcellerie, elle aussi aidée par la science.

Était-ce logique? Je ne sais. Mais ça me plaisait car j'y voyais le moyen de concilier la science-fiction avec mes dispositions pour les histoires surnaturelles et mon goût de la sorcellerie.

*Ma tâche était claire : élaborer une plausibilité scientifique permettant de rendre compte des rituels de la sorcellerie. Le balai de la sorcière devenait un « individual jet », les esprits s'expliquaient par la biologie, et il était facile de truquer scientifiquement les phénomènes de hantise voire même les miracles. Disposant de plus de temps, j'eus aussi le loisir de mieux fouiller mes sources et je trouvai dans de vieux numéros de l'âge d'or d'*Astounding *de nombreuses autres idées. Ajoutez à cela que nous étions en 42, dans l'Amérique de la guerre, où la corruption du pouvoir, la propagande poussée à l'extrême, les lavages de cerveau, en un mot la peur, rôdaient partout aussi bien dans la fiction que dans la réalité.* A l'Aube des Ténèbres *vint donc tout naturellement* [1].

Pour ce roman, comme pour le précédent, je reçus une aide précieuse de la part de Campbell. Il lut sur manuscrit les premiers chapitres et me donna de nombreuses suggestions quant à la construction de l'intrigue : rester simple, éviter les histoires annexes et mieux fouiller mes personnages en évitant d'en faire

1. Éd. J'ai Lu, nº 694, 1976.

de simples stéréotypes. Il m'apporta d'ailleurs une aide semblable pour donner plus de poids à l'intrigue embrouillée de La Maison des voleurs[1]. *Mais, selon les critères de Campbell, j'étais un écrivain trop lent. Cinq mois pour écrire* A l'aube des ténèbres *peut sembler rapide : c'était néanmoins insuffisant pour le rythme des pulps et j'étais incapable de rivaliser avec des écrivains aussi chevronnés qu'Henry Kuttner ou L. Ron Hubbard qui mettaient alors les bouchées doubles pour pallier les absences d'Heinlein, de De Camp ou d'Asimov appelés sous les drapeaux.*

L'année 42 se termina dans un flot de nouvelles, la plupart du temps bâclées, et j'obtins un poste d'inspecteur technique à la Compagnie d'Aviation Douglas. Voilà qui allait enfin m'aider à approfondir un peu mes connaissances scientifiques! Enfin, vers la fin de la guerre, je devins assistant, puis associé, à la rédaction du Science Digest *à Chicago : un poste stratégique pour un écrivain de science-fiction! Dans ma chasse perpétuelle pour trouver du nouveau matériel, mon boulot m'obligeait à lire toutes les nouvelles parutions, tous les nouveaux articles et livres qui sont normalement le pensum de tout bon écrivain consciencieux. Et ce travail me tint pour douze années entières.*

Cependant je restai lent pour écrire. Que ce soit de la S.F. ou quoi que ce soit d'autre, d'ailleurs. Mon travail, mon fils, la maison que nous étions en train d'acheter et qu'il fallait entretenir, mes nouvelles responsabilités, tout m'accaparait. De plus, la guerre terminée, la pression s'était relâchée et plus rien ne me poussait à écrire. Enfin la S.F. ne me donnait plus le frisson créateur dont je m'imaginais avoir besoin pour écrire. Je suppose qu'à l'époque, obnubilé par les risques d'erreurs ou de bourdes pseudo-scientifiques du type They Never Come Back, *je me faisais alors de la S.F. une idée trop conservatrice. Ça ne me concernait pas. Sans doute cherchais-je des idées plus outrancières ou plus fortes pour m'inspirer. Je cherchais quelque*

1. Voir *Épées et Mort*, Ed. Temps Futurs.

chose comme l'idée d'une planète venant de nulle part, détruisant la lune au passage en défiant notre terre comme dans Le Vagabond [1] *ou l'idée de l'Association des Criminels Anonymes de* La Paire de loups [2], *ou la faculté de pouvoir se déplacer à son gré dans le temps et d'y modifier ce que bon me semble comme dans* Le Grand jeu du Temps [3] *et autres nouvelles du Cycle de la Guerre modificatrice.*

Quoi qu'il en soit, à la fin de ces années 40, je tournai le dos à Unknown *considéré comme un accident dû à la guerre, renoncai à la science-fiction, et revins à mes premières amours et à la revue* Weird Tales *alors moribonde par manque de rédacteur compétent et je réussis à leur vendre quelques histoires fondées sur des monstruosités de la médecine ou de la psychologie :* Alice and the Allergy, In the X-Ray *ou autres travaux du même style. Car ils m'apportaient toujours un non définitif en ce qui concerne mes idées de Fafhrd, de Souricier Gris ou de Lankhmar.*

Mais mon pressant besoin intérieur d'écrire était toujours là. Il me donna de nouvelles forces et dans les six derniers mois de 49, je trouvai le courage de réaliser un petit fanzine ronéoté, New Purpose, *et d'en publier douze numéros (il y en eut seize au total). Entre autres choses, j'y présentai les premiers chapitres d'un feuilleton intitulé* Casper Scatterday's Ouest *et qui, plus tard, fut publié en volume sous le titre de* The Green Millenium.

Ce fut aussi l'époque de ma première convention. Profitant du pont de la Fête du Travail, je fis le voyage de Cincinnatti et entrai en relation avec tout un tas d'écrivains de S.F. (Précédemment, je n'avais jamais rencontré que Robert Bloch, Henry Kuttner et, plus épisodiquement, Cleve Cartmill, August Derleth et Campbell.) Je découvris, le fandom, les fanzines, les bals costumés et tout ce genre d'animation. Bien.

Campbell me redonna du courage, me passa quel-

1. Éd. J'ai Lu, n° 608, 1975.
2. In *Demain les loups*, Presses Pocket, n° 5020, 1978.
3. Le Masque, n° 73, Lib. des Champs-Élysées, 1978.

ques idées (une d'entre elles devint la nouvelle The Lion and the Lamb, *une autre fondée sur le vieillissement à retardement des cosmonautes ne sut pas m'inspirer et fut, plus tard, réalisée par L. Ron Hubbard). Mais je venais de faire un nouveau pas en direction de la S.F. Comme nous étions à l'époque de la chasse aux sorcières de Mac Carthy, de la guerre froide et de la découverte du péril atomique, ce furent d'abord des récits plutôt catastrophiques du style* Le prochain Spectacle au programme [1], *ou* La Lune était verte [2], *auxquels vinrent bientôt s'ajouter quelques récits de libération sexuelle tels que* Les Cinq maris de Lois [3] *ou* Le Vaisseau lève l'ancre à minuit [4], *histoires qui préfiguraient déjà la révolution hippie des années suivantes.*

En raison de problèmes intimes, il y eut dans les années 50 une longue interruption de ma carrière et, lorsque je revins à l'écriture, ma plume était plus allègre, plus comédienne, et cela donna Rythme secret [5], Génies en boîtes [6], Du Pain par-dessus la tête [7], *ou encore, sur un mode proche de l'absurde pur,* Pavane pour les filles-fantômes [8] *et* Little Old Miss Macbeth.

Puis j'écrivis aussi le roman Le Grand jeu du Temps [9] *qui, à sa façon, était entièrement une « île mystérieuse ». Le lieu du récit étant un abri confortable qui se déplace à travers le temps et l'espace et les personnages vivant leurs aventures au gré de leur fantaisie sans véritablement s'ancrer dans la réalité.*

1. In *Histoires de fins du Monde,* Livre de Poche n° 3767, 1974.
2. *Ibidem.*
3. In *Marginal n° 2,* février 1974, Ed. Opta.
4. In *La grande Caravane,* Futurama n° 21, Éd. Presses de la Cité, 1979.
5. In *Fiction n° 92,* juillet 1961.
6. Antimonde n° 10, Éd. Opta, 1973.
7. In *Marginal n° 4,* juin 1974, Éd. Opta.
8. In *Les Racines du Passé,* Le Masque n° 92, Lib. des Champs-Élysées.
9. Le Masque n° 73, Éd. des Champs-Élysées.

Mon écriture changeait et mes histoires prenaient un tour nouveau auquel les rédacteurs avaient alors bien des difficultés à s'accommoder. Mon marché principal dans ces années 50 était Galaxy, *jusqu'au jour où Horace Gold, en rejetant* Génies en boîtes, *me jeta dans les bras du* Magazine of Fantasy and Science Fiction, *avant que ce récit ne devienne un roman complet par le soin des éditions* Ballantine Books.

Tony Boucher au M.F.S.F. *m'aida alors, m'encourageant (comme, par exemple, en payant $ 35 une nouvelle de 500 mots!) en prodiguant des conseils pour donner à mes nouvelles un tour plus rationnel, plus stylistique, une finition plus brillante* Rythme secret, Pavane, *etc...); cela dura jusqu'à son départ de la rédaction qui coïncida avec une baisse des ventes, bien que, pour moi, M.F.S.F. resta toujours un acheteur important comme on le verra plus loin.*

Malgré mes efforts, je fus toujours incapable de reconclure avec Campbell après les années 50 à la seule exception du bref Try and Change the Past *donné à* Astounding. *En revanche, je ne réussis jamais à collaborer à* Analog.

Puis, soudain, en 1959, Cele Goldsmith de Fantastic *devint mon principal supporter, peut-être même mon mécène. Voilà ce qui arriva.*

Ma femme et moi avions déménagé de Chicago pour nous installer dans la région de Los Angeles en 1958, et nous venions de passer les vacances d'hiver dans la baie de San Francisco en compagnie des Anderson, Karen et Poul. Sur le chemin du retour, je me sentais cafardeux, nostalgique; je revins, une fois de plus, à la Taverne de l'Anguille d'Argent, mon « île mystérieuse », où je trouvai mes héros bien abandonnés. Sans doute partageaient-ils avec leur créateur cette triste certitude qu'il n'y avait pas de place sur le marché de l'édition pour leur saga. Harry Fischer, de son côté, traversait aussi une mauvaise passe. Bientôt, je ressentis donc la nécessité de traduire de manière romanesque ces marasmes.

Sans grand espoir, je fis donc parvenir à mon agent

du moment, Harry Altshuler, la nouvelle Jours maigres dans Lankhmar [1] *et, à ma grande surprise, Cele Goldsmith non seulement accepta le texte pour le numéro de novembre de* Fantastic, *mais me fit également savoir qu'elle me consacrerait ce numéro en entier en faisant un « All-Leiber issue », à charge pour moi de lui faire parvenir la quantité nécessaire de textes suffisamment variés.*

A partir de là, je pris donc l'habitude de réaliser au moins une nouvelle du cycle Fafhrd-Souricier par an à l'intention de Fantastic. *C'est ainsi que deux textes ont été réalisés « sur commande » pour illustrer des couvertures dessinées à l'avance. Il s'agit de* Scylla's Daughter *qui forme le corps du Livre 5 :* Royaume de Lankhmar *et de* Bazar du bizarre *que l'on trouve dans le Livre 2 :* Épées et Mort. *Ces titres m'ayant été également fournis en avance par Cele Goldsmith...*

J'écrivis ainsi d'autres textes pour cette femme remarquable en m'obligeant à « coller » aux couvertures proposées. Ainsi Deadly Moon *qui contient en germes mon roman* Le Vagabond, *des nouvelles comme* A Bit of the Dark World *ou* L'Incubation fabuleuse [2].

Plus tard, je fis encore quelques histoires à partir de couvertures pour les revues If *et* Worlds of Tomorrow. *Toutes traitaient de vols spatiaux car telle était l'inspiration de l'artiste! Cela me valut d'avoir à me documenter sur les techniques aéronautiques, ce que je fis principalement dans les livres... d'Heinlein. Ce sont de véritables manuels de l'espace, vous pouvez me croire! En effet, en plus de mes lectures réalisées pour* Science Digest *où j'écrivis une vingtaine d'articles, et de ma fréquentation du* Scientific American *et du* Sky and Telescope, *mes principaux professeurs furent Heinlein, Asimov, Clarke, de Camp, Clement, ou autres!*

De temps en temps, il prend aux auteurs de S.F. le

1. Voir *Épées et brumes*, Éd. Temps Futurs.
2. In *Les Lubies lunatiques de Fritz Leiber*, Éd. Casterman, 1980.

désir ou le besoin d'écrire une nouvelle « mainstream » ou « avant-garde », espérant par là recevoir un meilleur accueil ou une reconnaissance littéraire. Feu Fredric Brown, par exemple, le faisait tous ses sept romans (voir, par exemple, son très expérimental La Chandelle et la hache[1]*). Lorsque de telles histoires manquent leur but (ce qui arrive fréquemment, sauf dans le cas de F. Brown, car il semble que les Dieux du Mainstream et de l'Avant-Garde regardent, très judicieusement, d'un œil soupçonneux tous ces auteurs nouveaux venus qui se détournent ainsi de leurs divinités familières de bas étage), lors donc qu'un auteur écrit une histoire de ce genre, il est conduit en désespoir de cause à en « science-fictioniser » l'action ou le décor pour la fourguer à ses clients habituels. C'est ce que je fis avec* La grande Caravane[2] *ou avec* The Foxholes of Mars.

Dans ce cas, le magazine le plus prompt à venir au secours reste encore The Magazine of Fantasy and Science Fiction *qui, depuis Boucher et McComas, a toujours gardé un haut niveau de qualité. Et c'est ainsi que* M.F.S.F. *accepta* The Secret Songs, L'Infra-Monde[3], Deux cent trente-sept portraits parlants[4], Quatre Fantômes dans Hamlet[5], *ou* Les Mouches de l'hiver[6].

Enfin vint le dernier grand bouleversement de ma vie qui, entre autres conséquences me fit déménager pour m'installer au nord de San Francisco, ce fut, en septembre 1969, le décès d'une épouse que j'aimais tendrement. Tout naturellement, j'ai trouvé refuge à la Taverne de l'Anguille d'Argent, j'y ai vu de nouvelles histoires et j'ai transformé ma peine en textes. Et ce furent La Boucle est bouclée *et* Le Prix de l'oubli *que j'intégrai dans mon deuxième Lankhmar,*

1. Éd. Pac, 1978.
2. Futurama n° 21, Éd. des Presses de la Cité, 1979.
3. In *Fiction n° 171, février 1968.*
4. In *Histoires de cauchemars,* Presses Pocket n° 1467, 1978.
5. In *La Grande machine,* Éd. Casterman, 1978.
6. In *Les Lubies lunatiques de Fritz Leiber,* Éd. Casterman, 1980.

Épées et Mort, *dont je préparais alors la publication.*

*Depuis, bien souvent, je suis revenu dans mon île mystérieuse pour superviser les brèves rencontres de Twain et des Seigneurs du Shadowland et aussi pour aborder ce nouveau rivage de l'*Ile de givre, *ma dernière nouvelle que j'évoquais au début de cette préface et qui, momentanément, clôt les six volumes des aventures de deux héros de plus de quarante ans d'écriture : Fafhrd et le Souricier Gris.*

Fritz Leiber.

PROLOGUE

ENTREZ

SÉPARÉ de nous par des abîmes de temps et des dimensions inconnues rêve le Monde antique de Newhon [1]*, avec ses tours, ses crânes et ses joyaux, ses épées et ses sortilèges. Les royaumes connus de Newhon se pressent autour de la Mer Intérieure : au nord, le farouche Pays des Huit Cités, couvert de vertes forêts; à l'est, les Steppes, sillonnées par des cavaliers Mingols, et le Désert où cheminent les caravanes parties des riches Pays d'Orient et du fleuve Tilth. Mais au sud, séparées du Désert par le Pays Qui Coule et gardées par les Grandes Digues et les Montagnes de la Faim, se trouvent les riches terres à blé et les villes ceintes de murs de Lankhmar, le plus ancien et le plus puissant royaume de Newhon. Dominant le pays, tapie à l'embouchure ensablée du fleuve Hlal, dans un coin protégé, entre les champs de céréales, le Grand Marais Salé et la Mer Intérieure, se trouve la métropole de Lankhmar, aux murailles massives, aux rues sinueuses, bourrée de voleurs, de prêtres tondus, de magiciens maigres et de marchands ventrus, Lankhmar l'Impérissable, la Cité de la Toge Noire.*

Par une nuit profonde, si l'on en croit les livres

1. Newhon. Ce nom de *Newhon* est un clin d'œil au royaume de *Erewhon*, un des classiques anglais de l'utopie tel que le décrivit Samuel Butler en 1872. Et, de même qu'*erewhon* n'est que la lecture à l'envers du mot *nowhere* (nulle part), *newhon* se comprend comme l'anagramme de *nowhen* (nul temps).

runiques de Sheelba-au-Visage-Aveugle, se sont rencontrés dans Lankhmar, pour la première fois, deux héros équivoques, deux crapules fantasques, Fafhrd et le Souricier Gris. Les origines de Fafhrd étaient faciles à discerner : près de deux mètres de haut, souple et élancé, des ornements de cuivre martelé et une énorme épée; c'était visiblement un barbare des Déserts Froids, situés encore plus au nord que les Huit Cités et la Chaîne des Trollsteps. Les antécédents du Souricier Gris étaient plus mystérieux; on n'aurait guère pu les déceler d'après sa stature d'enfant, son habit gris, son capuchon de cuir gris souris ombrageant un visage plat et basané, et sa mince épée souple et légèrement recourbée, que l'on aurait eu cependant tort de sous-estimer. Mais il y avait en lui quelque chose qui faisait penser à des villes du sud, à des rues sombres, à des espaces brûlés de soleil. Ils se regardaient tous les deux d'un air de défi, à travers les ténèbres du brouillard faiblement éclairées par des torches lointaines. Ils se rendaient déjà vaguement compte qu'ils étaient les deux fragments d'un héros, depuis longtemps séparés et destinés à aller ensemble. Ils avaient l'un et l'autre trouvé là une amitié qui durerait plus longtemps que mille quêtes, et une vie, ou cent existences, d'aventures.

A ce moment-là, personne n'aurait pu deviner que le Souricier Gris s'était autrefois appelé Souris et que Fafhrd était, encore peu de temps auparavant, un jeune homme que l'on exerçait à parler artificiellement d'une voix haut perchée, qui ne portait que des fourrures blanches et qui, bien qu'âgé de dix-huit ans, dormait encore sous la tente de sa mère.

LES FEMMES DES NEIGES

A la Carre Glacée, au milieu de l'hiver, les femmes du Clan des Neiges menaient aux hommes une guerre froide. Elles marchaient péniblement, fantomatiques, vêtues des plus blanches de leurs fourrures, presque invisibles sur le fond de neige fraîche, toujours par groupes et sans hommes, silencieuses ou sifflant tout au plus comme des ombres furieuses. Elles évitaient la Salle des Dieux avec ses arbres-colonnes, ses murs de lanières de cuir entrelacées et son toit majestueux d'aiguilles de pin.

Elles se réunissaient dans la grande Tente ovale des Femmes, plantée comme une sentinelle devant les tentes plus petites servant d'habitations, pour des séances consacrées aux incantations et à des lamentations de mauvais augure ainsi qu'à diverses pratiques silencieuses destinées à faire naître des enchantements puissants qui enchaîneraient les chevilles de leurs maris à la Carre Glacée, immobiliseraient leurs reins et leur procureraient des refroidissements générateurs de reniflements et de nez qui coulent ; la menace de la Grande Toux et de la Fièvre d'Hiver était tenue en réserve. Tout homme assez insensé pour sortir seul dans la journée était exposé à se faire attaquer à coups de boules de neige et, s'il était attrapé, à se faire sévèrement étriller, fût-il un scalde ou quelque chasseur puissant.

Se faire attaquer à coups de boules de neige par les femmes du Clan des Neiges n'était pas une plaisanterie. Elles les lançaient le bras replié, il est vrai, mais leurs muscles s'étaient beaucoup durcis à couper du bois pour le feu, à élaguer les hautes branches, à assouplir les peaux de bêtes, y compris celles du béhémoth, ou bœuf des eaux, plus dures que l'acier. Et quelquefois, elles faisaient geler leurs boules de neige.

Les hommes musclés, durcis par les intempéries, prenaient tout cela avec beaucoup de dignité; ils allaient et venaient à grandes enjambées, comme des rois, drapés dans leurs fourrures de cérémonies voyantes, noires, brunes ou teintes de toutes les couleurs de l'arc-en-ciel. Ils buvaient énormément, mais cependant avec discrétion; avec autant d'âpreté que les Ilthmariens, ils négociaient leurs fragments d'ambre jaune et d'ambre gris, leurs diamants des neiges qui n'étaient visibles que de nuit, leurs pelleteries luisantes, leurs herbes des glaces, en échange de tissus, d'épices, d'acier bruni et bleui, de miel, de chandelles de cire, de poudres fusantes qui donnaient en grondant des flammes colorées, et d'autres produits du sud civilisé. Néanmoins, ils avaient pour principe de toujours rester en groupes, et parmi eux, il y avait plus d'un nez qui coulait.

Ce n'était pas le commerce qui soulevait les récriminations des femmes. Leurs hommes y excellaient et elles étaient les premières à en bénéficier. Elles préféraient de beaucoup ces échanges aux actes de piraterie occasionnelle de leurs maris qui entraînaient ces hommes avides très loin, le long des rivages orientaux de la Mer Extérieure, hors de portée de leur surveillance matriarcale et, elles le craignaient parfois, de leur puissante magie féminine. La Carre Glacée était le point le plus au sud qu'ait jamais atteint le Clan des Neiges. Les membres de ce clan passaient la plus grande partie de leur existence dans les Déserts Froids, au pied de la Montagne des Géants, dont on n'apercevait pas le sommet et des Os des Anciens, encore plus au nord. Ce camp, planté au milieu de l'hiver, était ainsi la seule chance qu'ils eussent de toute l'année de commencer en paix avec les aventureux Mingols, Sarheenmariens, Lankhmariens et même, à l'occasion, avec l'homme du Désert de l'est, coiffé d'un lourd turban, emmitouflé jusqu'aux yeux, ganté et botté de cuir d'éléphant.

Les femmes n'étaient pas non plus opposées aux beuveries. Leurs maris étaient, en toutes occasions, de grands buveurs d'hydromel et de bière, et même d'eau-de-vie locale tirée de la pomme de terre des neiges, boissons plus enivrantes que la plupart des vins et des autres boissons alcooliques, que, pleins d'espoir, les marchands distribuaient généreusement.

Non, les Femmes des Neiges réservaient tout leur venin à cette troupe théâtrale qui, chaque année, montait invariablement vers le nord à la suite des marchands. C'était à cause de ces acteurs grelottants, osant tout, aux visages crevassés et aux pieds et mains couverts d'engelures, qu'elles déclaraient aux hommes cette guerre froide dans laquelle à peu près tous les coups, aussi bien matériels que magiques, étaient permis. Le cœur de ces baladins ne battait que pour l'or fin du nord et pour un auditoire tapageur, mais facile. Le spectacle qu'ils donnaient était si blasphématoire et si obscène que, pour qu'il s'y déroule, les hommes retenaient la Salle des Dieux (les dieux ne se choquent de rien) et en refusaient l'accès aux femmes et aux jeunes gens. D'après ces femmes, les acteurs n'étaient que des vieillards crasseux et des filles du sud encore plus sales et décharnées, d'une moralité aussi relâchée que leurs semblants de hardes, quand elles avaient seulement quelque chose sur elles. Il ne venait pas à l'esprit des Femmes des Neiges qu'une souillon étique, dans sa nudité dégoûtante et bleuie par les courants d'air glacés de la Salle des Dieux, hérissée par la chair de poule, ne pouvait guère exercer un quelconque attrait érotique, mais seulement risquer une gelure totale et définitive.

Au milieu de l'hiver, les Femmes des Neiges

faisaient entendre leurs chuchotements sifflants, proféraient leurs paroles magiques, se glissaient furtivement pour aller lancer leurs boules de neige gelée sur les hommes massifs qui se retiraient avec dignité. Il leur arrivait assez souvent de mettre la main sur un mari et de le rouer de coups. Mais il fallait qu'il fût vieux ou paralysé. S'il était jeune, il ne pouvait s'agir que d'un imbécile.

Sous ses dehors comiques, ce combat avait des dessous sinistres. En particulier, lorsque, en s'y mettant toutes ensemble, les Femmes des Neiges se livraient, disait-on, à de puissantes opérations magiques, en utilisant surtout le froid et ce qui en résulte : le sol glissant, la chair subitement gelée, la peau qui adhère au métal, la fragilité des objets, la masse menaçante des arbres chargés de neige, et celle, beaucoup plus importante, des avalanches. Et il n'y avait pas d'homme qui ne craignît le pouvoir hypnotique de leurs yeux d'un bleu de glace.

Chaque Femme des Neiges, en général avec l'aide des autres, s'efforçait de conserver un contrôle absolu sur son homme, tout en le laissant apparemment libre; on murmurait que des maris récalcitrants avaient été blessés, quelquefois à mort, surtout par l'action du froid. En même temps, des sorcières, par groupes, et d'autres, isolées, travaillaient les unes contre les autres au jeu de la puissance, dans lequel les plus vigoureux et les plus audacieux des hommes, qu'ils fussent chefs ou prêtres, jouaient le rôle de simples pions.

Pendant les quinze jours que duraient les échanges et les deux jours de Spectacle, de vieilles sorcières et de grandes filles solides gardaient de tous côtés la Tente des Femmes. Il en sortait des parfums capiteux, puis des puanteurs, des éclairs et des lueurs intermittentes pendant la nuit, des bruits et des tintements, des crépitements suivis de silences, des chants et des murmures en forme d'incantations, qui jamais ne cessaient.

Ce matin-là, on aurait pu imaginer que la sorcellerie des Femmes des Neiges s'exerçait partout, car le temps était calme et couvert, il y avait des écharpes de brume dans l'air frais et humide, des cristaux de glace se formaient rapidement sur tous les buissons, sur chaque branche et sur toute saillie quelle qu'elle fût, aussi bien les crocs des moustaches des hommes que l'extrémité des oreilles des lynx apprivoisés. Ces cristaux étaient aussi bleus et étincelants que les yeux des Femmes des Neiges et imitaient même dans leur forme, pour un esprit un peu imaginatif, les silhouettes élancées, coiffées d'une capuche, en robe blanche, de celles-ci. Car un grand nombre de cristaux étaient dressés vers le ciel, comme des flammes de diamant.

Ce matin-là, les Femmes des Neiges avaient pris, ou plutôt s'étaient trouvées très près d'attraper une proie d'une qualité presque inimaginable. L'une des filles du Spectacle, en effet, par ignorance ou par une incroyable audace, tentée peut-être par l'air cristallin, relativement doux, s'était aventurée sur la neige crissante, abandonnant la sécurité des tentes de la troupe, avait traversé la Salle des Dieux sur le versant du précipice et de là, entre deux taillis très élevés de conifères chargés de neige, avait ensuite franchi le pont naturel de roc, tapissé lui aussi de neige, qui avait été le point de départ de la Vieille Route se dirigeant au sud vers Gnamph Nar jusqu'à ce que, soixante ans plus tôt, sa partie centrale se soit effondrée sur un peu moins de dix mètres.

Tout près du gouffre périlleux, elle s'était arrêtée et avait regardé pendant un long moment vers le sud, entre les écharpes de brume qui, avec la distance, s'amenuisaient jusqu'à ne plus représenter que de légers fils de laine. A ses pieds, dans la fente au-dessus du canyon, les pins coiffés de neige plantés sur le sol du Canyon des Trollsteps paraissaient aussi minuscules que les tentes blanches d'une armée de Gnomes des Glaces. Elle suivit lentement du regard le canyon, depuis son amorce, très loin à l'est, jusqu'à l'endroit où, en se rétrécissant, il passait juste au-dessous d'elle pour s'élargir ensuite lentement en s'incurvant vers le sud : ensuite, elle avait la vue coupée au sud par le contrefort se dressant en face d'elle, avec sa partie en saillie qui se raccordait autrefois au pont de pierre à présent en ruine. Son regard revint alors en arrière pour suivre la Nouvelle Route, depuis le point où elle amorçait sa descente au-delà des tentes des acteurs; elle escaladait ensuite la paroi la plus éloignée du canyon, puis, après bien des retours en arrière, bien des plongées dans le ravin et des résurgences, à la différence de la Vieille Route qui descendait beaucoup plus vite et plus directement, elle s'enfonçait au milieu des pins qui tapissaient le canyon et s'en allait avec eux vers le sud.

A son air constamment nostalgique, on aurait pu prendre l'actrice pour une soubrette stupide ayant le mal du pays, regrettant déjà cette tournée dans un nord glacial, et languissant après quelque ruelle hantée par des acteurs dévorés de puces, au-delà du Pays des Huit Cités et de la Mer Intérieure. Mais cette hypothèse se trouvait démentie par la confiance calme de ses mouvements, le port altier de ses épaules, le point dangereux qu'elle avait pris comme poste d'observation. Cet endroit n'était pas seulement périlleux au point de vue physique, mais il l'était aussi de par sa proximité avec la Tente des Femmes des Neiges et la Salle des Dieux et, de plus, il était tabou depuis qu'un chef et ses enfants, précipités dans le gouffre, y avaient trouvé la mort soixante ans auparavant, lorsque le bloc de pierre placé au centre du pont s'était effondré. Quelque quarante ans plus tard, la passerelle de bois jetée à la place de ce morceau de roc avait à son tour cédé sous le poids de la charrette d'un marchand d'eau-de-vie. Une eau-de-vie des plus généreuses, et c'était une perte effrayante qui suffisait à justifier le plus sévère des tabous, interdisant en même temps de jamais reconstruire le pont.

Et comme si ces tragédies ne suffisaient pas encore à assouvir la colère des dieux et à rendre le tabou absolu, deux ans à peine auparavant, le plus adroit skieur que le Clan des Neiges ait enfanté depuis des décennies, Skif, ivre d'alcool des neiges et d'orgueil glacé, avait essayé de sauter par-dessus le gouffre en partant du côté de la Carre Glacée. Lancé à toute vitesse, prenant sur ses bâtons un élan furieux, il s'était enlevé en glissant dans les airs comme un faucon, mais avait cependant manqué d'une longueur de bras le bord opposé couvert de neige; les pointes de ses skis s'étaient brisées sur le roc et il s'était lui-même écrasé dans les profondeurs du canyon.

L'actrice, un peu étourdie, portait un long manteau de renard roux avec, pour ceinture, une chaîne légère de cuivre doré. Des cristaux de glace s'étaient formés dans ses beaux cheveux châtain foncé coiffés en hauteur.

D'après l'étroitesse de son manteau, sa silhouette promettait d'être maigre, ou tout au moins finement musclée, au point de répondre à l'idée que les Femmes des Neiges se faisaient des actrices; mais elle avait près d'un mètre quatre-vingts, ce qui ne convenait pas du tout à une comédienne et constituait bel et bien un affront supplémentaire à l'égard de ces Femmes des Neiges de haute taille qui s'approchaient d'elle à présent, venant par-derrière, silencieusement, comme une rangée de formes blanches.

Une botte de fourrure blanche fit crisser la neige glacée au rythme de pas précipités.

L'actrice pivota sur elle-même et, sans hésitation, s'en retourna dans la direction d'où elle venait. Ses trois premiers pas brisèrent la couche glacée, ce qui lui fit perdre du temps, mais elle apprit aussitôt la méthode consistant à glisser, en effleurant la croûte durcie.

Elle avait remonté haut le col de son manteau roux. Elle portait des bottes de fourrure noire et des bas d'un écarlate très vif.

Les Femmes des Neiges glissaient rapidement à sa poursuite, en lançant leurs boules de neige gelée.

L'une de ces boules la toucha durement à l'épaule. Elle commit l'erreur de se retourner.

Par malchance, une autre boule l'atteignit à la mâchoire et encore une au front, juste sous une lèvre maquillée et sur un sourcil noir bien arqué.

Alors elle chancela, se retournant complètement; une boule de neige lancée avec une force presque égale à celle d'une pierre propulsée par une fronde vint l'atteindre au creux de l'estomac, la fit se courber en deux tandis que, la bouche ouverte, elle expirait bruyamment l'air de ses poumons.

Elle s'effondra. Les femmes blanches se ruèrent en avant, avec des flammes dans leurs yeux bleus.

Un grand homme mince, à moustache noire, vêtu d'une jaquette grise capitonnée et coiffé d'un turban noir peu élevé, quitta son poste d'observation derrière l'une des colonnes naturelles à l'écorce rugueuse couverte de givre de la Salle des Dieux, et courut vers la femme tombée à terre. Ses pas brisaient la croûte de glace, mais ses jambes vigoureuses le faisaient avancer rapidement.

Puis il ralentit, stupéfait : il venait d'être dépassé presque aussi facilement que s'il avait été arrêté par une silhouette blanche, élancée, qui glissait si vite qu'on aurait pu croire qu'il s'agissait d'un skieur. Pendant un instant, l'homme au turban crut que c'était une autre Femme des Neiges, mais il remarqua alors que cette silhouette était vêtue d'un justaucorps de fourrure et non pas d'une longue robe. C'était donc probablement un Homme des Neiges ou un jeune Homme des Neiges, bien que l'homme au turban noir n'eût jamais vu d'homme du Clan des Neiges vêtu de blanc.

Ce personnage étrange glissait rapidement, le menton enfoui dans son col, les yeux détournés des Femmes des Neiges, comme s'il avait craint de rencontrer leur regard bleu courroucé. Alors, tandis qu'il s'agenouillait auprès de l'actrice tombée à terre, de longs cheveux d'un blond cuivré s'échappèrent de son capuchon. Dans un moment de frayeur, l'homme au turban noir crut pouvoir en conclure, en se basant aussi sur la minceur de la silhouette, qu'il s'agissait d'une Fille des Neiges très grande, ayant hâte de porter le premier coup, et de très près.

Mais c'est alors qu'il vit un menton couvert d'un duvet masculin émerger des cheveux roux, ainsi qu'une paire de bracelets d'argent massif que l'on ne trouve que dans le butin des pirates. Ensuite, le jeune homme releva l'actrice et s'écarta rapidement des Femmes des Neiges qui ne pouvaient plus apercevoir de leur proie que des jambes gainées de bas écarlates. Une salve de boules de neige vint frapper le sauveteur dans le dos. Il chancela un peu, puis accéléra l'allure avec décision, en enfouissant toujours la tête dans ses épaules.

La plus grande des Femmes des Neiges, qui avait le port d'une reine et un visage décharné mais encore beau, bien que ses cheveux retombant des deux côtés fussent blancs, s'arrêta et s'écria d'une voix grave :

— Reviens, mon fils! Tu m'entends, Fafhrd, revient tout de suite!

Le jeune homme hocha légèrement sa tête toujours penchée, mais continua de s'enfuir. Sans tourner la tête, il répondit d'une voix aiguë :

— Je reviendrai, Mor, ma mère vénérée..., plus tard.

Les autres femmes reprirent l'appel :

— Reviens tout de suite! (Quelques-unes faisaient suivre cette injonction d'apostrophes telles que — Jeune homme dissolu! Tu seras maudit par ta bonne mère Mor! Coureur de putains!)

Mor les fit taire d'un geste brusque de ses mains écartées, paumes en dessous.

— Nous attendrons ici, déclara-t-elle avec autorité.

L'homme au turban noir s'arrêta un court instant, puis repartit à grandes enjambées dans la direction du couple qui venait de s'éloigner, en gardant prudemment l'œil sur les Femmes des Neiges. En principe, elles n'attaquaient pas les marchands, mais quand il s'agissait de femmes barbares, aussi bien que de mâles, on ne pouvait jamais être sûr.

Fafhrd parvint aux tentes des comédiens. Elles

formaient un cercle autour d'une petite étendue de neige foulée aux pieds, à l'extérieur de la Salle des Dieux où l'autel était dressé. Au point le plus éloigné du précipice était plantée la tente haute et conique du Chef de la Troupe. A mi-chemin s'échelonnaient les tentes en forme de poisson des simples acteurs, une pour les femmes, deux pour les hommes. A l'endroit le plus rapproché du Canyon des Trollsteps se trouvait une tente moyenne, semi-circulaire, supportée par des arceaux. Elle était traversée en son milieu par la lourde branche d'un sycomore toujours vert, et équilibrée de l'autre côté par deux autres plus petites; le tout était couvert de cristaux de glace. Sur le devant de cette tente semi-circulaire se trouvait un abattant fermé par une courroie lacée. Fafhrd éprouvait des difficultés à l'ouvrir car la longue forme qu'il portait dans ses bras était toujours inerte.

Un petit homme vieux, au gros ventre, arriva en se rengorgeant, bondissant presque comme un jeune homme. Il était vêtu de fanfreluches en lambeaux, avec quelques vestiges de rehauts d'or. Au-dessus et au-dessous de sa bouche aux dents gâtées, sa longue moustache grise et son bouc scintillaient de paillettes d'or. Ses yeux chassieux et cernés de rouge, au-dessus de paupières inférieures lourdes et pendantes, étaient sombres et de leur centre jaillissaient encore des éclairs. Sur la tête, il portait un turban violet qui supportait à son tour une couronne dorée, enchâssée de morceaux de cristal de roche taillés, à moitié dessertis, triste imitation de diamants.

Derrière lui arrivaient un Mingol manchot et maigre, un gros Oriental avec une grande barbe noire qui empestait une odeur de brûlé, et deux filles décharnées qui, en dépit de leurs bâillements et des épaisses couvertures dont elles étaient drapées, semblaient sur le qui-vive, prêtes à s'enfuir comme des chattes de gouttière.

— Qu'est-ce qui se passe? demanda le chef. (Ses yeux vifs examinaient en détail Fafhrd et son fardeau). Vlana tuée? Violée et tuée, hein? Sache-le, jeune assassin, tu vas payer cher ton amusement. Tu ne sais peut-être pas qui je suis, mais tu t'en vas l'apprendre. J'obtiendrai réparation de tes chefs, ça oui! De grosses indemnités! J'ai de l'influence, ça oui! Tu perdras ces bracelets de pirate et cette chaîne d'argent qu'on voit sous ton col. Ta famille sera réduite à la mendicité, et tous tes parents en même temps. Quant à ce qu'ils te feront à toi...

— Tu es Essedinex, Chef de la Troupe, dit Fafhrd en l'interrompant, sur un ton dogmatique.

Sa voix aigüe de ténor tranchait comme une trompette sur celle, rauque et tonitruante, de baryton de l'autre.

— Je suis Fafhrd, fils de Mor et de Langron, le Briseur de Légendes. Vlana, la danseuse, n'est ni violée ni morte, mais a été simplement assommée par des boules de neige. Cette tente est la sienne. Ouvre-la.

— Nous prendrons soin d'elle, affirma Essedinex, sur un ton pourtant plus amène. (Il semblait à la fois surpris et légèrement intimidé par la précision presque pédante du jeune homme pour affirmer les tenants et aboutissants de chacun et de toute chose.) Donne-la-nous. Et file!

— Je vais la coucher, dit Fafhrd en insistant. Ouvre la tente!

Avec un haussement d'épaules, Essedinex fit un signe au Mingol qui, en souriant d'un air sardonique, ouvrit la tente de sa main unique en délaçant la fermeture. Il en sortit une odeur de bois de santal. Fafhrd se pencha pour entrer. Au milieu de la tente, il remarqua un lit de fourrures et une table basse sur laquelle se trouvait un miroir d'argent appuyé à des flacons et des bouteilles trapues. A l'autre extrémité il y avait une penderie pleine de costumes de scène.

Fafhrd contourna un brasero d'où s'élevait un filet de fumée pâle, s'agenouilla avec précaution pour déposer le plus doucement possible son fardeau sur la couche. Ensuite, il tâta le pouls de Vlana à la carotide et au poignet, releva l'une après l'autre les paupières sombres pour examiner les yeux, explora délicatement du bout des doigts les bosses volumineuses qui étaient en train de se former à la mâchoire et sur le front. Ensuite, il tira le lobe de l'oreille gauche et, comme il n'obtint aucune réaction, il hocha la tête, écarta le manteau roux et se mit à déboutonner la robe rouge qui se trouvait en dessous.

Essedinex qui, avec les autres, venait de suivre, très intrigué, ces opérations, s'écria :

— Eh bien! dis donc... Arrête! jeune homme lascif!

— Silence! ordonna Fafhrd qui continuait à déboutonner la robe.

Les deux filles enroulées dans leurs couvertures eurent un petit rire nerveux, puis se plaquèrent la main sur la bouche, en lançant à Essedinex et aux autres des regards amusés.

Fafhrd écarta de son oreille droite ses longs cheveux, posa sa joue sur la poitrine de Vlana, entre ses deux seins qui n'étaient pas plus gros chacun que la moitié d'une grenade, et dont les pointes avaient une couleur d'un bronze rosé. Il conservait une expression très grave. Les filles étouffèrent un nouveau petit rire. Essedinex s'éclaircit la voix, se préparant à un long discours.

Fafhrd se remit sur son séant et déclara :

— Elle va bientôt reprendre connaissance. Il faut panser ses blessures avec de la neige poudreuse en la renouvelant dès qu'elle commence à fondre. A présent, je te demande de me donner une coupe de ta meilleure eau-de-vie.

— Ma meilleure eau-de-vie!... s'écria Essedinex profondément choqué. Tu vas trop loin. Tout d'abord tu te rinces l'œil, et ensuite du demandes une boisson forte! Jeune présomptueux, va-t'en sur-le-champ!

— Je suis simplement en train de chercher... dit Fafhrd qui avait commencé sa phrase d'une voix douce et prenait ensuite une intonation légèrement menaçante.

Sa patiente interrompit la discussion en ouvrant les yeux; elle secoua la tête, en faisant une grimace de douleur, puis s'assit d'un air décidé; sur quoi elle pâlit, tandis que son regard se faisait vague. Fafhrd l'aida à se recoucher et plaça des oreillers sous ses pieds. Puis il examina son visage. Elle avait toujours les yeux ouverts et elle le regardait avec curiosité.

Il vit une petite figure aux joues creuses, qui n'était plus celle d'une enfant, mais d'une beauté féline malgré ses bosses. Ses yeux, qui étaient grands avec des reflets bruns et de longs cils, auraient dû se radoucir, mais il n'en était rien. On y lisait la nostalgie, la décision et l'on voyait qu'elle examinait à fond le sens de ce qu'elle apercevait.

Elle voyait un jeune homme d'environ dix-huit ans, beau, au teint de roux, la tête large et la mâchoire allongée, comme s'il n'avait pas achevé sa croissance. Ses yeux étaient verts, mystérieux, avec un regard comme celui d'un chat. Ses lèvres étaient larges, mais légèrement pincées, comme si elles ne s'entrouvraient pour parler que lorsque les yeux mystérieux lui en donnaient l'ordre.

L'une des filles avait versé une demi-coupe d'eau-de-vie puisée dans une bouteille posée sur la table. Fafhrd la prit et souleva la tête de Vlana pour la faire boire par petites gorgées. L'autre fille arriva avec de la neige poudreuse placée dans un tissu de laine. Elle s'agenouilla de l'autre côté de la couche, et appliqua ce pansement sur les blessures.

Après s'être enquise du nom de Fafhrd et avoir confirmé qu'il l'avait sauvée des Femmes des Neiges, Vlana demanda :

— Pourquoi parles-tu d'une voix tellement haut perchée?

— Je travaille avec un Scalde chanteur, répondit-il. Les véritables Scaldes ont cette voix-là. Et non pas ceux qui braillent d'une voix grave.

— Quelle récompense attends-tu pour m'avoir sauvée? demanda-t-elle hardiment.

— Aucune, répondit Fafhrd.

On entendit du côté des deux filles de nouveaux

petits rires, que Vlana fit arrêter d'un coup d'œil.

— J'étais personnellement dans l'obligation de te sauver, ajouta-t-il, car le Chef des Femmes des Neiges est ma mère. Je dois respecter les désirs de ma mère, mais je dois l'empêcher de commettre de vilaines actions.

— Oh! Pourquoi te conduis-tu donc comme un prêtre ou comme un médecin? continua Vlana. Est-ce que c'est un désir de ta mère?

Elle ne prenait pas la peine de couvrir ses seins, mais Fafhrd ne regardait plus que les lèvres et les yeux de l'actrice.

— La médecine fait partie de l'art du Scalde, répondit-il. Quant à ma mère, je fais mon devoir à son égard, ni plus ni moins.

— Vlana, il n'est pas de bonne politique de discuter ainsi avec ce jeune garçon, dit Essedinex en s'interposant. (Il parlait à présent avec nervosité.) Il doit...

— Tais-toi! lui lança Vlana. Puis, revenant à Fafhrd :

— Pourquoi es-tu vêtu de blanc?

— C'est le vêtement qui convient à tout le Peuple des Neiges. Je ne suis pas la nouvelle mode des fourrures sombres et teintes pour les hommes. Mon père portait toujours du blanc.

— Il est mort?

— Oui. En faisant l'ascension d'une montagne tabou appelée le Croc Blanc.

— Et ta mère désire que tu portes du blanc, comme si tu étais ton père revenu parmi vous?

A cette étrange question, Fafhrd ne fit aucune réponse et ne fronça pas non plus le sourcil. Mais il lui demanda :

— Combien parles-tu de langues, en dehors de ce jargon lakhmarien?

Elle finit par sourire.

— Quelle question! Et bien je parle, pas trop bien, Mingol Kvarchish, Haut et Bas Lankhmarien, Quarmallien, la Vieille Langue des Vampires, le Langage du Désert, et trois langues orientales.

— C'est bien, dit Fafhrd en acquiesçant.
— Pourquoi diable?
— Parce que cela veut dire que tu es civilisée, répondit-il.
— Qu'est-ce que ça a de tellement bien? demanda-t-elle avec un rire amer.
— Tu devrais le savoir, tu es une danseuse classique. En tout état de cause, je suis intéressé par la civilisation.
— On vient, dit Essedinex à voix basse depuis l'entrée. Vlana, le jeune homme doit...
— Il ne doit pas!
— De toute façon, je dois m'en aller à présent, dit Fafhrd en se levant. Garde les compresses de neige, donna-t-il pour instructions à Vlana. Repose-toi jusqu'au coucher du soleil. Ensuite, reprends de l'eau-de-vie avec une soupe chaude.
— Pourquoi dois-tu partir? demanda Vlana en se redressant sur un coude.
— J'ai fait une promesse à ma mère, répondit-il sans se retourner.
— Ta mère!
Fafhrd, déjà penché pour franchir le seuil, se retourna enfin.
— J'ai à l'égard de ma mère bien des devoirs, dit-il. Je n'en ai vis-à-vis de toi aucun, jusqu'à présent.
— Vlana, il faut qu'il parte. C'est celui qui..., dit Essedinex d'une voix rauque, en chuchotant comme sur la scène.
Pendant ce temps, il poussait Fafhrd, mais, malgré la minceur du jeune homme, il aurait aussi bien pu essayer de déraciner un arbre.
— As-tu peur de celui qui vient? demanda Vlana qui était à présent en train de reboutonner sa robe.
Fafhrd la regarda d'un air songeur. Alors, sans répondre le moins du monde à sa question, il plongea à travers l'ouverture et se releva, attendant l'arrivée d'un homme dont il voyait le visage s'assombrir de colère à travers le brouillard persistant.

Cet homme était aussi grand que lui, une fois et demie aussi large et corpulent et à peu près deux fois plus âgé. Il était vêtu de peaux de phoque marron et d'argent incrusté d'améthystes, à part les deux bracelets d'or massif à ses poignets et la chaîne d'or autour de son cou, qui désignaient un chef pirate.

Fafhrd éprouvait une légère frayeur, non pas du fait de l'homme qui s'approchait, mais à cause des cristaux de glace qui étaient à présent plus épais sur les tentes que lorsqu'il avait apporté Vlana. L'élément sur lequel Mor et ses sœurs en sorcellerie avaient le plus d'action était le froid, que ce soit dans la tête ou les reins d'un homme, ou bien dans son épée ou dans sa corde à grimper qu'il faisait se briser. Il s'était souvent demandé si c'était la magie de Mor qui avait rendu son cœur si glacé. A présent, le froid allait envelopper la danseuse. Il devait la mettre en garde, mais voilà, elle était civilisée, et elle se moquerait de lui.

Le gros homme arrivait.

— Honorable Hringorl, dit Fafhrd avec douceur en guise de bienvenue.

Pour toute réponse, l'homme porta du revers de la main un coup de bas en haut au menton de Fafhrd.

Celui-ci s'écarta brusquement en chancelant sous le coup, puis sortit simplement par le même chemin qu'il avait pris pour entrer.

Hringorl haletait; il le regarda un court instant, puis plongea dans la tente semi-circulaire.

Hringorl était certainement l'homme le plus puissant du Clan des Neiges, se disait Fafhrd; il n'avait pas le rang de chef à cause de ses manières brutales et de son mépris des usages. Les Femmes des Neiges le détestaient, mais trouvaient difficile d'avoir prise sur lui, puisque sa mère était morte et qu'il n'avait jamais pris femme; il trouvait satisfaction à ses instincts avec les concubines qu'il ramenait de ses expéditions de piraterie.

L'homme au turban et à la moustache noirs sortit

de l'endroit où il s'était tenu dissimulé et s'approcha lentement de Fafhrd.

— C'était bien joué, mon ami, dit-il. Surtout quand tu as ramené la danseuse.

— Tu es Vellix l'Aventureux, dit Fafhrd sans se démonter.

— J'apporte de l'eau-de-vie de Kleg Nar destinée à ce centre de vente. Veux-tu en goûter avec moi? dit l'autre en acquiesçant.

— Je suis désolé, répondit Fafhrd, mais j'ai rendez-vous avec ma mère.

— Une autre fois, dans ce cas, dit Vellix avec aisance.

— Fafhrd!

C'était Hringorl qui venait de l'appeler. Il ne paraissait plus en colère. Fafhrd se retourna. Le gros homme était debout à côté de la tente. Fafhrd ne bougeant pas, il s'approcha. Pendant ce temps, Vellix s'éclipsait avec autant d'aisance qu'il en avait mis dans sa façon de parler.

— Excuse-moi, Fafhrd, dit Hringorl, sur un ton bourru. Je ne savais pas que tu avais sauvé la vie de la danseuse. Tu m'as rendu un grand service. Tiens!

Il détacha de l'un de ses poignets un lourd bracelet d'or et le lui offrit.

Fafhrd ne tendait pas la main.

— Aucun service d'aucune sorte, dit-il. J'ai seulement évité que ma mère ne commette une vilaine action.

— Tu as servi en mer sous mes ordres, gronda soudain Hringorl (son visage s'empourprait bien qu'il eût encore essayé de sourire). Tu accepteras donc mes cadeaux comme tu acceptais mes ordres.

Il prit la main de Fafhrd, y plaça le lourd bracelet d'or, referma dessus les doigts du garçon et recula d'un pas.

Fafhrd s'agenouilla sur-le-champ et se hâta de dire :

— Excuse-moi, mais je ne puis accepter ce que je

n'ai pas gagné d'une manière régulière. Et à présent, il faut que j'aille au rendez-vous que m'a fixé ma mère.

Il se leva rapidement, se retourna et s'éloigna. Derrière lui, sur la neige intacte, le bracelet d'or brillait.

Il entendit Hringorl gronder, puis pousser un juron aussitôt étouffé, mais ne se retourna pas pour voir si son cadeau dédaigné avait été ramassé. Il trouvait pourtant un peu difficile de ne pas adopter une démarche sinueuse ou de ne pas rentrer un peu le cou, pour le cas où Hringorl déciderait de lui lancer à la tête ce bracelet massif.

Il arriva bientôt à l'endroit où sa mère était assise au milieu de sept Femmes des Neiges. Les huit femmes se levèrent. Il s'arrêta à un mètre d'elles. Il pencha la tête et, en regardant de côté, il dit :

— Me voici, Mère.

— Tu es resté bien longtemps, dit-elle. Tu es resté beaucoup trop longtemps.

Autour d'elle, six têtes acquiescèrent avec sollennité. Fafhrd remarqua toutefois, à la limite de son champ de vision qui était brouillé, que la septième et la plus mince des Femmes des Neiges reculait lentement.

— Mais je suis ici, dit-il.

— Tu as désobéi à mes ordres, reprit Mor avec froideur.

Son visage décharné, qui avait été beau, aurait paru très malheureux, s'il n'avait été aussi orgueilleux et dominateur.

— Mais à présent j'y obéis, répliqua Fafhrd.

Il remarqua que la septième Femme des Neiges était à présent en train de courir silencieusement, avec son grand manteau blanc qui flottait derrière elle; elle passait entre les tentes leur servant d'habitations, en direction de la forêt blanche qui marquait la limite de la Carre Glacée partout où ce n'était pas le Canyon des Trollsteps qui la bordait.

— Très bien, dit Mor. Et maintenant, tu vas obéir en me suivant jusqu'à la Tente des Rêves pour une purification rituelle.

— Je ne suis pas souillé, annonça Fafhrd. De plus, je me purifie à ma façon, qui est aussi agréable aux Dieux.

Il y eut des gloussements de désapprobation choquée de la part de toutes les consœurs de Mor. Fafhrd avait parlé avec audace, mais il tenait toujours la tête penchée, de telle sorte qu'il ne voyait pas leurs visages, et leurs yeux ensorceleurs; il n'apercevait que de longues formes vêtues de blanc qui faisaient comme un bouquet de grands bouleaux.

— Regarde-moi dans les yeux, dit Mor.

— Je remplis tous les devoirs habituel d'un fils adulte, dit Fafhrd, depuis le ravitaillement jusqu'à la protection par mon épée. Mais, autant que je puisse savoir, regarder ma mère dans les yeux n'est pas du nombre de ces devoirs.

— Ton père m'obéissait toujours, lui rappela Mor sur un ton de mauvais augure.

— Toutes les fois qu'il apercevait une haute montagne, il n'obéissait à personne d'autre qu'à lui-même; et il l'escaladait, reprit Fafhrd en la contredisant.

— Oui, et il y a trouvé sa fin! s'écria Mor.

Sa maîtrise de soi lui permettait de contrôler sa douleur et sa colère, mais sans les dissimuler.

— D'où venait ce grand froid qui a fait rompre sa corde et son pic sur le Croc Blanc? demanda Fafhrd sur un ton sévère.

Parmi les hoquets de surprise de ses compagnes, Mor dit de sa voix la plus grave :

— La malédiction de ta mère, Fafhrd, sur ta désobéissance et tes mauvaises pensées!

— J'accepte docilement ta malédiction, Mère, dit Fafhrd avec un étrange empressement.

— Ma malédiction n'est pas sur toi, mais sur tes imaginations mauvaises.

— Mais néanmoins, je la conserverai toujours précieusement, reprit Fafhrd en l'interrompant. Et à présent, n'obéissant qu'à moi-même, je dois te quitter, jusqu'à ce que le démon de la colère t'ai abandonnée.

Sur ces paroles, la tête toujours penchée et détournée, il se dirigea rapidement vers un point de la forêt à l'est des tentes, mais à l'ouest de la grande langue boisée couverte de neige qui s'étendait vers le sud, presque jusqu'à la Salle des Dieux. Les sifflements furieux de la cohorte de Mor le suivaient, mais sa mère ne prononça pas son nom, ni aucune autre parole. Fafhrd aurait presque souhaité qu'elle le fît.

Les blessures se cicatrisent très vite, quand on est jeune. Tandis que Fafhrd s'enfonçait dans ses bois bien-aimés, sans heurter une seule brindille couverte de givre, ses sens étaient en éveil, l'articulation de son cou souple, toute la surface du corps qui recouvrait son être intime était aussi nette que cette étendue de neige intacte devant lui, prête pour une nouvelle expérience. Il prit une allure beaucoup plus lente, en évitant les buissons aux épines endiamantées qui se trouvaient sur sa gauche, pour se diriger à sa droite, vers les énormes saillies de granit clair dissimulées par un écran de sapins.

Il voyait des traces d'oiseaux, d'écureuils, d'ours; des oiseaux des neiges picoraient les baies de leur bec noir; un serpent des neiges, qui ressemblait à une énorme chenille velue, siffla à son approche, et il n'aurait même pas sursauté s'il avait vu surgir un dragon aux piquants givrés de glace.

Il ne fut donc absolument pas surpris de voir un grand sapin aux très hautes branches ouvrir son tronc à l'écorce plaquée de neige pour laisser apparaître la dryade qu'il recelait, un visage joyeux de fille aux yeux bleus, aux cheveux blonds, une dryade qui n'avait pas plus de dix-sept ans. En fait, il s'attendait à une telle apparition depuis qu'il avait vu la septième Femme des Neiges s'enfuir.

Mais il joua pourtant la surprise, le temps de deux battements de cœur. Puis il s'élança en s'écriant :

— Mara, ma sorcière!

Des deux mains il détacha son corps vêtu de blanc de l'environnement qui la camouflait, et la tint serrée dans ses bras. Ils restèrent là, debout, ne formant qu'une seule colonne blanche, le temps d'au moins vingt battements de cœur, les plus délicieusement bouleversants qui fussent, leurs manteaux n'en formant qu'un, leurs lèvres unies.

Alors, elle trouva sa main droite et la fit entrer dans son manteau, passer à travers la fente de sa jupe, sous son long vêtement, pour la presser sur son bas-ventre à la toison frisée.

— Devine, murmura-t-elle en lui léchant l'oreille.

— Cela fait partie d'une fille. Je crois que c'est un..., commençait-il à dire très gaiement, bien que ses pensées fussent déjà en train de s'orienter irrésistiblement dans une direction tristement différente.

— Non, idiot, c'est à propos de quelque chose qui t'appartient, lui dit le murmure humide.

La triste direction prise par ses pensées était à présent celle d'une chute glacée, qui aboutissait à une certitude. Néanmoins, il dit courageusement :

— Eh bien! cela a beau être ton droit, j'avais pourtant espéré que tu n'aurais pas essayé d'autres garçons. Je dois dire que je suis extrêmement honoré...

— Espèce de crétin! Je voulais dire que c'était quelque chose qui nous appartient.

Ses tristes pensées s'orientaient à présent dans un tunnel sombre et glacé, qui se transformait en puits. Automatiquement, et le cœur bondissant, comme il convenait, Fafhrd dit :

— Non?...

— Si! J'en suis certaine, espèce de monstre. Cela fait deux mois que je n'ai rien vu venir.

Mieux qu'elles n'avaient fait de toute sa vie, les lèvres de Fafhrd firent leur office en se refermant sur les mots. Quand elles finirent par se rouvrir, elles se trouvaient, ainsi que la langue placée derrière, entièrement sous le contrôle des mystérieux yeux verts. Ce fut alors une grande explosion de joie :

— Oh Dieux! Comme c'est merveilleux! Je suis

père! Comme c'est intelligent de ta part, Mara!

— Très intelligent, en vérité, reconnut la fille, d'avoir fabriqué une chose aussi délicate après le traitement brutal que tu m'as fait subir. Mais à présent, il faut que je te rende la pareille, pour cette remarque désobligeante à propos des autres garçons que j'aurais essayés.

Elle releva sa jupe sur sa croupe et guida les deux mains de Fafhrd sous son manteau, jusqu'à un nœud de courroies qui se trouvait à la base de son épine dorsale. (Les Femmes des Neiges portaient des capuchons et des bottes de fourrure, à chaque jambe un long bas de fourrure accroché à une ceinture et encore un ou plusieurs vêtements et manteaux de fourrure, c'était un habillement pratique, assez semblable à celui des hommes, sauf que les manteaux étaient plus longs.)

Fafhrd tripotait le nœud, d'où pendaient trois courroies serrées et disait :

— Vraiment, Mara chérie, je n'aime pas ces ceintures de chasteté. Ce n'est pas une chose de gens civilisés. En outre, cela doit t'arrêter la circulation.

— Toi et ta manie de la civilisation! J'aimerais bien t'en débarrasser! Vas-y, défais le nœud, et assure-toi que personne d'autre que toi n'a pu le faire.

Fafhrd s'exécuta et dut reconnaître que c'était bien son œuvre et celle de personne d'autre. Le travail prit un certain temps. Il était très agréable, à en juger par les petits cris et les doux gémissements de Mara, ses pinçons et ses petits coups de dents. Fafhrd lui-même commençait à s'y intéresser. Le travail terminé, il obtint la récompense de tous les menteurs courtois : Mara l'aimait tendrement, parce qu'il lui avait dit exactement les mensonges qui convenaient; elle le montra par son comportement enjôleur; l'intérêt qu'il lui portait et son excitation prenaient des proportions de plus en plus grandes.

Après certaines manipulations et d'autres témoignages d'affection, ils tombèrent côte à côte dans la neige, sur la couche formée par leurs manteaux et leurs capuchons de fourrure, qui les recouvraient par ailleurs complètement.

Un passant aurait pu croire qu'un monticule de neige avait pris vie, s'animait de mouvements convulsifs, était peut-être sur le point de donner naissance à un Homme des Neiges, à un elfe ou à un démon.

Au bout d'un moment, le monticule de neige s'apaisa et le passant éventuel aurait dû se baisser très bas pour entendre les voix qui en sortaient.

— Devine à quoi je pense.

— Que tu es la Reine du Bonheur. Aaah!

— Aaah! toi de même et oooh! Et tu es le Roi des Bêtes Sauvages. Non, idiot, je vais te dire. Je pensais à quel point je suis heureuse que tu aies eu avant notre mariage tes aventures dans le sud. Je suis sûre que tu as violé des douzaines de femmes du sud ou que tu leur as même fait l'amour d'une façon décente : c'est peut-être ce qui explique tes idées fausses sur la civilisation. Mais ça m'est complètement égal. Je ne t'en aimerai que davantage.

— Mara, tu es d'une brillante intelligence, mais, tout de même, tu exagères énormément au sujet de cette expédition de piraterie que j'ai faite sous les ordres de Hringorl, et spécialement des occasions d'aventures amoureuses qu'elle a pu me fournir. Tout d'abord, tous les habitants des villes du littoral que nous avons pillées, et particulièrement les jeunes femmes, se sont enfuis dans les collines avant même que nous ayons débarqué. Et s'il y a eu des femmes violées, comme je suis le plus jeune, je me trouvais tout à la fin de la liste et j'ai pu à peine essayer. A dire vrai, les seuls personnages intéressants dont j'aie fait la connaissance à l'occasion de ce lugubre voyage étaient deux vieillards retenus pour être libérés contre rançon, de qui j'ai appris des rudiments de Quarmallien et de Haut Lankhmarien, et un jeune garçon maigrichon qui faisait son apprentissage de sorcier d'occasion. Il était habile au maniement de la dague, celui-là, et il avait l'esprit tourné du côté des légendes, comme mon père et moi.

— Ne regrette rien. La vie deviendra beaucoup plus excitante quand nous serons mariés.

— C'est là où tu fais erreur, Mara chérie. Attends, laisse-moi t'expliquer! Je connais ma mère. Une fois que nous serons mariés, Mor s'attend à ce que tu fasses tout, cuisine et ménage de la tente. Elle te traitera comme si tu étais aux sept huitièmes son esclave et, peut-être, pour un huitième ma concubine.

— Ah! Il faudra réellement que tu apprennes à mettre ta mère au pas, Fafhrd. Mais ne t'inquiète pas pour cela, mon chéri. Il es clair que tu ignores tout des armes dont une jeune épouse infatigable peut disposer contre une vieille belle-mère. Je la remettrai à sa place, même si je dois l'empoisonner, oh! pas au point de la faire mourir, mais pour l'affaiblir suffisamment. Avant trois lunes, mon regard la fera trembler et tu te sentiras beaucoup plus un homme. Je sais que tu n'es qu'un enfant, et, ton père étant mort jeune, elle a pris sur toi une influence anormale, mais...

— Je me sens tout à fait un homme en ce moment, petite sorcière immorale et venimeuse, tigresse des glaces; et j'ai l'intention de le prouver sans délai. Défends-toi! Ah! est-ce que tu...

Une fois de plus le monticule de neige fut pris de soubresauts, comme un ours des glaces mourant dans des ccnvulsions. L'ours mourut dans une musique de sistres et de triangles, qu'on aurait cru produite en s'entrechoquant par les cristaux de glace étincelants qui s'étaient amassés en nombre anormal sur les manteaux de Mara et de Fafhrd pendant leur dialogue, et qui étaient aussi d'une taille exceptionnelle.

Le jour à son déclin se hâtait de laisser place à la nuit, comme si les dieux qui commandent au soleil et aux étoiles avaient été, eux aussi, impatients d'assister au Spectacle.

Hringorl était en conférence avec ses trois principaux séides, Hor, Harrax et Hrey. Ils prenaient des airs menaçants, hochaient la tête, et le nom de Fafhrd était mentionné.

Le plus jeune époux du Clan des Neiges, un jeune coq vaniteux et sans cervelle, tomba dans une embuscade de jeunes Épouses des Neiges qui faisaient une patrouille et qui, après l'avoir bombardé de boules de neige gelée, le laissèrent inconscient sur le terrain. Elles l'avaient surpris en conversation effrontée avec une jeune actrice mingole. Ensuite, se trouvant à coup sûr mis hors de combat pour les deux jours que dureraient les représentations, il fut tendrement, mais très lentement, ramené à la vie par les soins attentifs de son épouse, qui, parmi les lanceuses de boules de neige, s'était montrée la plus acharnée.

Mara, heureuse comme une colombe des neiges, s'arrêta au passage sous cette tente et prêta son concours. Mais, tandis qu'elle regardait ce mari si désemparé et cette épouse si tendre, ses sourires et sa grâce de rêve s'évanouissaient. Elle se contractait, et, pour une fille aussi athlétique, était presque agitée. Trois fois elle ouvrit la bouche pour parler, puis la referma en faisant la moue, et partit finalement sans dire un mot.

Sous la Tente des Femmes, Mor et ses acolytes lançaient un charme sur Fafhrd pour le ramener à la maison et un autre pour lui geler les reins; puis elles entamèrent une discussion concernant des mesures plus énergiques à prendre à l'encontre de cet univers tout entier composé de fils, de maris et d'actrices.

Le second enchantement n'eut aucun effet sur Fafhrd, probablement parce que, au même moment, il prenait un bain de neige. C'est un fait connu que la magie a peu d'effet sur ceux qui sont déjà en train de s'infliger un traitement devant donner les mêmes résultats que l'enchantement. Après avoir quitté Mara, il s'était dévêtu, s'était plongé dans une épaisseur de neige amoncelée, s'était frotté sur toute la surface de son corps, jusque dans le moindre repli et dans tous les recoins, avec de la neige poudreuse. Afin de combattre l'engourdissement causé par le froid, il utilisa des branches de sapin aux aiguilles très fournies pour balayer la neige et se mettre le sang en mouvement. Une fois habillé, il ressentit l'attraction du premier enchantement, mais y résista et se rendit discrètement sous la tente des deux vieux marchands mingols, Zax et Effendrit, qui avaient été les amis de son père, et il resta assoupi jusqu'au soir au milieu d'un entassement de fourrures. Aucun des sorts de sa mère ne pouvait le suivre là où il était; du fait d'une coutume commerciale, c'était une zone minuscule de territoire mingol, bien que les tentes aient commencé à s'affaisser sous le poids d'un nombre anormal de cristaux de glace, que les plus âgés parmi les Mingols, secs et ridés, mais adroits comme des singes, brisaient bruyamment à coups de bâton. Ce bruit arrivait agréablement jusque dans le rêve de Fafhrd, mais sans le réveiller. Si sa mère l'avait su, elle en aurait été consternée; elle estimait en effet que le plaisir et le repos sont mauvais pour les hommes. Son rêve se transformait; il voyait à présent Vlana exécuter une danse onduleuse, habillée d'une résille de fils d'argent très fins; là où ces fils se joignaient, étaient suspendue une quantité de minuscules clochettes d'argent. Cette vision aurait mis Mor dans un grand état de fureur. Heureusement, elle ne mettait pas en œuvre, à ce moment-là, son pouvoir de lire à distance dans les esprits.

Vlana somnolait de son côté, tandis que l'une des filles mingoles, à qui elle avait donné un demi-smerduk d'avance, renouvelait les compresses de neige toutes les fois que cela était nécessaire; lorsque les lèvres de Vlana lui paraissaient sèches, elle les humectait de vin doux, dont quelques gouttes pénétraient dans la bouche. Dans l'esprit de Vlana se pressaient tumultueusement des anticipations et des complots, mais chaque fois qu'elle s'éveillait, elle se calmait au moyen d'une formule magique orientale, qui ressemblait à ceci :

— Réveiller, sommeiller; réveil, sommeil; fuir, bruire; siffle, grille; brûlé, brisé; corps, mort; ombre, sombre; terre, mère; sommeil, réveil; sommeiller, réveiller.

Et la bouche se bouclait ainsi. Elle savait qu'une femme peut se mettre à avoir des rides dans son esprit aussi bien que sur sa peau. Elle savait également que seule une vieille fille recherche les vieilles filles. Et finalement, elle sut qu'un acteur, comme un soldat, fait bien de dormir toutes les fois que cela lui est possible.

Vellix l'Aventureux, en se glissant dans les parages sans but précis, entendit parler de certaines machinations de Hringorl, vit Fafhrd entrer sous la tente où il se réfugiait, remarqua qu'Essedinex buvait plus que de coutume et tendit un instant l'oreille à ce qui se disait autour du Chef de la Troupe.

Dans la troisième des tentes en forme de poisson réservées aux acteurs, et qui était celle des filles, Essedinex discutait avec les deux filles mingoles, des jumelles, et un Ilthmarien à peine pubère, sur la quantité de graisse dont ils se proposaient d'enduire leurs corps épilés pour la représentation du soir.

— Par les os noirs, vous allez me mettre sur la paille, s'écriait-il sur un ton plaintif. Et vous ne paraîtrez pas plus lascifs que des quartiers de porc.

— D'après ce que je sais des Nordiques, ils aiment que leurs femmes soient bien bardées et pourquoi pas à l'extérieur aussi bien qu'à l'intérieur? demanda la première fille mingole.

— Bien plus, ajouta sa jumelle sur un ton aigre, si vous vous attendez que nous nous gelions les doigts de pied et le bout des seins pour plaire à un public de vieux ours puants, vous vous mettez le doigt dans l'œil.

— Ne t'en fais pas, Seddy, répondit l'Ilthmarien en tapotant la joue rubiconde et les cheveux blancs clairsemés du Chef de la Troupe, je ne suis jamais meilleur que lorsque je suis sentimental. Nous allons les avoir après nous, il nous pourchasseront jusqu'en haut des murs, nous leur glisserons entre les doigts comme des graines de melon baignées d'huile.

— Pourchasser?... Essedinex saisit l'Ilthmarien par son épaule maigre. Tu ne provoqueras pas d'orgies ce soir, tu m'entends? Aguicher, ça paie. Les orgies, non. Ce qu'il faut c'est...

— Nous savons très bien jusqu'où on peut aguicher, papa, dit l'une des filles mingoles.

— Nous savons les contrôler, enchaîna sa sœur.

— Et si nous, nous ne réussissons pas, Vlana, elle, y arrive toujours, ajouta pour conclure l'Ilthmarien.

Tandis que s'allongeaient les ombres presque imperceptibles, et que les volutes de brume s'épaississaient avec la nuit tombante, les cristaux qui se trouvaient partout semblaient grossir encore un peu plus vite. Les palabres dans les tentes des marchands, que l'épaisse langue boisée couverte de neige empêchait d'entendre des tentes d'habitations, se poursuivirent avec moins d'intensité, pour cesser ensuite complètement. Les incantations interminables, à voix basse, qui venaient de la Tente des Femmes, devinrent plus perceptibles, en continuant sur un ton plus élevé. Une brise vespérale venant du nord fit tinter les cristaux de glace. La mélopée se fit plus violente et, comme sur commande, brise et tintement cessèrent. La brume déroula de nouveau ses écharpes, venant de l'est et de l'ouest, les cristaux se remirent à grossir. Le chant des femmes s'estompa jusqu'à n'être plus qu'un simple murmure. Toute la Carre Glacée se raidit, se fit silencieuse à l'approche de la nuit.

Le jour disparut à l'ouest derrière l'horizon, comme si l'obscurité lui avait fait peur.

Dans l'étroit espace qui s'étendait entre les tentes des acteurs de la Salle des Dieux, il y eut un mouvement, une lueur, une étincelle brillante jaillit, crépita pendant le temps de neuf, dix, onze battements de cœur; il y eut alors un éclair, et une comète, avec une queue bien fournie de feu orange qui, projetant des étincelles, s'éleva, d'abord lentement, puis de plus en plus vite. Très haut par-dessus la cime des sapins, presque sur le bord du ciel, vingt et un, vingt-deux, vingt-trois, la queue de la comète s'éteignit et éclata bruyamment en neuf étoiles blanches.

C'était la fusée annonçant la première représentation du Spectacle.

De l'intérieur, la Salle des Dieux était un long vaisseau élevé, démentiel, envahi par une obscurité glacée, très mal éclairé et chauffé par un arc de chandelles placé à la proue, qui, tout le reste de l'année, était un autel, et qui était transformé en scène. Les mâts étaient constitués par onze grands sapins vivants jaillissant de l'avant, de l'arrière, et des bords du navire. Ses voiles, en fait, tout simplement ses murs, étaient des peaux de bêtes cousues ensemble et lacées étroitement autour des mâts. Au-dessus des têtes, ce n'était pas le ciel qu'on voyait, mais des branches de sapin étroitement entrelacées, blanches de neige, s'amorçant au-dessus du pont à une hauteur correspondant au moins à cinq fois la taille d'un homme.

L'arrière et l'embelle de cet étrange navire, qui n'était mû que par les vents de l'imagination, étaient couverts d'Hommes des Neiges vêtus de leurs fourrures de couleurs sombres, assis sur des souches et des couvertures roulées. Ils étaient gais d'avoir un peu trop bu, ils se lançaient des reparties et des plaisanteries, mais sans crier trop fort. Lorsqu'ils avaient pénétré dans la Salle des Dieux, ou, plus exactement, quand ils étaient montés à bord du Vaisseau des Dieux, ils avaient été saisis d'une crainte religieuse et respectueuse, en dépit, ou plutôt peut-être à cause de l'usage profane qui en était fait ce soir-là.

Commencèrent alors des percussions rythmées, sinistres comme le pas du léopard des neiges, avec tant de douceur que personne n'aurait pu dire quand elles avaient débuté, sauf qu'à un moment donné il y avait du mouvement et des conversations dans le public et qu'un instant après plus du tout. On voyait toutes les mains posées sur les genoux, ou tenues serrées, un grand nombre de paires d'yeux explorant la scène éclairée par des chandelles, entre deux écrans décorés de volutes blanches et grises.

Les percussions se firent plus fortes, s'accélérèrent, se compliquèrent de battements sur un rythme s'entrelaçant au premier, puis reprirent avec la régularité du pas du léopard.

Sur la mesure scandée par le tambour, bondit sur la scène un félin très mince, recouvert d'une fourrure d'argent, au corps court, avec de longues pattes, de longues oreilles pointues, de longues moustaches et de longs crocs blancs. L'animal avait à peu près un mètre de haut au garrot. Le seul détail humain était représenté chez lui par une crinière brillante de longs cheveux noirs qui lui tombaient sur la nuque et revenaient par-devant sur son épaule droite.

Il fit deux fois le tour de la scène, en penchant la tête et en faisant semblant de flairer une piste, tout en poussant des grognements sourds.

Il remarqua alors le public, poussa un cri, se tapit sur le sol, et, tout en rampant, vint le menacer des longues griffes brillantes qui terminaient ses pattes de devant.

Deux des spectateurs étaient tellement pris par l'illusion que leurs voisins durent les retenir au moment où ils allaient lancer un couteau ou brandir une hache à manche court contre ce qu'ils croyaient fermement être une véritable et dangereuse bête sauvage.

La bête passait les spectateurs en revue, en écartant ses lèvres noires pour démasquer ses crocs et ses petites dents. Elle faisait aller rapidement son museau d'un côté à l'autre, les examinait de ses grands yeux bruns, tandis que sa courte queue fouettait l'air d'avant en arrière.

Elle dansa alors une sorte de danse du léopard mimant la vie, l'amour, la mort, quelquefois sur ses pattes de derrière, mais la plupart du temps à quatre pattes. Elle folâtrait, examinait tout, menaçait en se ramassant, attaquait puis s'enfuyait, miaulait et se tortillait comme un grand chat lascif.

Malgré ses longs cheveux noirs, il n'était toujours pas plus facile au public d'imaginer qu'il pouvait s'agir d'un être humain du sexe féminin vêtu d'un costume de fourrure très ajusté. Sauf sur un point : ses pattes de devant étaient aussi longues que celles de derrière et semblaient comporter une articulation de plus.

Une chose blanche poussa un cri rauque, sortit de derrière l'un des écrans et s'éleva. D'un bon rapide et d'un coup de patte, le grand chat d'argent la frappa et, la renvoyant à l'arrière de la scène, fondit dessus.

Tout le monde, dans la Salle des Dieux, entendit le cri du pigeon des neiges et le bruit que faisait son cou en se rompant.

Le grand chat, maintenant debout comme un être humain, tenait l'oiseau mort entre ses crocs. Il adressa au public un soupir, mélange de répugnance et de désir ardent, de curiosité à l'égard de ce qui allait se passer, et d'envie de voir ce qui se faisait.

Cependant, Fafhrd, lui, ne soupirait pas. Tout d'abord, le moindre mouvement aurait pu révéler sa cachette. Ensuite, il pouvait voir nettement ce qui se passait entre les deux écrans décorés de volutes.

Son jeune âge lui avait fait interdire le Spectale; resté seul selon les désirs de Mor et du fait de ses sorcelleries, une demi-heure avant la représentation il était grimpé le long du tronc formant l'une des colonnes de la Salle des Dieux, sur le côté du précipice, en profitant d'un moment où personne ne regardait. Les solides laçages des parois de peaux de bêtes lui avaient beaucoup facilité l'escalade. Alors, il avait rampé avec précaution jusqu'à deux des solides branches de sapin qui poussaient vers l'intérieur, tout près l'une de l'autre, en prenant bien soin de ne pas déplacer les aiguilles jaunies ni la neige accumulée, jusqu'à ce qu'il ait trouvé un trou favorable à l'observation, une ouverture donnant sur la scène, mais presque complètement invisible du public. Ensuite, il ne s'était plus agi que de se tenir assez tranquille pour ne pas faire tomber d'aiguilles de sapin ou de neige, qui auraient trahi sa présence. Si quelqu'un, en levant la tête, apercevait dans la pénombre quelque partie de son vêtement blanc, il le prendrait pour de la neige. C'est du moins ce qu'espérait Fafhrd.

Il regardait à présent les deux filles mingoles débarrasser rapidement les bras de Vlana de ses étroites manches de fourrure en même temps que de leurs rallonges rigides, se terminant par des griffes, dans lesquelles les mains de la danseuse étaient dissimulées. Ensuite, elles dépouillèrent les jambes de l'actrice assise sur un tabouret de la fourrure qui les recouvrait. Après avoir retiré les crocs de ses dents, elles se hâtèrent de décrocher son masque de léopard et la partie qui lui dissimulait les épaules.

Un moment plus tard, Vlana revenait à pas traînants sur la scène, sous l'aspect d'une femme des cavernes vêtue d'un court sarong de fourrure argent, mâchonnant paresseusement le bout d'un os long et massif. Elle mimait la journée d'une femme des cavernes : soins au feu et au bébé, gifles à la marmaille, préparation des peaux de bêtes et travaux de couture. Les choses devenaient un petit peu plus excitantes avec le retour du mari, qu'on ne voyait pas, mais dont la mimique de la femme faisait imaginer la présence.

Le public suivait aisément l'histoire, il souriait quand elle demandait à son mari quelle viande il avait rapportée, montrait son mécontentement devant un butin aussi maigre, et ne voulait pas se laisser embrasser. Il s'esclaffait quand elle essayait de le frapper avec l'os qu'elle était en train de ronger et, en retour, se faisait étendre par terre d'un coup de poing. Ses enfants, affolés, venaient se blottir autour d'elle.

De là, elle quittait précipitamment la scène en passant derrière l'autre écran, qui dissimulait l'entrée des acteurs et également le Mingol manchot qui, avec les cinq doigts qui lui restaient, faisait toute la musique de percussions sur l'instrument niché entre ses pieds. Cette issue était en temps normal la porte du Prêtre des Neiges. Vlana envoya promener le reste de ses fourrures, changea l'inclinaison de ses yeux et de ses sourcils au moyen de quelques adroits coups de crayon et d'un même mouvement, semblait-il, enfila une longue robe grise munie d'un capuchon et revint sur scène, en incarnant le personnage d'une femme mingole des Steppes.

Après une courte séance de mime, elle s'accroupit avec grâce devant une table basse couverte de flacons placée sur le devant du plateau et commença à se maquiller et à se coiffer soigneusement en utilisant le public comme miroir. Elle fit tomber en arrière capuchon et robe, laissant paraître un vêtement de soie rouge plus court, que sa fourrure avait dissimulé auparavant. Rien n'était plus fascinant que de la voir appliquer sur ses lèvres, ses joues et ses yeux ces onguents et ces poudres de couleurs variées et ces poussières chatoyantes, de la voir échafauder ses cheveux noirs en une haute structure maintenue en place par de longues épingles aux têtes ornées de pierres précieuses.

Au moment même où Fafhrd avait besoin de tout son sang-froid, une grosse poignée de neige lui était appliquée et maintenue sur les yeux.

Il resta parfaitement immobile le temps de trois battements de cœur. Puis il se saisit d'un poignet assez mince et l'attira vers le bas sur une courte distance, tout en secouant la tête et en clignant des yeux.

Par un mouvement de torsion, le poignet se libéra et le paquet de neige tomba sur le col de la veste en peau de loup de Hor, l'homme de Hringorl, qui était assis juste au-dessous. Hor poussa un étrange cri grave et commença à regarder en l'air, mais, par bonheur, Vlana, au même instant, faisait tomber son sarong de soie rouge pour s'oindre d'onguent corail le bout des seins.

Fafhrd regarda autour de lui; il aperçut Mara qui lui adressait un sourire narquois; elle était étendue sur les deux branches les plus voisines des siennes, la tête à la hauteur de son épaule.

— Si j'avais été un Gnome des Glaces, tu serais mort! lui dit-elle d'une voix sifflante. A moins que je n'aie envoyé contre toi mes quatre frères, ce que j'aurais dû faire. C'était comme si tu n'avais plus eu d'oreilles, tu n'avais plus que des yeux pour regarder cette roulure décharnée. J'ai entendu raconter comment tu avais défié Hringorl à cause d'elle! Et refusé le bracelet d'or qu'il t'offrait!

— Je reconnais, ma chérie, que tu t'es glissée derrière moi très habilement et très silencieusement, dit Fafhrd dans un souffle, et d'autre part, tu sembles, toi, avoir des yeux et des oreilles pour t'intéresser à tout ce qui se raconte, et ne se raconte pas, à la Carre Glacée. Mais je dois dire, Mara...

— Ah! Maintenant tu vas me dire que je ne devrais pas être ici, parce que je suis une femme. Prérogatives des mâles, sacrilège intersexuel et ainsi de suite. Bon, mais nous ne devrions être ici ni l'un ni l'autre.

Fafhrd examina avec sérieux une partie de ce qu'elle venait de dire.

— Non, je crois au contraire que toutes les femmes devraient être ici. Ce qu'elles y apprendraient serait dans leur intérêt et à leur avantage.

— Se rouler comme une chatte en chaleur? Se laisser aller comme une esclave stupide? Oui, j'ai vu tout cela, moi aussi, pendant que tu étais en train de baver d'admiration, que tu étais complètement abruti et sourd! Vous autres hommes, vous riez de n'importe quoi, en particulier lorsque, la face congestionnée, vous haletez de concupiscence devant une putain sans vergogne qui exhibe sa nudité maigrichonne!

Mara s'échauffait, ses paroles, d'abord murmurées, étaient maintenant proférées d'une voix dangereusement forte et auraient pu très bien attirer l'attention de Hor et des autres, mais, encore une fois, la chance joua en leur faveur : la sortie de Vlana fut soulignée par un roulement de tambour sur lequel vint s'enchaîner une musique barbare et plutôt aigre, au rythme rapide : le petit Ilthmarien, qui jouait de la flûte nasale, était venu se joindre au manchot mingol.

— Je ne ris pas, ma chérie, je ne bave pas ni ne rougis, ma respiration ne s'accélère pas, je suis sûr que tu l'as remarqué. Non, Mara, mon seul objectif en me trouvant ici, c'est d'en apprendre davantage sur la civilisation.

Elle le regarda, lui sourit d'un air narquois, puis subitement tendre.

— Tu sais, je crois honnêtement que tu te l'imagines, incroyable petit enfant, lui souffla-t-elle à son tour d'un air étonné. A condition que cette décadence qu'on appelle civilisation soit d'un intérêt pour quiconque et qu'une putain qui se vautre soit en mesure de transmettre son message ou plutôt son absence de message.

— Je ne le crois ni ne me l'imagine, je le sais, répliqua Fafhrd en ignorant les autres remarques de Mara. Il y a tout un monde qui nous sollicite et nous n'aurions d'yeux que pour la Carre Glacée? Observe avec moi, Mara, et accède à la sagesse. L'actrice exprime par sa danse la culture de tous les pays et de toutes les époques. A présent , elle est une femme des Huit Cités.

Mara était peut-être en partie convaincue. Ou bien était-ce peut-être parce que le nouveau costume de Vlana la couvrait entièrement : corsage vert à manches, jupe ample et bleue, bas rouge et souliers jaunes; et aussi parce que la danseuse culturelle était un peu essoufflée; la danse tournoyante et scandée qu'elle exécutait faisait saillir les tendons de son cou. En tout cas, la Fille des Neiges haussa les épaules, sourit avec indulgence et murmura :

— Eh bien! je dois reconnaître que tout cela représente un certain intérêt, dégoûtant.

— Je savais que tu comprendrais, ma très chère. Tu as deux fois plus d'esprit que n'importe quelle femme de notre tribu, oui, ou que n'importe quel homme, roucoulait Fafhrd en la caressant tendrement, mais un peu distrait car il ne quittait pas la scène des yeux.

En changeant chaque fois de costume avec la rapidité de l'éclair, Vlana devint une houri de l'Orient, une reine Quarmallienne vêtue du fourreau traditionnel, une langoureuse concubine du Roi des Rois, et une arrogante dame de Lankhmar vêtue d'une toge noire. Il y avait ici une licence théâtrale : les hommes de Lankhmar étaient les seuls à porter la toge, mais, dans le Monde de Nehwon, ce vêtement symbolisait avant tout Lankhmar.

Cependant, Mara faisait de son mieux pour se conformer au bizarre caprice de son futur époux. Tout d'abord, elle était sincèrement intriguée et elle nota en elle-même des détails sur la façon qu'avait Vlana de s'habiller et des manières dans son comportement qu'elle aurait pu avoir avantage à adopter. Mais elle se décourageait peu à peu en constatant la supériorité de cette femme plus âgée, au point de vue savoir, expérience, entraînement. La façon de danser et de mimer de Vlana n'aurait visiblement pu s'apprendre qu'au prix d'un gros travail de mise au point sous la conduite d'un professeur. Et puis comment et tout particulièrement en quels lieux, une Fille des Neiges aurait-elle pu porter de tels vêtements? Ce sentiment d'infériorité fit naître celui de la jalousie, qui se transforma bientôt en haine.

La civilisation est néfaste, il fallait chasser Vlana de la Carre Glacée, Fafhrd avait besoin d'une femme pour organiser sa vie et tenir en échec son imagination délirante. Pas sa mère, bien entendu, cette femme terrible et incestueuse qui ne songeait qu'à dévorer son fils, mais une jeune épouse maligne et pleine d'attraits. Elle-même.

Elle se mit à surveiller Fafhrd avec attention. Il n'avait pas l'air d'être un mâle infatué de lui-même, il semblait d'une froideur de glace, mais il était, à coup sûr, complètement captivé par ce qui se passait sur la scène au-dessous d'eux. Elle se rappelait qu'un petit nombre d'hommes avaient la faculté de dissimuler leurs sentiments.

Vlana dépouilla sa toge et apparut dans une tunique faite de larges mailles de fils d'argent fin. A chaque point de jonction des fils étaient fixée une minuscule clochette d'argent. Lorsque Vlana s'agitait, ces clochettes tintaient; c'était comme si des petits oiseaux perchés dans un arbre avaient chanté un hymne à la gloire de son corps. Sa minceur semblait être à présent celle de l'adolescence, tandis qu'entre les mèches de cheveux brillants qui ruisselaient sur ses épaules ses grands yeux brillaient d'invites et d'allusions mystérieuses.

Le rythme de sa respiration, qu'il contrôlait jusque-là, s'accéléra. Ainsi, le rêve qu'il avait fait dans la tente des Mingols se réalisait! Son attention, qui s'était portée à moitié sur les pays et les époques que Vlana évoquait dans ses danses, était à présent entièrement concentrée sur sa personne et se transformait en désir.

Cette fois, son calme fut soumis à plus rude épreuve, car, sans avertissement, Mara l'empoigna par les jambes.

Mais il n'eut pas beaucoup de temps pour faire la démonstration de son calme. Elle le lâcha en s'écriant :

— Bête dégoûtante et lubrique! Tu es en train de t'exciter! et elle lui décocha un coup de poing dans le flanc, sur les côtes.

Il essaya de lui saisir les poignets, tout en se maintenant sur ses branches. Elle continuait à le frapper. Les branches du sapin craquaient et laissaient tomber neige et aiguilles.

En appliquant une taloche sur l'oreille de Fafhrd, Mara perdit l'équilibre : elle ne se retenait plus aux branches que par les pieds.

— Que les Dieux te fassent geler, espèce de garce, gronda Fafhrd.

Il saisit sa plus grosse branche d'une main et se laissa glisser le long de l'autre pour agripper le bras de Mara au-dessous de l'épaule.

Ceux qui regardaient d'en dessous, dès cet instant (il y en avait quelques-uns, en dépit de la violente attraction exercée en sens opposé sur la scène), virent deux torses vêtus de blanc, deux têtes blondes émergeant du toit de branchages. Le tout appartenait à des gens qui, visiblement, se battaient et menaçaient de plonger en faisant le saut de l'ange. Sans cesser leur pugilat, les deux silhouettes disparurent plus haut.

Un vieil Homme des Neiges s'écria : « Sacrilège ! » Un plus jeune : « Des resquilleurs ! Il faut les rosser ! »

On lui aurait peut-être obéi, car un quart des Hommes des Neiges du public étaient déjà sur leurs pieds, si Essedinex, qui surveillait de près tout ce qui se passait à travers un trou percé dans l'un des écrans et qui savait comment venir à bout d'un public turbulent, n'avait fait un signe du doigt au Mingol qui se trouvait derrière lui, puis avait ensuite levé vivement la main, paume en l'air.

La musique éclata. Les cymbales retentirent. Les filles mingoles et l'Ithmarien bondirent sur la scène, complètement nus, et se mirent à prendre des poses lascives autour de Vlana. Le gros Oriental passa devant eux, de sa démarche pesante, et mit le feu à sa grande barbe noire. Des flammes bleues crépitèrent, s'étendirent sur son visage et autour de ses oreilles. Il avait à la main une serviette mouillée, mais il attendit pour éteindre le feu qu'Essedinex lui ait soufflé de son trou d'observation, dans un murmure rauque :

— Ça suffit, on les a repris en main.

La barbe noire avait diminué de moitié en longueur. Les acteurs font de gros sacrifices, que n'apprécient pas à leur juste valeur les paysans, et souvent même leurs propres camarades.

Fafhrd se laissa tomber du haut des quatre mètres qui lui restaient à parcourir ; il se reçut sur l'amoncellement de neige qui s'était accumulée à l'extérieur de la Salle des Dieux, au moment même où Mara achevait de descendre. Ils se trouvèrent de nouveau face à face, plongés dans la neige jusqu'à la cheville. Au-dessus d'eux, la lune légèrement gibbeuse donnait naissance à des faisceaux de lumière blanche et faisait des ombres entre eux.

— Mara, demanda Fafhrd, où as-tu entendu raconter ce mensonge d'après lequel j'aurais défié Hringorl à propos de cette actrice?

— Débauché sans foi! s'écria-t-elle en lui décochant un coup de poing dans l'œil. (Puis elle s'en fut en direction de la Tente des Femmes, en pleurant et en sanglotant.) Je vais le dire à mes frères! Tu vas voir!

Fafhrd faisait des bonds en l'air en retenant un hurlement de douleur. Il fit trois enjambées à sa poursuite, puis s'arrêta, mit de la neige sur son œil contusionné et, dès qu'il ne ressentit plus qu'un battement, il se mit à réfléchir.

Il regarda autour de lui avec son autre œil, ne vit personne, se dirigea vers un bouquet de conifères couverts de neige au bord du précipice, se cacha au milieu, et poursuivit ses réflexions.

D'après ce qu'il entendait, le Spectacle continuait sur un rythme endiablé dans la Salle des Dieux. Il y avait des rires, des exclamations qui couvraient parfois les tambours et la flûte. Ses yeux, celui qui avait été touché recommençait à fonctionner, lui apprirent qu'il n'y avait personne auprès de lui. Ils se portèrent sur les tentes des acteurs, à l'extrémité de la Salle des Dieux, qui se trouvaient le plus près de la Nouvelle Route se dirigeant vers le sud, sur la tente des écuries se trouvant au-delà, et plus loin encore, sur les tentes des marchands. Ils revinrent alors jusqu'à la tente la plus proche qui était semicirculaire : celle de Vlana. Les cristaux de glace qui la recouvraient scintillaient à la lueur de la lune; un ver plat géant de cristal semblait ramper en son milieu, juste au-dessous de la grosse branche du sycomore.

Il s'avança, en glissant, en direction de cette tente, à travers la couche de neige endiamantée. Le nœud fermant le laçage de la porte lui parut. dans l'obscurité, très compliqué et complètement inconnu. Il retourna à l'arrière de la tente, la défit aux chevilles, passa à plat ventre dans l'ouverture comme un serpent, se retrouva au milieu du bas des jupes de Vlana pendues à un porte-manteau, replaça à peu près les chevilles, se leva, se secoua, avança de quatre pas et se laissa tomber sur la couche. Un peu de chaleur irradiait du brasero. Au bout d'un instant, il tendit la main vers la table et se versa une coupe d'eau-de-vie.

Il finit par entendre un bruit de voix. Elles devinrent plus fortes. Le laçage de la porte fut dénoué et relâché; il porta la main vers sa dague et se prépara en même temps à tirer sur lui une grande couverture de fourrure.

— Non... non... non... disait Vlana en riant mais sur un ton décidé. Elle fit rapidement un pas par-dessus les laçages dénoués, referma la porte d'une main tandis que, de l'autre, elle resserrait les cordons, puis elle jeta un coup d'œil par-dessus son épaule.

Son expression de vive surprise avait presque disparu lorsque Fafhrd la remarqua, pour être rapidement remplacée par un sourire de bienvenue qui lui faisait froncer le nez d'une manière comique. Elle se détourna de lui pour serrer soigneusement les lacets et elle passa un peu de temps à faire un nœud de l'intérieur. Alors, elle revint s'agenouiller à côté de lui. Elle le regardait à présent sans sourire, mais avec un air pensif, calme et énigmatique. Il tenta de se mettre au diapason. Elle portait la robe à capuchon de son costume mingol.

— C'est comme ça que tu as changé d'avis, au sujet de la récompense, dit-elle tranquillement, mais sur le ton de l'évidence. Comment peux-tu savoir si je n'ai pas changé d'avis, moi aussi?

En réponse à sa première question, Fafhrd secoua la tête. Puis, après un temps, il reconnut :

— Néanmoins, j'ai découvert que j'avais envie de toi.

— Je t'ai vu regardant le Spectacle du haut... de la

galerie, reprit Vlana. C'était presque du vol, tu sais. Je parle pour la pièce. Qui était cette fille avec toi? Ou bien, était-ce un jeune garçon? Je n'ai pas pu en avoir la certitude.

Fafhrd ne répondit pas. Il dit seulement :

— Je désire aussi te poser des questions au sujet de ta danse suprêmement adroite et... de ta façon de jouer toute seule.

— De mimer, dit-elle en lui apprenant le mot.

— Mimer, c'est cela. Et je voudrais aussi que tu me parles de la civilisation.

— C'est très bien. Ce matin tu m'as demandé combien je parlais de langues, dit-elle, en regardant la paroi de la tente, derrière lui. Il était clair qu'elle aussi réfléchissait. Elle prit la coupe d'eau-de-vie qu'il tenait à la main, but la moitié de ce qu'elle contenait encore, et la lui rendit.

— Très bien, reprit-elle en baissant les yeux sur lui sans changer d'expression. Je vais céder à ton désir, mon cher garçon. Mais le moment n'est pas venu. Il faut d'abord que je me repose et reprenne des forces. Va-t'en et reviens quans se lèvera l'étoile Shadah. Si je dors, réveille-moi.

— Il reste encore une heure avant l'aube, protesta-t-il en levant les yeux sur elle. Je vais me geler à attendre dans la neige.

— Ne fais pas ça, s'empressa-t-elle de dire. Je ne veux pas que tu sois aux trois quarts gelé. Va où tu auras chaud. Pour rester éveillé, pense à moi. Ne bois pas trop de vin. Maintenant, va-t'en.

Il se leva et fit mine de vouloir l'embrasser. Elle recula d'un pas, en disant :

— Plus tard... plus tard... tu auras tout.

Il se dirigeait vers la porte quand elle secoua la tête :

— On pourrait te voir. Passe par où tu es venu.

En repassant devant elle, sa tête heurta quelque chose de dur. Entre les arceaux supportant le milieu de la tente, la peau souple qui la formait s'était affaissée vers l'intérieur, tandis que les arceaux s'étaient aplatis sous le poids. Il se tapit un instant, prêt à saisir Vlana et à sauter d'une façon ou d'une autre, puis il se mit à donner des coups de poing, à exercer des poussées sur les arceaux, en frappant toujours vers l'extérieur. On entendait chaque fois un craquement et un tintement intense de cristaux accumulés, qui, du dehors, lui avaient fait penser à un ver plat géant. Il devait à présent s'être métamorphosé en serpent des neiges géant! Chaque fois la glace se brisait et était rejetée.

— Les Femmes des Neiges, disait-il en même temps, ne t'aiment pas. Et Mor, ma mère, n'est pas ton amie.

— Elles croient me faire peur avec leurs cristaux de glace? demanda Vlana avec mépris. Eh bien! je connais des sorcelleries orientales par le feu, auprès desquelles leurs misérables tours de prestidigitation...

— Mais en ce moment, tu te trouves sur leur territoire, à la merci de leur élément, qui est plus cruel et plus subtil que le feu, répondit Fafhrd en rejetant le dernier amas de glace, si bien que les arceaux reprirent leur forme et qu'entre eux le cuir redevint presque plat. Ne sous-estime pas leurs pouvoirs.

— Merci d'avoir évité à ma tente d'être écrasée. Mais à présent... tu t'en vas, et vite!

Elle parlait comme s'il s'était agi de choses insignifiantes, mais ses yeux restaient songeurs.

Avant de sortir comme un serpent sous la paroi arrière, Fafhrd jeta un coup d'œil par-dessus son épaule. Vlana regardait toujours le côté de la tente, elle tenait à la main la coupe vide qu'il lui avait donnée. Elle surprit son mouvement; alors, elle lui sourit tendrement, déposa un baiser sur la paume de sa main et souffla pour le lui envoyer.

Dehors, le froid s'était fait encore plus vif. Fafhrd alla tout de même jusqu'à son bouquet de conifères, serra étroitement son manteau autour de lui, rabattit son capuchon sur son front, en serrant le cordon, et s'assit en face de la tente de Vlana.

Lorsque le froid commença à transpercer ses fourrures, il se mit à penser à elle.

Soudain, il se trouva accroupi sur le sol et il fit mouvoir sa dague dans le fourreau.

Une silhouette s'approchait de la tente de Vlana, en restant le plus possible dans l'ombre. Elle semblait vêtue de noir.

Fafhrd s'avança en silence.

A travers l'air calme, lui parvint le bruit léger d'ongles qui grattent le cuir.

Il y eut une vague lueur, la porte s'ouvrait.

Il faisait assez clair pour qu'il pût voir le visage de Vellix l'Aventureux. Il entra et l'on entendit le bruit de laçages qu'on serre.

Fafhrd s'arrêta à dix pas de la tente et resta là pendant le temps d'environ douze battements de cœur. Alors, il dépassa sans bruit la tente, en restant à la même distance.

Il y avait un peu de lumière à l'entrée de la haute tente conique d'Essedinex. De la tente servant d'écuries qui se trouvait derrière, on entendit un cheval hennir deux fois.

Fafhrd s'accroupit et regarda à travers l'ouverture basse et lumineuse, à un jet de couteau de distance. Ses yeux allèrent d'un côté à l'autre. Il vit une table couverte de flacons et de tasses appuyés à la paroi en pente de la tente, en face de l'entrée.

Essedinex et Hringorl étaient assis, chacun à une extrémité de cette table.

Fafhrd fit le tour de la tente, à la recherche de Hor, Harrax ou Hrey. Il s'en approcha à l'endroit où l'on voyait vaguement la silhouette de la table et des deux hommes. Il écarta son capuchon et ses cheveux, et appliqua l'oreille contre le cuir.

— Trois lingots d'or, je ne peux pas aller plus loin, disait Hringorl sur un ton bourru. Le cuir assourdissait sa voix.

— Cinq, répondit Essedinex; et l'on entendit le bruit qu'on fait en avalant une gorgée de vin.

— Écoute, mon vieux, riposta Hringorl d'une voix revêche et menaçante, je n'ai pas besoin de toi. Je peux m'emparer de la fille et ne rien te donner du tout.

— Ah non! ça ne peut pas marcher comme ça, Maître Hringorl? (Essedinex paraissait tout joyeux.) Car alors la Troupe ne reviendrait jamais à la Carre Glacée, et qu'en penseraient les hommes de ton clan? Et puis je ne t'amènerais plus jamais de filles.

— Qu'est-ce que ça fait? répondit l'autre sur un ton insouciant. (La fin de sa phrase fut étouffée par le bruit qu'il faisait en avalant une nouvelle gorgée, mais Fafhrd sentit qu'il bluffait.) J'ai mon bateau. Je peux te couper la gorge à l'instant même et enlever la fille.

— Alors, fais-le, dit Essedinex avec entrain. Donne-moi seulement le temps de boire encore un coup.

— Très bien, vieille crapule. Quatre lingots d'or.

— Cinq.

Hringorl proféra des jurons diaboliques.

— Un de ces soirs, vieux maquereau, tu me pousseras à bout. De plus, cette fille est vieille.

— Ouais, vieille par son expérience du plaisir. T'ai-je dit qu'elle a été une élève des Sorcières d'Azorkah? Pour pouvoir être entraînée par elles afin de devenir la concubine du Roi des Rois et leur espionne à la cour de Horborixen. Et puis, dès qu'elle a eu acquis les connaissances érotiques qu'elle souhaitait, avec beaucoup d'intelligence, elle a faussé compagnie à ces terribles nécromants.

Hringorl rit avec une légèreté forcée.

— Pourquoi paierais-je seulement un lingot d'argent pour une fille qui a été possédée par des douzaines d'hommes? Le jouet de tous.

— Par des centaines d'hommes, tu veux dire, fit Essedinex en le reprenant. L'adresse ne s'acquiert que par l'expérience, tu le sais bien. Et plus grande est l'expérience, plus grande est l'adresse. Cependant, cette fille n'est jamais un jouet. Elle est l'initiatrice, celle qui révèle; elle joue avec un homme pour son plaisir à lui, elle peut lui donner l'impression d'être le roi de l'univers et avec un peu de chance, — qui sait? — faire même qu'il le soit vraiment. Qu'y a-t-il d'impossible pour une fille qui connaît les moyens de donner le plaisir des dieux eux-mêmes, mais oui, et des archi-démons? Et cependant, tu ne le croiras pas, mais c'est vrai, à sa façon, elle reste vierge à jamais. Car aucun homme ne l'a encore maîtrisée.

— On y veillera! dit Hringorl en hurlant presque de rire. On l'entendit avaler une gorgée, puis le ton de sa voix baissa. Très bien, cinq lingots d'or, espèce d'usurier. Livraison après la représentation de demain soir. Remise de l'or en échange de la fille.

— Trois heures après la représentation, le temps que la fille soit droguée et que tout le monde dorme. Pas la peine d'éveiller immédiatement la jalousie des membres de ton clan.

— Disons deux heures. D'accord? Et à présent, parlons de l'année prochaine. Je voudrais une noire, une Kleshite de race pure. Et pas de nouveau marché de cinq lingots d'or. Je ne tiens pas à une merveille de sorcellerie, seulement une jeune fille et d'une grande beauté.

— Crois-moi, lui répondit Essedinex, tu ne désireras plus aucune autre femme, dès que tu auras connu et, je te souhaite bonne chance, maîtrisé Vlana. Et naturellement, je suppose..

Fafhrd s'écarta de six pas de la tente et resta là, planté sur ses pieds écartés et solidement ancrés au sol; il se sentait la proie d'un étrange étourdissement, ou bien était-ce d'ivresse qu'il aurait fallu parler? Il avait déjà deviné que c'était presque certainement de Vlana qu'il s'agissait, mais le fait d'entendre prononcer son nom lui fit beaucoup plus d'effet qu'il ne s'y attendait.

Les deux révélations, se succédant à un si bref intervalle, le remplirent d'un sentiment composite qu'il n'avait jamais éprouvé; une rage débordante, et aussi le désir d'éclater d'un rire énorme. Il aurait voulu avoir une épée assez longue pour fendre le ciel en deux et faire tomber de leur lit les habitants du Paradis. Il aurait voulu lancer contre la tente d'Essedinex toutes les fusées du Spectacle. Il aurait voulu renverser la Salle des Dieux avec tous ses sapins et les faire passer sur toutes les tentes des acteurs. Il aurait voulu...

Il pivota sur ses talons et se dirigea rapidement vers la tente servant d'écuries. L'unique palefrenier ronflait sur la paille à côté d'une cruche vide et tout près du traîneau léger d'Essedinex. Fafhrd nota avec un rire satanique que le cheval qu'il connaissait le mieux se trouvait être justement celui de Hringorl. Il trouva un collier et un long rouleau de corde légère et solide. En marmonnant des paroles rassurantes derrière ses lèvres mi-closes, il sépara des autres le cheval qu'il avait choisi, une jument blanche. Le palefrenier ronflait de plus en plus fort.

Il remarqua de nouveau le léger traîneau. Le démon du risque le saisit, il déplaça l'épaisse toile goudronnée qui recouvrait l'espace ménagé entre les deux sièges. Parmi d'autres objets, s'y trouvait la réserve de fusées pour le Spectacle. Il en choisit deux parmi les plus grosses, avec des baguettes aussi longues que des bâtons de ski, puis prit le temps de remettre en place la toile goudronnée. Il éprouvait toujours une envie démentielle de détruire, mais il pouvait à présent la contrôler.

Une fois dehors, il passa le collier au cou de la jument et y noua solidement une extrémité de la corde. Il fit à l'autre bout un large nœud coulant. Il enroula le reste de la corde, cala solidement les fusées sous son bras gauche, monta prestement sur la jument et s'approcha de la tente d'Essedinex. Les deux silhouettes se faisaient toujours face de chaque côté de la table.

Il fit tournoyer le nœud coulant au-dessus de sa tête et le lança. Il le fixa ainsi presque sans bruit au sommet de la tente, car il s'était empressé de raidir la corde avant qu'elle n'aille battre contre la paroi.

Le nœud coulant était maintenant serré autour du sommet du mât central de la tente. En contenant son excitation, il dirigea la jument vers la forêt à travers l'étendue de neige étincelante à la lueur de la lune, en laissant filer la corde. Quand il n'en resta plus que quatre spires, il mit la jument au trot allongé. La corde se tendit. La jument faisait effort. Il y eut, derrière lui, un craquement étouffé, mais de bon aloi. Il partit alors d'un éclat de rire triomphant. La jument s'élança en avant, en luttant contre la résistance irrégulière de la corde. En regardant en arrière, il se rendit compte qu'ils traînaient la tente derrière eux. Il vit du feu et entendit des hurlements de surprise et de colère. Il poussa de nouveau un bruyant éclat de rire.

A la lisière de la forêt, il tira sa dague et coupa la corde! Il sauta à terre, murmura à l'oreille de la jument quelques mots d'approbation, puis lui donna une claque sur le flanc qui la renvoya au trot à l'écurie. Il envisagea de lancer les fusées sur la tente effondrée, mais estima que cela aurait été un dénouement bien ordinaire. Il les garda serrées sous son bras et pénétra dans les bois. Ainsi caché, il prit la direction de sa tente. Il marchait d'un pas léger pour laisser le moins d'empreintes possible; il trouva une branche de sapin munie de rameaux, se mit à la traîner derrière lui et, dès qu'il le put, il marcha sur le rocher.

Son humeur massacrante avait disparu, de même que sa colère, qu'avait remplacée une sombre dépression. Il ne haïssait plus Vellix, ni même Vlana, mais la civilisation lui paraissait chose factice, indigne qu'il s'y intéresse. Il était heureux d'avoir culbuté Hringorl et Essedinex, mais ce n'étaient que des cloportes. Lui-même était un fantôme solitaire, condamné à errer dans les Déserts Froids.

Il envisageait d'aller à travers bois vers le nord, jusqu'à ce qu'il trouve une nouvelle vie ou soit gelé, d'aller chercher ses skis et de les chausser, d'essayer de sauter le gouffre tabou qui avait causé la mort de Skif, de prendre son épée et de provoquer tous les hommes d'armes de Hringorl, et cent autres destins à affronter.

A la lueur de la lune qui brillait intensément, les tentes du Clan des Neiges ressemblaient à des champignons pâles. Certaines avaient la forme d'un cylindre trapu coiffé d'un cône; d'autres, d'hémisphères boursouflés ressemblant à des navets ronds. Comme les champignons, elles ne touchaient pas tout à fait le sol sur leur pourtour. Leur base de branchages entrelacés, recouverts de peaux de bêtes et supportés par des rameaux plus gros, reposait sur des pieux qui l'éloignaient du sol gelé de telle sorte que la chaleur de la tente ne la fasse pas tourner à l'état de gadoue.

L'énorme tronc argenté d'un chêne des neiges mort, se terminant par quelque chose qui ressemblait aux doigts écartés d'une main de géant, là où il avait été coupé en son milieu par la foudre, indiquait l'emplacement de la tente de Mor et de Fafhrd, et aussi de la tombe de son père, sur laquelle la tente était montée, et remontée à nouveau chaque année.

Il y avait de la lumière sous quelques rares tentes, ainsi que sous la grande Tente des Femmes qui se trouvait plus loin dans la direction de la Salle des Dieux, mais Fafhrd ne voyait personne dans les parages. Avec un grognement de découragement, il prit la direction de sa porte, lorsqu'il repensa à ses fusées. Il tourna alors pour aller vers le chêne mort. La surface en était lisse, l'écorce étant partie depuis longtemps. Les quelques branches qui subsistaient étaient nues, et brisées très court; les plus basses semblaient encore hors de portée.

Après avoir fait quelques pas, il s'arrêta pour jeter un nouveau coup d'œil circulaire. Certain de ne pas avoir été vu, il courut vers le chêne, fit un bond en hauteur qu'on aurait pu attendre d'un léopard plutôt que d'un homme, saisit de sa main libre la branche la plus basse et se hissa sur elle avant que l'impulsion donnée par son saut n'ait été complètement amortie.

Debout sur la branche morte, en se faisant léger, un doigt posé sur le tronc, il passa une dernière inspection à la recherche de curieux et de passants attardés; puis, d'une pression des doigts et en effleurant des ongles la surface de bois gris qui paraissait sans faille, il y ouvrit un passage aussi haut que lui, mais qui n'avait que la moitié à peine de sa largeur. En tâtonnant parmi les skis et les bâtons de ski, il trouva un objet long et mince enroulé trois fois dans une peau de phoque huilée. Il défit ce paquet qui contenait un arc puissant et un carquois de longues flèches. Il y ajouta les fusées, refit le paquet, referma l'étrange porte de son arbre-coffre et se laissa retomber sur la neige; il y effaça ses traces.

En entrant sous la tente lui servant de domicile, il se faisait de nouveau l'effet d'un fantôme et restait aussi silencieux que s'il en avait été un. Malgré lui, les odeurs familières le réconfortaient en le mettant en même temps mal à l'aise : odeurs de viande, de cuisine, de fumée refroidie, de peaux de bêtes, de transpiration, de vase de nuit, celle, légère, de Mor, à la fois douce et surette. Il traversa le plancher élastique et s'étendit tout habillé entre ses couvertures de fourrures. Il était mort de fatigue. Il régnait un profond silence. Il n'entendait même pas Mor respirer. Il revoyait son père comme il l'avait vu pour la dernière fois, bleu, les yeux clos, les membres brisés et raidis; sa meilleure épée était à son côté et ses doigts couleur d'ardoise crispés autour de la poignée. Il pensait à Nalgron qui se trouvait à présent enterré sous la tente, son corps réduit par les vers à l'état de squelette, son épée couverte de rouille, ses yeux maintenant ouverts, ou plutôt les orbites vides regardant vers le haut, à travers une épaisse couche de poussière. Il se rappelait la dernière fois qu'il avait vu son père vivant : une haute silhouette vêtue d'un manteau de loup s'éloignant sous une avalanche de recommandations et de menaces proférées par Mor. Alors, le squelette revint à son esprit. C'était une nuit pour les fantômes.

— Fafhrd?

C'était Mor qui l'appelait doucement à l'autre bout de la tente.

Fafhrd se raidit et retint sa respiration. Quand il ne put plus continuer, il la laissa s'exhaler silencieusement, en gardant la bouche ouverte.

— Fafhrd? (La voix était un peu plus forte, mais ressemblait toujours au cri d'un fantôme.) Je t'ai entendu rentrer. Tu ne dors pas.

Inutile de garder le silence.

— Tu ne dormais pas, Mère?

— Les vieux ne dorment guère.

Ce n'était pas vrai, se disait-il. Mor n'était pas vieille, même suivant l'estimation implacable qui avait cours dans les Déserts Froids. En même temps, ce n'était pas la vérité. Mor était aussi vieille que la tribu, que les Déserts eux-mêmes, aussi vieille que la mort.

Mor dit avec calme, Fafhrd savait qu'elle devait rester couchée sur le dos, en regardant vers le haut :

— Je voudrais que tu prennes Mara pour femme. Je ne dis pas que cela me ferait plaisir, mais je le désire. On a besoin ici de quelqu'un de solide pour épauler la maison, tant que tu poursuivras tes rêves éveillés, que tu lanceras tes pensées comme des flèches, très haut et au hasard, que tu feras tes fredaines, que tu vadrouilleras à la poursuite d'actrices et de saloperies dorées du même genre. En outre, tu as fait un enfant à Mara et sa famille jouit d'une certaine position.

— Mara t'a parlé ce soir? demanda Fafhrd.

Il essayait de garder un ton indifférent, mais les mots s'étranglaient dans sa gorge.

— Comme l'aurait fait n'importe quelle Fille des Neiges. Sauf qu'elle aurait dû m'en parler plus tôt. Et toi encore avant elle. Mais tu as reçu de ton père un triple héritage : son caractère cachottier, sa tendance à négliger sa famille et à se laisser entraîner dans des aventures sans issues. Avec la différence que chez toi, la maladie prend une forme plus repoussante. Ses maîtresses, c'étaient les cimes neigeuses des montagnes, tandis que toi, tu es attiré par la civilisation, cette ulcération putride du chaud midi, où le froid naturel n'est pas là pour punir sévèrement les fous et les luxurieux, pour veiller au respect de la décence. Mais tu découvriras qu'il existe un froid de sorcier qui peut te suivre partout à Nehwon. Jadis la glace est venue pour recouvrir toutes les terres chaudes, en guise de punition, au sortir d'une période où sévissaient le mal et la lubricité. Et partout où la glace est venue une fois, les sortilèges peuvent l'y faire revenir. Tu en arriveras à la croire, et à te guérir de ta maladie, sinon tu recevras la même leçon que ton père.

Fafhrd essaya de formuler cette accusation d'avoir tué son mari, à laquelle il avait si facilement fait allusion ce matin-là, mais les mots s'arrêtèrent, non pas dans sa gorge, mais dans son esprit lui-même, qu'il sentait investi. Depuis longtemps Mor avait rendu son cœur glacé. A présent, elle faisait naître dans le cerveau de Fafhrd, au milieu de ses pensées les plus intimes, des cristaux qui déformaient tout et l'empêchaient d'employer contre elle les armes du devoir accompli avec froideur, et auquel venait d'adjoindre une raison froide qui lui permettait de conserver son intégrité. Il avait l'impression que se refermait sur lui, à jamais, l'univers du froid, dans lequel la rigidité de la glace, celle de la morale, et celle de la pensée ne faisaient qu'un.

Comme si elle s'était rendu compte de sa victoire et s'était laissé aller à s'en réjouir un peu, Mor ajouta de la même voix morne et réfléchie :

— Mais oui, à présent, ton père regrette amèrement le Grand Hanack, le Croc Blanc, la Reine des Glaces et tous ces autres sommets, objets de ses amours. Ils ne peuvent plus rien pour lui, à présent. Ils l'ont oublié. Ses orbites sans paupières contemplent sans fin la maison qu'il a dédaignée et à laquelle il aspire, qui est si proche, et pourtant à une distance impossible à franchir. Les os de ses doigts grattent fébrilement la terre gelée, il essaie bien en vain de se retourner sous son poids...

Fafhrd entendit un léger grattement, peut-être causé par des branches glacées frottant le cuir de la tente, mais ses cheveux se dressèrent sur sa tête. Cependant, il ne pouvait remuer aucune autre partie de son corps, il s'en aperçut en essayant de se soulever. L'obscurité qui l'environnait pesait sur lui d'un grand poids. Il se demandait si Mor, par une opération magique, ne l'avait pas envoyé rejoindre son père sous la terre. Cependant, ce qui pesait sur lui était plus lourd que huit pieds de terre gelée. C'était le poids des Déserts Froids tout entiers et de leurs dangers mortels, des tabous, des mépris et de l'étroitesse d'esprit du Clan des Neiges, de la rapacité de pirate et de la lubricité grossière de Hringorl, ou même de cet égoïsme de Mara, exclusivement préoccupée d'elle-même, avec son esprit à moitié aveugle, et par-dessus tout, Mor lançant des sorts du bout de ses doigts, d'où naissent à mesure des cristaux de glace.

C'est alors qu'il se mit à penser à Vlana.

Ce n'est peut-être pas à l'évocation de Vlana qu'est dû ce résultat. Il est possible qu'une étoile soit par hasard passée devant le minuscule trou de fumée de la tente et qu'elle ait lancé dans la pupille de l'un de ses yeux sa minuscule flèche d'argent. C'est peut-être parce que sa respiration, qu'il retenait, avait soudain jailli au-dehors tandis que ses poumons absorbaient automatiquement une autre bouffée d'air, et lui prouvaient que ses muscles pouvaient fonctionner.

En tout cas, il se leva d'un bond et courut vers la porte. Il n'osa pas s'arrêter pour dénouer le laçage, parce que les doigts hérissés de glace de Mor s'accrochaient à lui. Il déchira le vieux cuir cassant d'un seul mouvement de haut en bas de sa main droite aux ongles durs, puis bondit à travers la porte, parce que les bras squelettiques de Nalgron, émergeant de l'étroit espace obscur s'étendant entre la terre gelée et le sol surélevé de la tente, le retenaient.

Ensuite, il courut comme il n'avait jamais couru. Comme si tous les fantômes des Déserts Froids avaient été à ses trousses, et d'une certaine façon, c'était ce qui se passait. Il dépassa la dernière des tentes du Clan des Neiges, qui étaient toutes obscures, et la Tente des Femmes, légèrement éclairée, courut jusqu'à la pente douce que la lune argentait et qui descendait jusqu'au bord incurvé vers le haut du Canyon des Trollsteps. Il ressentait le besoin pressant de s'élancer de ce bord, en défiant l'air de le supporter et de l'emporter vers le sud ou bien de lui apporter l'oubli immédiat et, pendant un instant, il ne vit pas d'autre choix à faire entre ces deux destins.

Mais ensuite il s'était remis à courir, pas tant pour fuir le froid et ses horreurs paralysantes et surnaturelles, que pour aller vers la civilisation qui représentait de nouveau à ses yeux un symbole brillant, une réponse à toute petitesse d'esprit.

Il ralentit un peu son allure, il redevint un peu plus raisonnable, si bien qu'il regarda autour de lui, à la recherche de passants attardés aussi bien que de démons et d'apparitions.

A l'ouest, au-dessus de la cime des arbres, il remarqua la lumière bleue scintillante de l'étoile Shadah.

Au moment où il parvint à la Salle des Dieux, il marchait normalement. Il passa entre cette salle et le bord du canyon, qui ne l'attirait plus.

Il remarqua que la tente d'Essedinex avait été dressée à nouveau et était encore éclairée. Il n'y avait pas d'autre ver de cristal en travers de la tente de Vlana. Le sycomore qui la surmontait brillait de cristaux à la lueur de la lune.

Il entra sans prévenir par-derrière, en arrachant sans bruit les chevilles mal enfoncées, faisant ensuite passer, sous la paroi et les costumes pendus, sa tête et son poing droit serrant la poignée de sa dague.

Vlana, couchée sur le dos, dormait seule sur la couche; une légère couverture de laine rouge était remontée jusqu'à ses aisselles nues. La lampe donnait une faible lumière jaune, qui suffisait à faire apercevoir tout l'intérieur de la tente et constater qu'elle était seule. Le brasero, découvert et rechargé depuis peu, irradiait la chaleur.

Fafhrd s'avança jusqu'à la couche, remit sa dague

au fourreau et resta à regarder la jeune femme. Ses bras paraissaient très minces, ses mains, aux longs doigts, étaient un peu grandes. Avec ses grands yeux fermés, son visage paraissait plutôt petit, au centre de ses magnifiques cheveux noirs étalés. Il exprimait pourtant la noblesse et le savoir. Ses longues lèvres généreuses, humides, qui venaient d'être soigneusement maquillées de carmin, se soulevaient et le tentaient. Sa peau était légèrement luisante d'huile. Il en sentait le parfum.

Pendant un instant, la position allongée de Vlana lui rappela à la fois Mor et Nargron, mais cette pensée fut immédiatement balayée par la chaleur violente du brasero, qui ressemblait à un petit soleil de fer forgé, par les riches tissus et les élégants accessoires de la civilisation qui l'entouraient, par la beauté et la grâce raffinée de Vlana, dont elle paraissait rester consciente jusque dans le sommeil. Tout cela était marqué au coin de la civilisation.

Il s'en retourna jusqu'au porte-manteau et entreprit de se déshabiller en pliant et rangeant soigneusement ses vêtements. Vlana ne se réveilla pas, ou du moins, elle n'ouvrit pas les yeux.

Quelque temps après, en se glissant de nouveau sous la couverture rouge, après avoir rampé au-dehors pour se reposer, Fafhrd dit :

— Maintenant, parle-moi de la civilisation et du rôle que tu y joues.

Vlana but la moitié du vin que Fafhrd avait rapporté en revenant auprès d'elle, puis elle s'étendit voluptueusement, la tête reposant sur ses mains croisées sous la nuque.

— Eh bien, pour commencer, je ne suis pas une princesse, bien que j'aime être appelée ainsi, dit-elle avec légèreté. Je dois te faire savoir, mon très cher petit, que ce n'est même pas une dame que tu viens de posséder. Quant à la civilisation, ça pue.

— Non, reconnut Fafhrd. J'ai eu la plus talentueuse et la plus séduisante de toutes les actrices de Nehwon. Mais pourquoi la civilisation a-t-elle pour toi une mauvaise odeur?

— Je crois que je dois te faire perdre encore plus de tes illusions, mon chéri, dit Vlana qui, comme absente, frôlait de son corps celui de Fafhrd. Autrement, tu pourrais te faire des idées stupides à mon égard et échafauder des plans insensés.

— Si tu parles de faire semblant d'être une prostituée afin d'acquérir des connaissances érotiques et d'autres formes de sagesse..., commença Fafhrd.

Elle le regarda avec une expression de profonde surprise et l'interrompit presque brutalement :

— Je suis pire qu'une prostituée, à certains points de vue. Je suis une coupeuse de bourses, une chapardeuse, une détrousseuse d'ivrognes, une voleuse et une cambrioleuse. Je suis née fille de ferme, ce qui, je suppose, me place encore plus bas qu'un chasseur qui vit de la mort des animaux mais ne met pas les mains dans la saleté et ne connaît, en fait de récolte, que celle qui se fait au fil de l'épée. Lorsque le lopin de terre de mes parents a été confisqué, par suite d'une tricherie de la loi, pour en faire un petit morceau d'une de ces immenses exploitations de céréales, énormes, travaillées par des esclaves, appartenant à Lankhmar, et qu'ils ont été ainsi réduits à la famine, j'ai pris la décision de faire rendre gorge à ces marchands de grains. La ville de Lankhmar me nourrirait — et bien! — et n'obtiendrait en échange que des coups et peut-être une ou deux blessures profondes. Je suis donc allée à Lankhmar. J'ai fait, là, connaissance avec une fille intelligente ayant la même tournure d'esprit que moi et quelque expérience. Je ne me suis pas mal débrouillée pendant deux séries complètes de lunes et quelques-unes de plus. Nous travaillions toujours en vêtements noirs et nous nous appelions entre nous le Duo Noir.

» Pour avoir une couverture, nous dansions, principalement à la tombée du jour, pour occuper le temps avant l'arrivée des artistes de grand renom. Un peu plus tard, nous nous sommes mises aussi à la pantomime; nous avions pour maître un certain Hinerio, un acteur célèbre que la boisson avait fait tomber très bas, mais le plus adorable et le plus courtois de tous les vieux poltrons qui aient jamais mendié à l'aube pour avoir un verre et qui aient trouvé moyen de caresser à la tombée de la nuit une fille ayant le quart de leur âge. Et ainsi, comme je disais, j'ai très bien réussi... jusqu'à ce que je tombe, comme mes parents, sous le coup de la loi. Non, il ne s'agit pas des tribunaux du Suzerain, mon cher garçon, de ses prisons, des chevalets de torture, des billots pour couper mains et têtes, bien que ce soient là des hontes criantes. Non, je suis tombée sous le coup d'une loi encore plus impitoyable. En un mot, ma couverture et celle de mon amie furent finalement réduites à néant par la Guilde des Voleurs, une institution extrêmement ancienne, avec des ramifications dans toutes les villes du monde civilisé et où l'on déteste profondément tous les francs-tireurs du vol. Revenue à la ferme, j'avais entendu parler de cette Guilde et, dans mon innocence, j'avais espéré être jugée digne d'y adhérer, mais je n'ai pas tardé à apprendre le dicton qui inspirait leur conduite : Donne plutôt un baiser à un cobra qu'un secret à une femme. Soit dit en passant, cher élève en arts de la civilisation, telles femmes que la Guilde doit utiliser comme appât, pour détourner l'attention, ou dans un but analogue, soit louées à la demi-heure à la guilde des Putains.

» J'ai eu de la chance. Au moment où j'aurais dû être en train d'être lentement étranglée en un autre endroit, je trébuchais sur le corps de mon amie, car j'avais fait un saut chez moi pour prendre une clef que j'avais oubliée. J'allumai une lampe dans notre demeure aux volets fermés et j'assistai à la longue agonie de Vilis, un cordon de soie rouge profondément enfoncé dans son cou. Mais ce qui m'emplit de la rage la plus insensée et de la haine la plus féroce, sans parler d'une seconde crise de terreur à vous couper les jambes, ce fut qu'ils avaient également étranglé le vieux Hinerio. Vilis et moi-même, nous étions au moins des concurrentes et nous ne jouions peut-être pas franc-jeu aux termes des normes malodorantes de la civilisation, mais lui ne nous avait jamais même soupçonnées de vol. Il supposait seulement que nous avions d'autres amants ou bien, et en même temps, des clients érotiques.

» J'ai donc fui de Lankhmar aussi vite qu'un crabe qu'on vient de découvrir, en me retournant à chaque instant pour voir si je n'étais pas poursuivie. A Ilthmar, j'ai rencontré la troupe d'Essedinex, qui se dirigeait vers le nord pour y passer la morte-saison. Par un heureux hasard, on avait besoin d'une vedette de pantomime et j'étais suffisamment expérimentée pour satisfaire le vieux Seddy.

» Mais en même temps, j'ai fait le serment devant l'étoile du matin de venger la mort de Vilis et de Hinerio. Et je le ferai un jour! Grâce à un plan bien établi, une aide et une nouvelle couverture. Plus d'un haut potentat de la Guilde des Voleurs apprendra l'effet que cela fait d'avoir sa trachée-artère réduite au calibre d'une bague de petit doigt, et des choses pires encore!

» Mais c'est un sujet de conversation un peu infernal pour une matinée aussi agréable, mon amour, et je n'en parle que pour te montrer pourquoi tu ne dois pas nouer des liens trop solides avec une fille mauvaise et vicieuse comme moi.

Vlana se tourna pour que son corps se trouve contre celui de Fafhrd; elle lui donna des baisers depuis la commissure des lèvres jusqu'au lobe de l'oreille, mais, quand il aurait voulu lui rendre la politesse et mieux encore, elle écarta ses mains qui la cherchaient, s'accrocha à ses bras, les immobilisant de ce fait, se releva et le considéra de son regard énigmatique en disant :

— Mon très cher garçon, c'est l'aube grise; bientôt va apparaître l'aurore rose et il faut que tu me quittes immédiatement, ou au plus après m'avoir fait l'amour une dernière fois. Rentre chez toi, épouse cette charmante et alerte fille des arbres, je suis sûre à présent que ce n'était pas un jeune homme, et menez votre vie nette, droite comme un jet de flèche, loin des puanteurs et des embûches de la civilisation. La troupe fait ses paquets et part de bonne heure, après demain matin, et je dois suivre ma destinée tortueuse. Quand ton ardeur sera calmée, tu n'éprouveras plus pour moi que du mépris. Mais non, ne dis pas le contraire, je connais les hommes! Cependant, il y a une toute petite chance pour que toi, tel que tu es, tu te souviennes de moi avec un certain plaisir. Dans ce cas, je ne te donne qu'un conseil : n'en laisse jamais rien soupçonner à ta femme!

Fafhrd prit à son tour une expression aussi énigmatique et répondit :

— Princesse, j'ai été un pirate, c'est-à-dire rien d'autre qu'un voleur des mers, qui souvent dépouille les gens aussi pauvres que tes parents. La barbarie est capable d'égaler toutes les infamies de la civilisation. Il n'y a pas, dans nos existences au sein de ce monde glacé, un seul geste qui ne soit régi par les lois d'un dieu fou, auxquelles nous donnons le nom de coutumes et par des absurdités d'une contrainte implacable auxquelles on ne peut se soustraire. Mon propre père a été condamné à mort par un tribunal que je n'ose pas nommer : condamné à avoir les os brisés. Son crime : avoir voulu faire l'ascension d'une montagne. Et il y a des meurtres, des vols, des actes de proxénétisme et... Oh! il y en a des histoires que je pourrais te raconter si...

Il s'interrompit pour la soulever à moitié au-dessus de lui, en la tenant doucement sous les aisselles, plutôt que de la laisser reposer sur ses propres bras.

— Laisse-moi aller avec toi dans le sud, Vlana, dit-il avec insistance, soit comme membre de la troupe ou tout seul, bien que je sois un Scalde chanteur, je sais aussi faire la danse des sabres, jongler avec quatre poignards, les faire tourbillonner, er faire mouche à dix pas sur une cible de la dimension de l'ongle de mon pouce. Et quand nous parviendrons dans la ville de Lankhmar, déguisés peut-être tous les deux en Nordiques, car tu es grande, je serai pour toi un bon bras droit pour exercer ta vengeance. Je peux voler aussi, crois-moi, poignarder une victime dans une rue, aussi discrètement et silencieusement qu'au cœur d'une forêt. Je peux...

Vlana, se tenant sur les mains de Fafhrd, posa une paume sur les lèvres de celui-ci tandis que son autre main errait distraitement dans les longs cheveux qui retombaient sur sa nuque.

— Chéri, dit-elle, je ne doute pas que tu sois brave et loyal, et que tu sois très adroit pour un garçon de dix-huit ans. Et tu fais l'amour assez bien pour un jeune homme, tout à fait suffisamment pour satisfaire ta fille aux fourrures blanches et peut-être même en plus quelques autres filles, si tu choisis de le faire. Mais, en dépit de tes paroles déchaînées, pardonne ma franchise, je sens en toi de l'honnêteté, de la noblesse même, le goût de la droiture, la haine de la torture. Le lieutenant dont j'ai besoin pour exercer ma vengeance doit être cruel, déloyal, féroce comme un serpent, tout en connaissant au moins aussi bien que moi les procédés fantastiquement tortueux des grandes villes et des Guildes antiques. Et, pour être brutal, il doit être aussi âgé que moi; il s'en faut en ce qui te concerne d'un nombre d'années presque égal à celui des doigts des deux mains. Ainsi, viens m'embrasser, mon cher garçon, donne-moi encore une fois du plaisir, et...

Fafhrd se redressa soudain, la souleva un peu et la rassit de côté sur ses cuisses, tandis qu'il lui saisissait les épaules.

— Non, dit-il avec fermeté. Je ne vois aucun avantage à te soumettre une fois de plus à mes caresses maladroites. Mais...

— Je craignais que tu ne prennes la chose ainsi, dit-elle en l'interrogeant. Elle paraissait malheureuse. Je ne voulais pas dire...

— Mais, continua-t-il avec une froide autorité, je veux te poser une question. As-tu déjà fait choix d'un lieutenant?

— Je ne répondrai pas à cette question, rétorqua-t-elle avec froideur et assurance.

— Est-ce lui?... commença-t-il, puis il serra les lèvres pour arrêter le nom, Vellix, avant qu'il ne soit prononcé.

Elle le regarda sans essayer de dissimuler la curiosité avec laquelle elle se demandait ce qu'il allait faire à présent.

— Très bien, dit-il finalement, en laissant retomber ses mains des épaules de Vlana et en s'en servant pour se redresser. Tu as essayé, je pense, d'agir dans le sens que tu croyais conforme à mes intérêts bien compris, je vais donc te rendre la pareille. Ce que j'ai à te révéler met en jeu par parties égales barbarie et civilisation.

Et il lui parla du plan d'Essedinex et Hringorl la concernant.

Quand il eut fini, elle rit de bon cœur; il avait pourtant l'impression de l'avoir vue légèrement pâlir.

— Il faut que certaines choses m'échappent, dit-elle. Ainsi, c'était en quelque sorte la raison pour laquelle des pantomimes aussi délicates aient facilement plu aux goûts grossiers de Seddy, pour laquelle il y avait eu tout de suite une place pour moi dans la troupe, et pourquoi il n'a pas insisté pour qu'après la représentation j'aille me prostituer pour lui, comme doivent le faire les autres filles. (Elle adressa à Fafhrd un regard sévère.) Cette nuit, des farceurs ont renversé la tente de Seddy. Est-ce que...?

Il fit signe oui.

— J'étais d'une étrange humeur, hier soir, joyeux et cependant furieux.

Elle eut alors un rire franc, charmé, puis de nouveau l'un de ses regards sévères.

— Ainsi, quand je t'ai renvoyé chez toi après la représentation, tu n'y es pas allé?

— Je n'y suis allé que plus tard. Non, je suis resté à surveiller.

Elle le regarda avec une expression tendre, moqueuse, interrogative, qui voulait dire clairement :

— Et qu'as-tu vu?

Mais cette fois, il trouva très facile de ne pas mentionner le nom de Vellix.

— Ainsi, tu es également un gentilhomme, dit-elle en se mo[illegible]ant. Mais pourquoi ne m'as-tu pas parlé plus tôt de ce projet de Hringorl? Est-ce que tu craignais que je n'aie trop peur pour être amoureuse?

— Il y a un peu de cela, reconnut-il, mais c'est surtout parce que je ne viens qu'à l'instant de décider de t'avertir. La vérité, c'est ce que c'est seulement la peur des fantômes qui m'a fait revenir près de toi, bien que je me sois trouvé ensuite d'autres bonnes raisons. A dire vrai, juste avant que je n'arrive sous ta tente, la peur et un sentiment d'abandon, oui, et une certaine jalousie, également, m'avaient fait envisager de me jeter dans le Canyon des Trollsteps, ou bien de chausser des skis et de tenter le saut quasiment impossible qui, depuis des années, tente mon courage...

Elle agrippa son bras, en y enfonçant les doigts.

— Ne fais jamais cela, dit-elle très sérieusement. Cramponne-toi à la vie. Ne pense qu'à toi. Le pire tourne toujours au mieux, ou à l'oubli.

— Oui. Je pensais donc laisser l'air du canyon décider de mon destin : me porterait-il, ou bien me laisserait-il m'écraser au fond? Mais l'égoïsme, dont je possède une bonne dose, quoi que tu puisses penser, ainsi qu'une certaine défiance à l'égard des miracles, quels qu'ils soient, a triomphé de cette lubie. Auparavant, j'avais eu aussi à moitié envie d'écraser ta tente avant d'arracher celle du Chef de la Troupe. Il y a donc bien quelques mauvais penchants en moi, comme tu vois. Mais oui, et aussi une certaine fausseté secrète.

Elle ne rit pas, mais étudia son visage en gardant une expression songeuse. Alors, pour un instant, le regard énigmatique reparut dans ses yeux. Fafhrd crut d'abord qu'il pourrait le percer, mais il fut troublé car, ce qu'il crut voir derrière ces larges pupilles irisées de brun, ce n'était pas une sibylle passant en revue l'univers du haut d'une montagne, mais un marchand muni de balances dont il se servait pour peser les objets avec le plus grand soin, qui notait de temps à autre dans un petit carnet de vieilles dettes, des pots-de-vin à verser ou bien d'autres plans pour s'assurer des bénéfices.

Mais ce regard qui le troublait ne dura que le temps d'un éclair; son cœur se réjouit lorsque Vlana, qu'il tenait toujours inclinée vers lui, dans ses fortes mains, lui sourit en le fixant dans les yeux et dit :

— Maintenant, je vais répondre à ta question, ce que je ne voulais, ni ne pouvais faire plus tôt. Car je viens à peine de décider que, mon lieutenant, ce sera... toi! Embrasse-moi, pour cela!

Fafhrd l'empoigna avec une ardeur pressante et une vigueur qui la firent crier, mais juste avant que son corps ait pris feu au point de ne plus pouvoir patienter, elle s'écarta de lui en disant, à bout de souffle :

— Attends! attends! Il faut d'abord que nous dressions nos plans.

— Ensuite, mon amour. Ensuite! supplia-t-il, en voulant la faire recoucher.

— Non! protesta-t-elle avec sévérité. Ensuite fait perdre autant de batailles que trop tard. Si tu es lieutenant, je suis capitaine, et c'est moi qui commande.

— J'écoute au garde-à-vous, dit-il, en cédant. Seulement, fais vite.

— Nous devons nous trouver à une bonne distance de la Carre Glacée avant l'heure prévue pour l'enlèvement, poursuivit-elle. Dans la journée, je dois rassembler mes affaires et nous procurer un traîneau, des chevaux rapides et des provisions. Remets-t'en à moi pour tout cela. Tu te comportes aujourd'hui comme tu en as envie, en te tenant loin de moi, pour le cas où nos ennemis te feraient espionner, comme il est vraisemblable que Seddy et Hringorl le fassent.

— Très bien, très bien, s'empressa de dire Fafhrd, tout à fait d'accord. Et maintenant, ma très charmante...

— Chut! et un peu de patience! Pour achever de les tromper, grimpe dans le toit de la Salle des Dieux un bon moment avant la représentation, exactement comme tu l'as fait hier soir. On peut tenter de m'enlever pendant le Spectacle, Hringorl ou ses hommes devenant trop impatients, ou bien Hringorl essayant de frustrer Seddy de son or, et je me sentirai plus tranquille si je sais que tu veilles. Ensuite, lorsque je sortirai après avoir revêtu la toge et les clochettes d'argent, descends rapidement et retrouve-moi aux écuries. Nous nous échapperons pendant l'entracte, au moment où, d'une façon ou d'une autre, les gens seront trop attentifs à ce qui va encore se passer pour s'occuper de nous. Tu as bien compris? Te tenir éloigné toute la journée? Te cacher dans le toit? Me rejoindre à l'entracte? Très bien! Et maintenant, mon lieutenant bien-aimé, au diable la discipline. Oublie complètement le respect que tu dois à ton capitaine, et...

Mais à présent, c'était autour de Fafhrd de retarder les choses. Pendant que Vlana parlait, il avait eu le temps de se sentir naître des préoccupations; il la tenait écartée de lui, bien qu'elle ait noué ses mains sur sa nuque et se soit efforcée d'attirer leurs corps l'un contre l'autre.

— Je t'obéirai dans le moindre détail, dit-il. Une seule recommandation, encore, une chose à laquelle il est d'une importance vitale que tu prennes garde. Aujourd'hui, pense le moins possible à nos projets, même en procédant aux préparatifs essentiels. Tiens-les cachés derrière l'écran de tes autres pensées. Je ferai de même, sois-en sûre. Car Mor, ma mère, est une grande lectrice de la pensée.

— Ta mère! Elle t'a vraiment terrifié d'une manière excessive, mon chéri, d'une façon qui me donne grande envie de te libérer... Oh! ne m'écarte pas! Voyons, tu parles d'elle comme si elle était la Reine des Sorcières.

— Et c'est ce qu'elle est, ne t'y trompe pas, lui assura Fafhrd en s'entêtant. C'est une grande araignée blanche; les Déserts Froids, du haut en bas, sont sa toile. Les mouches ne doivent y marcher que sur la pointe des pieds, en passant par-dessus les parties collantes. Tu m'écouteras?

— Oui, oui, oui! Et maintenant...

Il la fit descendre lentement contre lui, comme un homme peut approcher de sa bouche une outre de vin, en s'infligeant le supplice de Tantale. Leurs peaux se rencontrèrent. Leurs lèvres se scellèrent.

Fafhrd se rendit compte qu'un profond silence régnait au-dessus, autour et au-dessous d'eux, comme si la terre elle-même avait retenu sa respiration. Cela lui fit peur.

Ils échangèrent un baiser profond, en se buvant l'un l'autre, et sa peur se trouva submergée par le plaisir.

Ils se séparèrent pour reprendre leur souffle. Fafhrd tendit la main pour pincer la mèche de la lampe qui s'éteignit. La tente était plongée dans l'obscurité, à l'exception de la lumière froide et argentée de l'aube qui filtrait par les fentes et les fissures. Ses doigts le brûlaient. Il se demanda pourquoi il avait fait cela, jusque-là ils s'étaient toujours aimés à la lumière. La peur revint.

Il étreignit Vlana si étroitement que toute crainte s'en trouvait bannie.

Et puis soudain, il n'aurait absolument pas pu dire pourquoi, il était en train de rouler et de rouler avec elle vers l'arrière de la tente. Il la tenait solidement par les épaules, leurs jambes étaient entrelacées, il la faisait rouler de côté par-dessus lui, et passait à son tour par-dessus elle, dans un changement de position ultra-rapide.

Il y eut comme un coup de tonnerre, un poing de géant s'abattit derrière eux sur le sol gelé aussi dur que du granit, le milieu de la tente s'aplatit, les arceaux placés au-dessus d'eux s'inclinèrent vivement dans la même direction, entraînant le cuir de la tente.

Ils roulèrent dans les vêtements accrochés qui venaient de tomber. Il y eut un second craquement monstrueux, suivi d'un tel vacarme qu'on aurait pu croire qu'une bête super-géante avait attrapé un béhémoth et l'écrasait entre ses mâchoires. La terre trembla un instant.

Après ce grand bruit et l'ébranlement du sol, tout redevint silencieux, à part le bourdonnement que l'étonnement et la frayeur produisaient dans leurs oreilles. Ils s'étreignaient comme des enfants terrorisés.

Fafhrd fut le premier à recouvrer ses esprits.

— Habille-toi! dit-il à Vlana.

Il rampa sous la partie arrière de la tente et resta nu dans le froid mordant sous un ciel qui rosissait.

La grande branche du sycomore des neiges gisait au milieu de la tente; tous les cristaux dont elle avait été recouverte formaient un tas sur le sol. En même temps que la tente, elle avait écrasé la couche au point de la faire pénétrer dans la terre gelée.

Le reste du sycomore, n'ayant plus cette grande branche pour assurer son équilibre, était tombé tout entier dans la direction opposée. Il gisait, entouré des cristaux que sa chute avait arrachés. Ses racines noires et poilues, déterrées, étaient exposées dans leur nudité.

Tous les cristaux de glace brillaient dans une lumière rose chair pâle qui venait du soleil levant.

Rien ne bougeait nulle part, on ne voyait même pas monter un filet de fumée indiquant que quelqu'un aurait été en train de préparer le petit déjeuner. La sorcellerie avait frappé un grand coup d'un marteau gigantesque, mais personne, à part les victimes visées, ne l'avait remarqué.

Fafhrd, qui commençait à grelotter, rentra à l'intérieur de la tente. Vlana avait obéi et s'était vêtue avec la rapidité dont une actrice a l'habitude. Il se précipita dans ses propres habits, entassés d'une manière si providentielle à cette extrémité de la tente. Il se demandait s'il n'avait pas été inspiré des dieux en procédant ainsi, de même qu'en éteignant la lampe. S'il ne l'avait pas fait, la tente écrasée aurait été en train de brûler.

Ses vêtements lui paraissaient encore plus froids que l'air glacé, mais il savait que cela ne durerait pas.

Il rampa au-dehors avec Vlana, une fois de plus. Ils étaient là, debout; il la fit se tourner vers la branche tombée, entourée de son amas de cristaux et lui dit :

— Est-ce que tu riras encore des pouvoirs de sorcellerie de ma mère, de ses acolytes, et de toutes les Femmes des Neiges?

— Je ne vois là qu'une branche qui s'est trouvée surchargée de glace, rétorqua Vlana d'un air sceptique.

— Compare la masse de cristaux et de neige qui s'est détachée de cette branche à celles qui se trouvent ailleurs. Rappelle-toi : dissimule tes pensées!

Vlana restait silencieuse.

Venant des tentes des marchands, une silhouette noire accourait vers eux. Elle bondissait d'une manière grotesque et augmentait de taille.

Tout essoufflé, Vellix l'Aventureux s'arrêta net et saisit les bras de Vlana. En reprenant sa respiration, il dit :

— J'ai rêvé que tu étais abattue et écrasée. Alors j'ai été réveillé par un coup de tonnerre.

— Tu as rêvé un commencement de vérité, lui répondit Vlana, mais, dans une affaire comme celle-ci, presque revient à pas du tout.

Vellix vit alors Fafhrd. Des rides de jalousie furieuse se marquèrent sur son visage, il porta la main à la dague qui était fixée à sa ceinture.

— Arrête! ordonna Vlana sur un ton sévère. J'aurais été en effet écrasée, réduite à l'état de bouillie, si les sens de ce jeune homme, qui auraient dû être entièrement accaparés par quelque chose d'autre, n'avaient perçu les premiers indices annonçant la chute de cette branche et s'il ne m'avait, à la dernière seconde, fait m'écarter du chemin qui me conduisait à la mort. Son nom est Fafhrd.

Vellix modifia le mouvement esquissé par sa main

pour en faire un geste pouvant faire partie d'un profond salut, qu'il compléta en écartant largement son autre bras.

— Je te suis très obligé, jeune homme, dit-il avec chaleur (puis il continua après avoir marqué un temps) : ... d'avoir sauvé la vie d'une artiste remarquable.

Elle pressa sa joue contre celle de Fafhrd, comme pour lui exprimer sa gratitude, et lui souffla très vite :

— Rappelle-toi mon plan pour ce soir et pour notre fuite ensuite. Ne t'en écarte pas d'un pouce. Retire-toi.

— Méfie-toi de la glace et de la neige, trouva-t-il le moyen de répéter. Agis sans penser.

S'adressant alors à Vellix, Vlana dit sur un ton plus distant, mais avec courtoisie et amabilité :

— Merci, seigneur, du souci que tu te fais pour moi, aussi bien dans ton sommeil qu'à l'état de veille.

Enveloppé dans une robe de chambre de fourrure, dont le col lui remontait jusque sur les oreilles, Essedinex lui souhaita la bienvenue d'un air bougon.

— La nuit a été dure pour les tentes, répondit Vlana en haussant les épaules.

Les femmes de la troupe se rassemblèrent autour d'elle en posant des questions inquiètes. Elle entama avec elles des conversations privées et elles s'en furent ensemble vers la tente des acteurs dont elles franchirent l'entrée en soulevant l'abattant.

Vellix fronça les sourcils dans sa direction et tira sur sa moustache noire.

Les acteurs mâles regardaient la tente semi-circulaire et, constatant le traitement qu'elle avait subi, hochaient la tête.

S'adressant à Fafhrd sur un ton de chaleureuse amitié, Vellix lui dit :

— Je t'ai déjà offert un verre d'eau-de-vie, et à présent, je parie que tu en as besoin. De plus, depuis hier matin, j'éprouve un vif désir de te parler.

— Tu m'excuseras, mais dès que je serai assis, je ne serai plus capable de rester éveillé pour dire même un mot, ni pour avaler une lampée d'eau-de-vie, répondit poliment Fafhrd en dissimulant un grand bâillement qui n'était feint qu'à demi. Mais je te remercie.

— Je suis, semble-t-il, destiné à proposer les choses au mauvais moment, dit Vellix avec un haussement d'épaules. Peut-être à midi? Ou bien au milieu de l'après-midi?

— Au milieu de l'après-midi, s'il te plaît, répondit Fafhrd qui s'éloignait à grandes enjambées en direction des tentes des marchands. Vellix n'essaya pas de le retenir.

Fafhrd se sentait plus satisfait qu'il ne l'avait été de toute son existence. La perspective de quitter le soir même pour toujours ce stupide monde des neiges et ces femmes qui enchaînent les hommes, lui inspirait presque la nostalgie de la Carre Glacée. Attention à tes pensées! se dit-il. Une sensation de menace mystérieuse, à moins que ce ne fût son besoin de sommeil, donnait à ce qui l'entourait un aspect fantomatique, comme le théâtre où s'était déroulé un épisode de son enfance, et dans lequel il se serait retrouvé.

Il vida le vin contenu dans un pot de porcelaine blanche, que lui avaient donné ses amis mingols, Zax et Effendrit, se laissa conduire par eux à une couche de fourrures lustrées dissimulée derrière une pile d'autres fourrures, et sombra sur-le-champ dans un profond sommeil.

Après des siècles d'obscurité absolue, moelleuse comme un oreiller, les lumières revinrent lentement. Fafhrd était assis à côté de son père Nalgron, devant une large table chargée de toutes sortes de nourritures savoureuses et fumantes, de vins généreux dans des jarres de terre, de pierre, d'argent, de cristal et d'or. Il y avait d'autres convives à cette table, mais Fafhrd n'en pouvait distinguer aucun, à part leurs silhouettes sombres et le bruit de leur conversation ininterrompue à voix trop basse pour être intelligible, comme de nombreux courants d'eau murmurante, avec cependant de temps à autre un éclat de rire étouffé, rappelant le bruit de vaguelettes qui déferlent sur une plage de gravier, tandis que le bruit mat que faisaient les couteaux et les fourchettes en heurtant les assiettes, les uns contre les autres faisait penser à celui que font les petits cailloux entraînés par les vagues en rouleaux.

Nalgron était entièrement vêtu de peaux d'ours des glaces de la plus grande blancheur avec des épingles, des chaînes, des bracelets et des anneaux du plus pur argent, et il y avait aussi de l'argent dans ses cheveux, ce dont Fafhrd fut troublé. Il tenait dans sa main gauche un gobelet d'argent, qu'il approchait par intervalles de ses lèvres, mais il gardait sous son manteau la main avec laquelle on mange.

Nalgron discourait avec sagesse, tolérance, presque avec tendresse de bien des sujets. Il posait son regard ici et là autour de la table, mais parlait si doucement que Fafhrd savait que sa conversation était destinée à son seul fils.

Fafhrd savait également qu'il lui fallait écouter attentivement jusqu'au moindre mot, noter soigneusement tous les aphorismes, car Nalgron parlait de courage, d'honneur, de prudence, de générosité. Il faut manifester ses attentions par des dons, tenir scrupuleusement parole, suivre les penchants de son cœur, s'assigner un but élevé, romanesque, s'efforcer inébranlablement de l'atteindre, être honnête vis-à-vis de soi-même dans toutes ces questions, mais spécialement pour reconnaître ses aversions et ses penchants; fermer les oreilles aux craintes exprimées par les femmes et à leurs querelles, mais pardonner de bonne grâce leurs jalousies, les entraves qu'elles essaient de vous mettre, et même les méchancetés les plus outrées, puisque tout cela découle de leur amour indomptable, pour vous ou pour quelqu'un d'autre, et de bien d'autres questions des plus utiles à connaître pour un jeune garçon sur le point d'atteindre l'âge d'homme.

Il avait beau savoir tout cela à fond, les mots ne parvenaient à Fafhrd que par fragments, tellement il était troublé par les joues creuses de Nalgron, par la maigreur de ses doigts vigoureux qui tenaient avec légèreté le gobelet d'argent, ainsi que par ses cheveux blancs, et par une légère nuance bleue à la surface de ses lèvres rouges; pourtant Nalgron était très sûr de lui, et même éveillé dans le moindre de ses mouvements, de ses gestes, dans ses paroles; à tel point que Fafhrd ne pouvait s'empêcher de chercher continuellement autour de lui dans les écuelles et les bols fumants les morceaux qui lui paraissaient particulièrement succulents, pour les placer au moyen de sa cuillère ou de sa fourchette dans la large assiette d'argent de Nalgron, afin d'exciter son appétit.

Chaque fois qu'il le faisait, Nalgron le regardait en souriant avec un signe de tête courtois et de l'amour dans les yeux; puis il portait le gobelet à ses lèvres et reprenait ses discours, mais sans jamais découvrir la main avec laquelle on mange.

A mesure que le banquet s'avançait, Nalgron se mettait à parler de questions encore plus importantes, mais à présent Fafhrd entendait à peine un de ces mots qui lui auraient été si précieux, si grande était son agitation causée par les soucis qu'il se faisait pour la santé de son père.

A présent, la peau fine semblait tendue sur la pommette saillante, au point de céder, les yeux brillants encore plus enfoncés et cernés, les veines bleues qui rampaient sur les épais tendons de la main tenant avec légèreté le gobelet d'argent, encore plus gonflées, et Fafhrd s'était mis à soupçonner Nalgron de ne jamais boire une seule goutte, tout en trempant très fréquemment ses lèvres dans le vin.

— Mange, père, murmurait-il d'une voix suppliante et étranglée par le souci. Bois, au moins.

Ce fut de nouveau le regard, le sourire, l'acquiescement d'un signe de tête, les yeux brillants encore plus réchauffés par l'affection, le bref contact du gobelet contre les lèvres closes, ce fut le regard qui se détourne et le calme monologue reprit.

Et alors Fafhrd connut la peur, car les lumières bleuissaient et il se rendit compte qu'aucun de ces sombres convives aux traits incertains n'avait à un moment quelconque fait autre chose que lever la main, sinon le bord de la coupe jusqu'à sa bouche, tout en faisant cependant un bruit constant et mat avec ses couverts. Le souci qu'il éprouvait pour son père devint un véritable supplice, et, avant de savoir exactement ce qu'il était en train de faire, il avait écarté le manteau de Nalgron, saisi son avant-bras et son poignet et dirigé la main avec laquelle on mange vers l'assiette pleine.

Alors Nalgron cessa d'acquiscer, mais il pencha la tête vers son fils, avec non pas un sourire, mais un rictus qui laissait apparaître des dents ayant la teinte du vieil ivoire, tandis que ses yeux étaient froids, froids, froids.

La main et le bras que tenait Fafhrd donnaient l'impression d'être faits d'os nus et brunis, en avaient l'aspect; en étaient.

Pris soudain de tremblements violents dans tout le corps, mais principalement dans les bras, Fafhrd se leva du banc et s'en écarta avec la rapidité d'un serpent qui se déroule.

Il ne tremblait plus, mais il était secoué par des mains vigoureuses de chair qui l'avaient saisi aux épaules; au lieu de l'obscurité, il y avait la lueur qui transparaissait à travers le toit de cuir et de la tente des Mingols; et ce qu'il voyait, ce n'était plus le visage de son père, mais un autre, aux joues olivâtres, à la moustache noire, sombre et préoccupé, celui de Vellix l'Aventureux.

Fafhrd prit un air hébété, puis secoua la tête et les épaules pour faire revenir la vie dans son corps et voulut se débarrasser de ces mains qui le maintenaient.

Mais Vellix l'avait déjà lâché; il s'était assis à côté de lui sur une pile de peaux de bêtes.

— Excuse-moi, jeune guerrier, dit-il avec gravité. Tu semblais faire un rêve que personne ne se soucierait de continuer.

Ses manières, le ton de sa voix rappelaient ceux du Nalgron de son cauchemar. Fafhrd se releva sur un coude, bâilla et, avec une grimace causée par un frisson, se secoua de nouveau.

— Tu es glacé dans ton corps, ton esprit ou dans les deux à la fois, reprit Vellix. Nous avons donc une bonne excuse pour boire ce verre d'eau-de-vie que je t'ai promis.

Il prit deux petites timbales d'argent à côté de lui et de l'autre main un cruchon brun qu'il déboucha de l'index et du pouce de cette même main.

Fafhrd eut un moment d'hésitation en voyant la surface sombre et ternie de ces timbales et se demanda ce qui pouvait bien se trouver déposé ou saupoudré au fond, ou peut-être dans le fond de l'une des deux seulement. Légèrement crispé, il se rappelait que cet homme était son rival dans l'affection de Vlana.

— Attends! dit-il à Vellix qui s'apprêtait à verser. Un gobelet d'argent jouait dans mon rêve un rôle désagréable. Zax! dit-il pour appeler le Mingol qui regardait à l'entrée de la tente. Une tasse de porcelaine, s'il te plaît!

— Tu prends ce rêve pour un avertissement, c'est pourquoi tu ne veux pas boire dans de l'argent? demanda Vellix avec douceur en esquissant un sourire ambigu.

— Non, répondit Fafhrd, mais ce rêve a introduit en moi une antipathie qui persiste.

Il s'étonnait un peu de la facilité avec laquelle les Mingols avaient laissé Vellix entrer pour venir s'asseoir à côté de lui. Ils étaient peut-être de vieilles connaissances, qui avaient noué des relations dans les camps de marchands. Ou bien peut-être y avait-il là-dessous quelque histoire de bakchich.

Vellix riait sous cape et devint plus libre d'allure.

— Il faut dire aussi que je vis dans la saleté, car je n'ai ni femme ni serviteur. Effendrit! Nettoie deux tasses de porcelaine, qu'elles soient aussi nettes qu'un bouleau fraîchement dépouillé de son écorce!

C'était en vérité l'autre Mingol qui se tenait à la porte; Vellix les connaissait mieux que Fafhrd. L'Aventureux lui tendit sur-le-champ l'une des tasses d'un blanc étincelant. Il versa un peu du liquide qui montait à la tête dans sa propre tasse de porcelaine, puis une rasade généreuse pour Fafhrd, ensuite encore un peu pour lui, comme pour démontrer que la boisson de Fafhrd ne pouvait en aucune façon être additionnée d'une drogue ou d'un poison. Fafhrd avait suivi la démonstration de près et ne pouvait y découvrir aucune faille. Ils entrechoquèrent légèrement leurs tasses. Vellix vida la sienne presque complètement, tandis que Fafhrd se contentait d'une longue gorgée qu'il absorba lentement et avec précaution. Le liquide brûlait doucement.

— C'est ma dernière bouteille, reprit Vellix avec bonne humeur. J'ai échangé tout mon stock contre de l'ambre, des diamants des neiges et d'autres petites choses... mais oui, et également ma tente et ma charrette, tout, à l'exception de mes deux chevaux, de notre matériel et de nos rations pour l'hiver.

— J'ai entendu dire que tes chevaux étaient les plus rapides et les plus hardis des Steppes, fit remarquer Fafhrd.

— C'est aller trop loin. Mais ici, ils sont bien placés, il n'y a pas de doute.

— Ici! dit Fafhrd avec mépris.

Vellix le regardait comme l'avait regardé Nalgron pendant tout son rêve, sauf à la fin. Il dit alors :

— Fafhrd... Je peux t'appeler ainsi? Appelle-moi Vellix. Puis-je faire une suggestion? Puis-je te donner un conseil, comme je le ferais pour un fils?

— Certainement, répondit Fafhrd qui à présent, non seulement se sentait mal à l'aise, mais se tenait sur ses gardes.

— Il est clair qu'ici tu es agité, parce que tu n'es pas satisfait. N'importe quel jeune homme de ton âge, normalement constitué, serait dans le même cas. Le monde immense t'appelle. L'envie de partir te démange. Cependant, permets-moi de te dire ceci :

il faut plus que de l'intelligence et de la prudence, mais oui, et aussi de la sagesse, pour s'accommoder de la civilisation, pour s'y trouver à l'aise. Cela exige de l'astuce, qu'on accepte de se salir afin d'égaler la civilisation en compromission. Tu ne peux pas gravir le chemin qui conduit au succès comme tu escalades une montagne, si glacée, si traîtresse qu'elle puisse être. La montagne exige de toi ce que tu as de meilleur. L'ascension au succès ce que tu as de pire, dans l'ensemble : une façon calculée de te faire du mal à toi-même, dont il te reste à faire l'expérience, bien que tu puisses t'en passer. Je suis né renégat. Mon père était un homme des Huit Cités qui marchait avec les Mingols. Je regrette à présent de n'être pas resté moi-même dans les Steppes, si cruelles qu'elles soient, et d'avoir écouté les appels de Lankhmar et des Pays d'Orient, qui sont des lieux de corruption.

» Je sais, je sais, les gens d'ici ont une vision étroite des choses, ils sont prisonniers des coutumes. Mais si on les compare aux esprits tortueux des civilisés, ils sont droits comme le tronc d'un sapin. Avec tes dons tu deviendras facilement un chef ici, mieux même, à dire vrai, un chef suprême, qui réunit sous son autorité une douzaine de clans, fait d'Hommes du Nord, une puissance avec laquelle les autres nations devront compter. Ensuite, si tu le désires encore, tu pourras lancer un défi à la civilisation. A tes conditions à toi, et non pas aux siennes.

Les pensées et les sentiments de Fafhrd étaient comme une mer agitée; mais, extérieurement, il était parvenu à afficher un calme presque surhumain. Il éprouvait même une sorte de joie à la pensée que Vellix estimait les chances d'un jeune homme avec Vlana si grandes, qu'il cherchait à se le concilier par la flatterie aussi bien que par l'eau-de-vie.

Mais l'impression, difficile à dissiper, que Vellix ne dissimulait pas tellement, qu'il éprouvait véritablement à son égard les sentiments d'un père, qu'il s'efforçait sincèrement de lui épargner des chocs, que ce qu'il disait au sujet de la civilisation avait un fond de sincérité, cette impression venait prendre par le travers les autres courants, venait accentuer les vagues de son océan intérieur et les faire monter plus haut. Bien entendu, cela pouvait être parce que Vellix se sentait si sûr de Vlana qu'il pouvait se permettre d'être aimable avec un rival. Cependant...

Cependant, de nouveau, Fafhrd se sentait avant tout mal à l'aise.

Il acheva le contenu de sa tasse.

— Ton avis vaut d'être examiné, seigneur... Vellix, veux-je dire. J'y penserai.

Il refusa d'un mouvement de tête et d'un sourire une autre tasse, se leva et remit ses vêtements en ordre.

— J'avais espéré une conversation plus longue, dit Vellix, qui ne se levait pas.

— J'ai à faire, répondit Fafhrd. Merci de tout mon cœur.

Au moment où il partait, Vellix eut un sourire songeur.

L'affluence des visiteurs piétinant la neige, tournoyant autour des tentes des marchands, faisait beaucoup de bruit et créait de la confusion. Pendant que Fafhrd dormait, les hommes de la Tribu des Glaces et une bonne moitié des Compagnons des Frimas étaient arrivés; un grand nombre d'entre eux étaient rassemblés autour de deux feux solaires, ainsi appelés pour leurs grandes dimensions et la hauteur de leurs flammes bondissantes, en train d'ingurgiter de l'hydromel fumant, de s'esclaffer et de se lancer de grosses plaisanteries. D'un côté et de l'autre, il y avait des îlots de calme où se pratiquait le marchandage. Selon le rang de ceux qui se livraient à ces tractations commerciales, les gais lurons empiétaient sur ces zones de tranquillité ou bien les entouraient de leurs attentions. De vieux camarades se reconnaissaient, s'interpellaient, et quelquefois fendaient la foule pour venir s'embrasser. Nourritures et boissons étaient consommées en grandes quantités, des défis étaient lancés et relevés, mais sombraient le plus souvent sous les plaisanteries. Les Scaldes chantaient à tue-tête.

Le tumulte était pénible pour Fafhrd, qui aspirait au calme, afin de pouvoir séparer Vellix de Nalgron dans ses sentiments, chasser les vagues doutes qu'il éprouvait à l'égard de Vlana, et voir la civilisation sous un jour moins défavorable. Il marchait comme un rêveur qu'on a dérangé, fronçait le sourcil tout en pensant à autre chose quand on le heurtait du coude ou autrement.

Et puis, il fut instantanément sur ses gardes car il avait aperçu, convergeant vers lui à travers la foule, Hor et Harrax, et put lire la détermination dans leurs yeux. En se laissant porter par un remous de la foule et pivoter sur lui-même, il remarqua, tout près derrière lui, une autre des créatures de Hringorl, Hrey cette fois.

Leur projet à tous trois était clair. Sous prétexte de bourrades amicales, ils avaient l'intention de lui porter un mauvais coup, ou pire.

Dans les préoccupations moroses que lui inspirait Vellix, il avait oublié celui qui était plus sûrement son ennemi et son rival, cet homme brutal et direct, mais cependant rusé, qui s'appelait Hringorl.

Les trois étaient à présent sur lui. Glacé d'horreur, il vit que Hor portait une petite matraque; quant aux poings de Harrax, ils étaient démesurément gros, comme s'ils avaient été serrés sur une pièce de métal ou une pierre pour rendre plus meurtriers les coups qu'ils asséneraient.

Il se jeta en arrière, comme s'il avait eu l'intention de se glisser entre eux deux et Hrey; puis, aussi soudainement, il rebroussa chemin et, avec un rugissement terrible, se lança sur le foyer qui se trouvait devant lui. Son hurlement avait fait tourner les têtes et certains s'écartèrent de son chemin. Mais les hommes de la Tribu des Glaces et les Compagnons des Frimas avaient eu le temps de réaliser ce qui se passait, un grand jeune homme poursuivi par trois costauds. Cela promettait du sport. Ils bondirent de chaque côté du feu solaire pour l'empêcher de le contourner; Fafhrd fit une volte à gauche, puis à droite. En se moquant de lui, ils se serrèrent plus près les uns des autres.

En retenant sa respiration, en se protégeant les yeux d'un bras, Fafhrd bondit directement à travers les flammes. Celles-ci soulevèrent de son dos son manteau de fourrure, le faisant s'élever très haut. Il sentit la morsure du feu sur sa main et sa nuque.

Il en sortit avec ses fourrures en train de se consumer, et des flammes bleues qui lui couraient dans les cheveux. Il y avait encore une foule devant lui, à l'exception d'un espace bien net, au sol recouvert d'un tapis, surmonté d'un dais, qui se trouvait entre deux tentes; deux chefs et des prêtres étaient assis autour d'une table basse et suivaient attentivement les opérations d'un marchand qui pesait de la poudre d'or.

Il entendait derrière lui des cris et des hurlements, quelqu'un s'écria :

— Cours donc, espèce de lâche!

Un autre :

— Une bagarre! Une bagarre!

Il vit en avant la figure rouge et excitée de Mara.

Alors, le futur Chef Suprême des Pays du Nord, car il se trouva que c'était ainsi qu'il pensait à lui en cet instant, bondit et plongea à moitié, tout en flammes, par-dessus la table surmontée d'un dais, faisant culbuter le marchand et les deux chefs, sans pouvoir les éviter, envoyant promener la balance, dispersant la poudre d'or aux quatre vents, jusqu'au moment où il s'en alla atterrir avec un sifflement de vapeur sur le grand et moelleux banc de neige qui se trouvait plus loin.

Il roula rapidement sur lui-même à deux reprises pour s'assurer qu'il avait bien complètement éteint tout le feu qui l'environnait, puis il se mit sur ses pieds et courut comme un daim dans les bois, salué par des sarcasmes et des éclats de rire.

Après avoir franchi trente arbres, il s'arrêta brusquement dans la pénombre neigeuse, retint son souffle et prêta l'oreille. Il n'entendait que le battement amorti du sang dans ses artères, mais pas le moindre bruit de poursuite. Il peigna sommairement avec ses doigts ses cheveux maintenant clairsemés qui sentaient le roussi et fit semblant de brosser ses fourrures qui s'en allaient par plaques et qui, elles aussi, empestaient le brûlé.

Il attendit alors que sa respiration retrouve son rythme et d'avoir pris conscience de ce qui l'entourait. C'est pendant ce moment de tranquillité qu'il fit une découverte déconcertante. Pour la première fois depuis qu'il vivait dans la forêt, cette forêt qui lui avait toujours servi de refuge, sa tente s'étendant aux dimensions d'un continent, sa grande salle privée au toit d'aiguilles de sapin, lui semblait hostile. C'était comme si ces arbres eux-mêmes et cette terre nourricière, froide à sa surface mais chaude dans ses entrailles, dans laquelle ils plongeaient leurs racines, avaient connu son apostasie, son divorce délibéré d'avec sa terre natale qu'il repoussait du pied, qu'il abandonnait.

Ce n'était pas ce silence inhabituel, ni la nature sinistre et suspecte des vagues sons qu'il avait fini par percevoir : le grattement d'une griffe sur une écorce, le petit bruit de pas produit par des pattes minuscules, le hululement lointain d'un hibou annonçant la chute du jour, tous des effets matériels, palpables, ou tout au plus des coïncidences. C'était quelque chose d'indicible, d'intangible, mais de profond cependant, comme le froncement de sourcils d'un dieu. Ou d'une déesse.

Il était extrêmement déprimé. En même temps, il n'avait jamais senti son cœur aussi dur.

Quand finalement il se remit en route, ce fut aussi silencieusement que possible; il n'était pas dans cet état inhabituel de détente et de large ouverture sur le monde extérieur, il avait plutôt les nerfs à vif, il était tendu comme un arc, sur le qui-vive comme un éclaireur en territoire ennemi.

Il est bon qu'il ait procédé ainsi, car autrement il

aurait pu ne pas éviter la chute silencieuse, sur son passage, d'un glaçon aussi lourd, long et acéré qu'un projectile de catapulte, ou l'effondrement d'une énorme branche morte alourdie par la neige qui se rompit d'un seul coup dans un bruit de tonnerre, ni le dard venimeux d'une vipère des neiges dont la tête surgissait en plein jour d'un corps lové anormalement blanc, ni l'estafilade de côté des étroites et cruelles griffes d'un léopard des neiges qui paraissait presque se matérialiser pour bondir dans l'air froid et qui s'évanouit si étrangement lorsque Fafhrd eut esquivé sa première attaque et lui eut fait face, la dague au poing. Il n'aurait peut-être pas pu apercevoir en temps voulu le lacet au nœud coulant qui s'élevait brusquement en fouettant l'air au mépris de tous les usages dans une région habitée de la forêt, et assez fort pour étrangler, non pas un lièvre, mais un ours.

Il se demandait où était Mor, ce qu'elle pouvait bien marmonner ou chanter. Son erreur avait-elle été simplement de rêver de Nalgron? En dépit de sa malédiction de la veille, et d'autres qui l'avaient précédée, et des menaces non déguisées de la soirée, il n'avait jamais cru vraiment et complètement que sa mère essaierait de le tuer. Mais, à présent, les cheveux se dressaient sur sa nuque, se hérissaient d'appréhension et d'horreur, la lueur vigilante de ses yeux devenait fébrile et farouche, tandis qu'un peu de sang perlait, sans qu'il y prît garde, de l'entaille qu'il avait à la joue, à l'endroit où l'avait touché le grand glaçon en tombant.

Son esprit était tellement tendu à guetter les dangers, qu'il éprouva une certaine surprise à se trouver dans la clairière où Mara et lui s'étaient embrassés encore la veille, et sur la courte piste qui menait aux tentes leur servant d'habitations. Il se détendit, remit sa dague au fourreau, appliqua une poignée de neige sur sa joue qui saignait, mais il ne se décontracta que partiellement, à tel point qu'il eut conscience de l'approche de quelqu'un avant d'avoir consciemment perçu un bruit de pas.

Il se fondit si silencieusement et si complètement dans l'entourage couvert de neige, que Mara ne l'aperçut qu'au moment où elle se trouvait à trois pas de lui.

— Ils t'ont blessé! s'écria-t-elle.

— Non, répondit-il sur un ton sec, en restant attentif aux dangers de la forêt.

— Mais cette neige rouge sur ta joue. Il y a eu une bagarre?

— Je me suis simplement fait une petite entaille dans les bois. Je les ai distancés.

Son air soucieux s'effaça.

— C'était la première fois que je te voyais fuir une querelle.

— Je ne me souciais pas d'affronter trois adversaires à la fois, ou même davantage, dit-il carrément.

— Pourquoi regardes-tu derrière toi? Ils suivent ta piste?

— Non.

L'expression de Mara se durcit.

— Les vieux sont offensés. Les hommes plus jeunes te traitent de peureux. Mes frères entre autres. Je n'ai pas su quoi leur dire.

— Tes frères! s'écria Fafhrd. Laisse ceux du Clan des Neiges puant m'appeler comme ils veulent. Je n'en ai cure.

Mara se planta les poings sur les hanches.

— Tu as fait beaucoup de progrès pour ce qui est de lancer des insultes, et pas depuis longtemps. Je ne permettrai pas qu'on juge ma famille, tu entends? Et je ne me laisserai pas insulter, pendant que j'y suis! (Sa respiration était bruyante.) Hier soir tu es retourné auprès de cette vieille putain ratatinée, cette danseuse. Tu es restée sous sa tente pendant des heures.

— C'est faux! déclara Fafhrd, qui pensait en lui-même : Une heure et demie tout au plus.

La querelle lui échauffait le sang et apaisa sa terreur des choses surnaturelles.

— Tu mens! L'histoire a fait le tour du camp.

N'importe quelle autre fille aurait déjà lancé ses frères contre toi.

Fafhrd se reprit d'un seul coup, en pensant à ses projets. A la veille de pareils événements, il ne fallait pas risquer d'ennuis inutiles, la possibilité d'être estropié, ou tué, pouvait arriver.

« De la tactique, mon vieux, de la tactique », se dit-il; et il s'avança avec empressement vers Mara, en s'écriant sur un ton énergique, blessé, mais mielleux :

— Mara, ma reine, comment peux-tu croire pareille chose de moi, qui t'aime plus que...

— Laisse-moi, menteur, tricheur!

— Toi qui portes mon fils dans ton sein, dit-il en insistant, et en essayant toujours de l'embrasser. Comment va le gentil bébé?

— Il crache à la figure de son père. Laisse-moi, t'ai-je dit!

— Mais j'ai tellement envie d'effleurer ta peau qui répond si bien aux caresses. Il n'y a pas pour moi, en ce bas monde, de baume plus délicieux, ô toi la plus belle de toutes, encore embellie par la maternité.

— Va au diable, alors. Et cesse ces mensonges écœurants. Tu n'arriverais même pas à tromper une souillon laveuse de vaisselle. Cabot à la manque!

Le sang de Fafhrd se mit instantanément à bouillir, et il rétorqua :

— Et tes mensonges à toi? Hier, tu t'es vantée de pouvoir intimider et dominer ma mère. Immédiatement après, tu allais pleurnicher et lui annoncer que tu étais enceinte de moi.

— Une fois que j'ai eu appris que tu courais après cette actrice. Et est-ce que ce n'était pas la pure vérité? Oh! espèce de faux jeton!

Fafhrd recula et se croisa les bras.

— Ma femme doit être loyale avec moi, avoir confiance en moi, me demander mon avis avant d'agir, se comporter comme l'épouse d'un futur chef suprême. Il me semble que tu as manqué à tes devoirs sur tous ces points.

— Loyale avec toi? C'est toi qui le dis! (Sa belle

figure prit une désagréable couleur écarlate, ses traits étaient tirés sous l'effet de la rage.) Chef suprême! Contente-toi de mériter que le Clan des Neiges te considère comme un homme, ce qui n'est pas encore fait. Écoute-moi à présent, pleutre et hypocrite. Tu vas immédiatement implorer mon pardon, à genoux, et ensuite venir avec moi demander ma main à ma mère et à mes tantes, sinon...

— J'aimerais mieux m'agenouiller devant un serpent! Ou épouser une ourse! s'écria Fafhrd, toute velléité de tactique abandonnée.

— J'enverrai mes frères contre toi, s'écria-t-elle à son tour, Rustre malappris et lâche!

Fafhrd leva le poing, le laissa retomber, se prit la tête dans les mains et se mit à la balancer de droite à gauche dans un geste de désespoir maniaque; puis il passa soudain devant elle en courant dans la direction du camp.

— J'enverrai tout le Clan à tes trousses! Je le raconterai sous la Tente des Femmes. Je le dirai à ta mère...

Mara hurlait après lui, mais sa voix s'éteignit vite, à mesure que des bouquets d'arbres couverts de neige s'interposaient, et que la distance augmentait.

Il s'arrêta à peine le temps de remarquer qu'il n'y avait personne aux alentours des tentes, soit parce qu'on était toujours à la foire commerciale, ou à l'intérieur en train de préparer le souper, prit la direction de l'arbre qui recelait son trésor et ouvrit la porte des couchettes. Il jura parce qu'il s'était cassé un ongle en le faisant, sortit le paquet enveloppé dans la peau de phoque huilée qui contenait l'arc, les flèches et les fusées, y ajouta sa meilleure paire de skis et ses bâtons et un paquet un peu plus court qui contenait, bien graissée, la seconde épée de son père, ainsi qu'une besace contenant des ustensiles plus petits. Il se laissa retomber sur la neige, fit un seul paquet avec les objets plus longs, et le fit passer par-dessus son épaule.

Après un moment d'indécision, il se précipita à

l'intérieur de la tente de Mor, sortit de sa besace un petit pot de terre, le remplit de braises du foyer qu'il recouvrit de cendres, ferma bien et le remit dans sa sacoche.

En retournant en toute hâte vers la sortie, il s'arrêta net. Mor était là, haute silhouette au visage plongé dans l'obscurité.

— Ainsi tu m'abandonnes, et aussi les déserts. Sans esprit de retour. Tu crois.

Fafhrd restait sans voix.

— Cependant, tu reviendras. Si tu veux que ce soit en rampant à quatre pattes, ou par bonheur sur tes deux pieds, et non pas étendu sans vie sur un brancard fait de javelots, estime à leur juste valeur les devoirs que t'impose ta naissance.

Fafhrd avait préparé une réponse acerbe, mais les mots s'étranglaient dans sa gorge. Il s'avança sur Mor.

— Laisse-moi passer, Mère, parvint-il à dire dans un souffle.

Elle ne bougeait pas.

Les mâchoires contractées dans une affreuse grimace de tension nerveuse, il lança les mains en avant, l'attrapa sous les aisselles, il en avait des fourmillements dans tout le corps, et la fit s'écarter. Elle était aussi raide et froide que si elle avait été de glace. Elle n'émit aucune protestation. Il ne pouvait pas la regarder en face.

Une fois dehors, il se dirigea à vive allure vers la Salle des Dieux, mais des hommes se trouvaient sur son chemin. Quatre jeunes patauds blonds, flanqués d'une douzaine d'autres.

Mara avait ramené de la foire, non seulement ses frères, mais tous les parents sur lesquels elle avait pu mettre la main.

Dès cet instant, elle semblait se repentir de son acte, car elle tirait son frère aîné par le bras en lui parlant avec insistance, à en juger par son expression et par le mouvement de ses lèvres.

Le frère aîné avançait toujours, comme si elle ne s'était pas trouvée là. Dès qu'il aperçut Fafhrd, il poussa un cri de joie, s'arracha à son étreinte, et se précipita, suivi des autres. Tous agitaient au-dessus de leur tête des bâtons ou leur épée munie de son fourreau.

Mara était morte d'inquiétude.

— Enfuis-toi, mon amour!

Mais au moins deux battements de cœur plus tôt, Fafhrd était déjà parti en direction des bois; son long paquet rigide brinquebalait dans son dos. Lorsqu'il eut retrouvé les traces qu'il avait faites en s'enfuyant des bois, il s'appliqua à poser le pied sur chaque empreinte, sans ralentir son allure pour cela.

— Lâche! criaient les autres derrière lui. Il courut plus vite.

Quand il atteignit les saillies de granit, à une petite distance à l'intérieur de la forêt, il tourna brusquement à droite et, en bondissant d'un rocher à l'autre pour ne pas laisser de nouvelles empreintes, il parvint à une falaise de granit peu élevée, l'escalada en deux prises, puis s'aplatit jusqu'à ce que le bord le cache aux yeux des gens qui seraient passés en dessous.

Il entendit ses poursuivants entrer dans les bois, des cris de colère parce que en tournant autour des arbres ils se heurtaient entre eux, puis une voix autoritaire réclamant le silence.

Il poussa soigneusement trois lourdes pierres, de sorte qu'elles tombent sur sa fausse piste bien en avant des limiers humains de Mara. Le bruit sourd qu'elles firent en tombant, le froissement des branches provoquèrent des cris :

— Il est par ici! et une nouvelle injonction réclamant le silence.

Il souleva un quartier de rocher plus grand, le poussa à deux mains de manière qu'il aille heurter avec violence un tronc massif, le plus proche de lui, sur le bord de la piste. Toutes les branches se déchargèrent alors d'une grande quantité de neige et de glace. Il y eut des cris étouffés de surprise, de confusion, de colère, de la part des hommes ainsi submergés et aux trois quarts ensevelis. Fafhrd eut un sourire sardonique, puis il redevint sérieux et extrêmement attentif, car il partait au pas de course à travers les bois où l'obscurité s'épaississait.

Mais cette fois, il ne sentit aucune présence hostile, les éléments vivants aussi bien qu'inanimés, le rocher et les fantômes ne lançaient aucun assaut. Peut-être Mor, estimant qu'il était suffisamment tourmenté par les parents de Mara, avait-elle cessé d'exercer ses maléfices. Ou peut-être... Mais Fafhrd abandonna la suite de ses idées pour uniquement s'appliquer à aller vite et silencieusement. Devant lui, il y avait Vlana et la civilisation. Sa mère restait en arrière, il s'efforçait de n'y pas penser, et avec elle, la barbarie.

Lorsque Fafhrd quitta la forêt, la nuit n'était pas loin. Il avait fait sous bois la plus grande partie possible du parcours. Il parvint dans le Canyon des Trollsteps, tout près de l'entrée. La courroie de son long paquet lui blessait l'épaule.

Parmi les tentes des marchands, il y avait des lumières et des bruits de festins. La Salle des Dieux et les tentes des acteurs étaient plongées dans l'obscurité. Encore plus près s'estompait une lourde masse obscure, la tente des écuries.

Il traversa en silence le gravier verglacé, coupé d'ornières, de la Nouvelle Route, qui conduisait vers le sud dans le canyon.

Il vit alors que la tente des écuries n'était pas complètement obscure. Une lueur fantomatique s'y déplaçait. Il s'approcha avec précaution de la porte et vit la silhouette de Hor qui regardait à l'intérieur. Toujours silencieux, il s'approcha derrière lui et regarda par-dessus son épaule.

Vlana et Vellix étaient en train d'atteler les deux chevaux de ce dernier au traîneau d'Essedinex, celui-là même dans lequel Fafhrd avait volé deux fusées.

Hor leva la tête et porta une main à ses lèvres pour pousser le cri du hibou ou du loup.

Fafhrd tira sa dague; il était sur le point de couper la gorge de Hor quand il changea d'avis, pour l'étendre sans connaissance d'un coup de pommeau sur la tempe. Hor s'effondra, et Fafhrd le tira de côté pour dégager l'entrée.

Vlana et Vellix sautèrent dans le véhicule. Vellix toucha ses chevaux avec les rênes et le traîneau se mit à glisser silencieusement au-dehors. Fafhrd serrait avec fureur la poignée de sa dague... puis il remit l'arme au fourreau et se renfonça dans l'ombre.

Le traîneau descendait la Nouvelle Route. Fafhrd le suivait des yeux, se redressant de toute sa haute taille, les bras le long du corps, aussi raides que ceux d'un cadavre, mais les poings serrés.

Deux formes émergèrent de l'obscurité et se hâtèrent en direction du Canyon des Trollsteps. L'une d'elles laissait une traînée lumineuse. Le plus grand des deux était incontestablement Hringorl. Ils s'arrêtèrent au bord du canyon. Hringorl décrivit avec sa torche un grand cercle de feu. Une fois, deux fois, trois fois, comme pour faire un signal destiné à quelqu'un se trouvant loin dans le canyon, vers le sud. A la lumière, on put apercevoir, à côté de lui, le visage de Harrax. Ensuite, ils coururent tous deux aux écuries.

Fafhrd courut vers la Salle des Dieux. Il y eut derrière lui un cri strident. Il s'arrêta et se retourna encore une fois. Un gros cheval sortait au galop de l'écurie. Hringorl le montait. Il halait derrière lui, au moyen d'une corde, un homme monté sur skis : Harrax. Les deux dévalèrent la Nouvelle Route en soulevant un tourbillon de neige.

Fafhrd courut jusqu'à ce qu'il ait dépassé la Salle des Dieux et monté un quart de la pente conduisant à la Tente des Femmes. Il décrocha son paquet, l'ouvrit, en sortit ses skis, qu'il chaussa. Puis il tira l'épée de son père, la passa à gauche dans sa ceinture, tandis que sa besace se balançait à sa droite.

Alors, il se plaça en face du Canyon des Trollsteps, à l'endroit où passait autrefois la Vieille Route. Il prit deux de ses bâtons de ski, s'accroupit, les enfonça dans la neige. Son visage était celui d'un homme qui joue aux dés avec la Mort.

Au même instant, au-delà de la Salle des Dieux, sur le chemin par lequel il était venu, il y eut un minuscule jet d'étincelles jaunes. Il s'arrêta, compta les battements de son cœur, il ne savait pas pourquoi.

Neuf, dix, onze, il y eut une grande lueur. La fusée s'éleva, annonçant le Spectacle du soir. Vingt et un, vingt-deux, vingt-trois, et la flamme de la queue s'éteignit, tandis que les neuf étoiles jaillissaient.

Fafhrd lâcha ses bâtons de ski et sortit son pot à feu de sa besace. Les braises étaient encore chaudes. Il le déboucha, fit partir les cendres jusqu'à ce qu'il voie apparaître une lueur rouge, en se brûlant.

Il plaça alors son pot à feu dans la neige, prit les deux fusées dont il piqua les baguettes dans le sol, parallèlement, baguettes qui étaient, à vrai dire, aussi raides et solides que des bâtons de ski. Soufflant très fort sur le point incandescent au fond de son pot à feu, il l'approcha des deux mèches.

Mara surgit de l'obscurité pour dire :

— Mon chéri, je suis si heureuse que les miens ne t'aient pas attrapé!

Son visage resplendissait de beauté à la lueur du pot à feu. Fafhrd la regarda par-dessus et dit :

— Je quitte les Déserts Froids. Je quitte le Clan des Neiges. Je te quitte.

— Tu ne peux pas, protesta Mara.

Fafhrd posa le pot à feu et les fusées.

Mara tendit les mains.

Fafhrd ôta les bracelets d'argent de ses poignets et les posa dans les mains de Mara.

Mara referma les mains en s'écriant :

— Je ne demande pas ça. Je ne demande rien. Tu es le père de mon enfant. Tu es à moi!

Fafhrd arracha de son cou la lourde chaîne d'argent, la posa en travers des poignets de Mara en disant :

— Oui! Tu es à moi pour toujours, et je suis à toi.

Ton fils est le mien. Je n'aurais jamais une autre femme du Clan des Neiges. Nous sommes mariés.

Entre-temps, il avait repris deux fusées et il en approcha les mèches du pot à feu. Elles crépitèrent au même instant. Il les piqua dans la neige, referma le pot, le glissa dans sa besace. Trois, quatre...

Mor regardait par-dessus l'épaule de Mara. Elle intervint :

— Je suis témoin de ce que tu as dit, mon fils Arrête!

Fafhrd saisit les deux fusées par leur corps qui lançait des étincelles, enfonça dans le sol les pointes de ses bâtons et descendit la pente d'une grande poussée, abandonnant alors ses bâtons. Six, sept...

— Fafhrd! Mon mari! hurlait Mara.

— Ce n'est pas mon fils! criait Mor de son côté.

Fafhrd se lança de nouveau, avec ses fusées qui jetaient des étincelles. L'air froid lui fouettait le visage. Il le sentait à peine. Le bord du précipice apparaissait tout près devant lui, à la lueur de la lune. Il sentit la montée. Au-delà, l'obscurité. Huit, neuf...

Il serrait énergiquement les fusées contre lui, sous ses coudes et il volait à travers la nuit. Onze, douze...

Les fusées ne prirent pas feu. L'autre paroi du canyon arrivait sur lui à une vitesse folle, éclairée par la lune. Ses skis étaient dirigés sur un point se trouvant juste au-dessous de son faîte et ce point descendait régulièrement. Il inclina les fusées vers le sol et les maintint en place avec encore plus de force.

Elles partirent. C'était comme s'il s'était accroché à deux grands poignets qui l'attiraient en l'air. Ses coudes et ses côtés le brûlaient. Dans cette lumière subite, le mur de rocher apparaissait tout près, mais non pas en dessous. Seize, dix-sept...

Il se posa doucement sur la belle couche de neige recouvrant la Vieille Route et lança les fusées de chaque côté. Il y eut un double coup de tonnerre et des étoiles blanches jaillirent autour de lui. L'une d'elles éclata, vint lui brûler cruellement la joue et mourut en même temps. Il eut le temps de se dire, dans un grand éclat de rire intérieur :

« Je pars dans une apothéose ».

Il n'eut pas du tout le temps de penser ensuite, car il prêtait toute son attention à descendre la pente raide de la Vieille Route, qui, par endroits, brillait au clair de lune, en d'autres, était d'un noir d'encre lorsqu'elle s'incurvait, tandis qu'il avait le rocher à sa droite, le précipice à sa gauche. Accroupi, maintenant ses deux skis bien parallèles et joints il vira d'un mouvement des hanches. Son visage et ses mains s'engourdissaient. La réalité, c'était que la Vieille Route se ruait vers lui. Des aspérités minuscules se transformaient en grands ressauts. Les bords blancs se rapprochaient. Des contreforts noirs le menaçaient.

Profondément, très au fond de lui-même, il y avait néanmoins encore des pensées. Malgré tous les efforts qu'il déployait pour surveiller sa marche sur ces pensées étaient présentes.

« Idiot, tu aurais dû attraper une paire de bâtons en même temps que les fusées. Mais comment les aurais-tu tenus lorsque tu as lancé les fusées de chaque côté? Dans ton paquet? Alors, ils ne te serviraient à rien en ce moment. Est-ce que le pot à feu que tu as dans ta besace va se révéler plus précieux que des bâtons? Tu aurais dû rester avec Mara. Tu ne retrouveras jamais de fille aussi charmante. Mais c'est de Vlana dont tu as envie. Est-ce bien cela? Voyons, avec Vellix? Si tu n'avais pas eu autant de sang-froid et de bonté, tu aurais tué Vellix dans l'écurie, au lieu de te précipiter vers... Avais-tu vraiment l'intention de te tuer? Que te proposes-tu de faire à présent? Est-ce que les sortilèges de Mor peuvent aller plus vite que tes skis? Est-ce que les fusées étaient réellement les poignets de Nalgron, émergeant de l'Enfer? Qu'est-ce que tu as là, devant toi? »

C'était un contrefort massif, qu'il contourna. Il se pencha de son côté droit à mesure que se rétrécissait le bord neigeux à sa gauche. Ce bord était solide. Au-delà, sur la paroi opposée du canyon qui s'élargissait, il aperçut une minuscule traînée lumineuse. Hringorl avait-il gardé sa torche, en dévalant la pente de la Nouvelle Route, à la poursuite de Vellix? Fafhrd se pencha de nouveau sur sa droite car la Vieille Route allait s'incurver de ce côté, dans un virage plus serré. Le ciel tournoyait. La Vie exigeait qu'il se penche encore davantage, en freinant pour s'arrêter. Mais la Mort jouait encore à égalité dans cette partie. Devant lui, se trouvait l'intersection de la Vieille et de la Nouvelle Route. Il devait y parvenir aussi vite que Vellix et Vlana dans leur traîneau. La vitesse était essentielle. Pourquoi? Il ne le savait guère. Il y avait devant lui de nouveaux virages.

La pente s'atténua par degrés insensibles. Des cimes d'arbres chargés de neige surgissaient des profondeurs à sa gauche, puis des deux côtés. Il se trouvait dans un tunnel bas et sombre. Il avançait à présent aussi silencieusement qu'un fantôme. Il s'arrêta juste à la sortie du tunnel. Il souleva ses doigts engourdis et effleura une cloque qui lui était venue sur la joue. A l'intérieur de la cloque, il y avait des cristaux de glace qui craquèrent très légèrement.

On n'entendait aucun autre bruit que l'imperceptible tintement des cristaux de glace qui se formaient dans l'air calme et humide.

A cinq pas devant lui, en bas d'une pente subite, il y avait un buisson en forme de boule, chargé de neige. Derrière était accroupi Hrey, le premier lieutenant de Hringorl, pas à se tromper avec cette barbe en pointe qui, au clair de lune, paraissait pourtant grise au lieu de rousse. Il tenait de la main gauche un arc bandé.

Devant lui encore, à une vingtaine de pas en descendant la pente, se trouvait le carrefour en fourche de la Nouvelle et de la Vieille Route. Le tunnel allant vers le sud à travers bois était bloqué par deux boules de broussailles plus hautes qu'un homme, qu'on avait roulées jusque-là. Le traîneau de

Vellix et Vlana était arrêté près de l'obstacle : on apercevait les grandes silhouettes des deux chevaux. Le clair de lune argentait les crinières et les buissons. Vlana était accroupie au fond du traîneau, la tête dans un capuchon de fourrure. Vellix était descendu et écartait les broussailles du chemin.

Une torche faisait des traînées de lumière en descendant la Nouvelle Route, depuis la Carre Glacée. Vellix abandonna son travail et tira son épée. Vlana regarda par-dessus son épaule.

Hringorl arriva au galop dans la clairière en poussant un éclat de rire triomphal, lança sa torche très haut en l'air, fit arrêter son cheval derrière le traîneau. Le skieur qu'il avait en remorque, Harrax, le dépassa et remonta la moitié de la pente. Arrivé là, Harrax freina, s'arrêta et se baissa pour déplacer ses skis. La torche retomba et s'éteignit avec un sifflement.

Hringorl sauta à terre, une hache de combat prête dans sa main droite.

Vellix courut au-devant de lui. Il était clair qu'il avait compris qu'il lui fallait se débarrasser du pirate géant avant que Harrax n'ait déchaussé ses skis, sinon il aurait à faire face à deux adversaires en même temps. Vlana s'était soulevée de son siège pour le suivre des yeux. Son visage était, à la lueur de la lune, comme un petit masque blanc. Le capuchon tomba de sa tête.

Fafhrd aurait pu venir en aide à Vellix, mais il n'avait encore fait aucun geste pour délacer ses skis. Avec un serrement de cœur — ou bien était-ce avec soulagement? — il se rappela qu'il avait laissé son arc et ses flèches derrière lui. Il se disait qu'il devait aider Vellix. N'était-il pas descendu jusque-là sur ses skis, au prix d'un risque incalculable, pour sauver l'Aventureux et Vlana, ou tout au moins pour les mettre en garde contre une embuscade qu'il n'avait cessé de craindre depuis qu'il avait vu Hringorl faire tourbillonner sa torche sur le bord du précipice? Et Vellix ne ressemblait-il pas à Nalgron, plus que jamais en cet instant où il montrait sa bravoure?

Mais le fantôme de la Mort se tenait toujours aux côtés de Fafhrd, et paralysait son action.

En outre, Fafhrd sentait qu'il y avait un enchantement dans cette clairière; il rendait futile toute action entreprise à l'intérieur de ses limites. C'était comme si une araignée géante, recouverte d'une fourrure blanche, avait déjà tissé une toile aux alentours, l'isolant du reste de l'univers. C'était comme si elle avait inscrit à l'extérieur : — Cet espace appartient à l'Araignée Blanche de la Mort.

Peu importait que cette araignée ne file pas de la soie mais des cristaux de glace, le résultat était le même.

Hringorl visait Vellix pour lui décocher un coup de hache à toute volée. L'Aventureux l'évita et lui planta son épée dans l'avant-bras. Avec un rugissement de rage, Hringorl souleva sa hache dans sa main gauche, plongea en avant et frappa de nouveau.

Pris par surprise, Vellix s'écarta de la trajectoire de ce croissant d'acier sifflant, qui brillait au clair de lune. Il se remit en garde avec agilité, tandis que Hringorl avançait avec plus de prudence, la hache brandie haut et un peu en avant, prêt à donner de petits coups.

Vlana était debout dans le traîneau, une lame d'acier brillait dans sa main. Elle fit comme si elle allait la lancer, puis s'arrêta, indécise.

Hrey surgit de derrière son arbuste, une flèche encochée sur son arc.

Fafhrd aurait pu le tuer, tout au moins en lançant son épée comme un javelot. Mais la sensation d'avoir la Mort à ses côtés, et l'impression d'être pris dans un piège immense, la matrice de la Grande Araignée Blanche, le paralysaient encore. En outre, quel sentiment éprouvait-il en réalité à l'égard de Vellix, ou même de Nalgron?

La corde de l'arc vibra. Vellix resta immobilisé dans la position qu'il avait prise pour se fendre. La flèche l'avait touché dans le dos, sur le côté de la colonne vertébrale, et lui ressortait par la poitrine, juste au-dessous du sternum.

D'un coup de hache, Hringorl fit tomber l épée de la main du mourant au moment où il allait s'effondrer. Il poussa encore un de ses grands éclats de rire stridents. Il se tourna alors du côté du traîneau.

Vlana hurla.

Avant de se rendre parfaitement compte de ce qu'il faisait, Fafhrd avait silencieusement dégainé son épée de son fourreau bien huilé, et, s'en servant comme d'un bâton, il se poussa pour descendre la pente neigeuse. Sur la surface gelée, ses skis crissaient très légèrement, avec un son aigu.

La Mort ne se tenait plus à ses côtés. Elle s'était introduite en lui. C'étaient les pieds de la Mort qui étaient lacés aux skis. C'était la Mort qui avait l'impression que le piège de l'Araignée Blanche était sa demeure.

Hrey se retourna, juste au moment propice pour permettre à la lame de Fafhrd de lui ouvrir le côté du cou d'un coup de taille qui lui trancha la gorge en même temps que la veine jugulaire. L'épée se dégagea presque avant que le sang, noir au clair de lune, ne l'ait humectée en jaillissant, et certainement avant que Hrey n'ait levé ses grandes mains dans un effort futile pour arrêter ce flot qui l'étouffait. Tout cela se produisit très aisément. C'étaient ses skis, et non pas lui, qui avaient tenu l'arme, se disait Fafhrd. Ses skis, doués d'une vie propre, la vie de la Mort, l'emportaient dans un voyage sans appel.

Harrax, lui aussi, comme s'il n'était qu'un fantoche entre les mains des dieux, finit de délacer ses skis, se leva et se retourna juste à temps pour que le coup porté de bas en haut par Fafhrd l'atteigne dans le haut du ventre, exactement comme la flèche avait frappé Vellix, mais en sens opposé.

L'épée effleura la colonne vertébrale de Harrax, mais ressortit facilement. Fafhrd descendait la pente à toute vitesse, sans prendre la peine de vérifier. Harrax le regardait, les yeux exorbités. La grande bouche de la brute était béante, aussi, mais il n'en sortait aucun son. L'estocade avait vraisemblablement tranché le poumon en même temps que le cœur, ou bien alors quelque grosse artère qui en part.

L'épée de Fafhrd était à présent dirigée droit sur le dos de Hringorl, qui s'apprêtait à monter dans le traîneau, et les skis imprimaient à la lame sanglante une vitesse de plus en plus grande.

Vlana regardait Fafhrd par-dessus l'épaule de Hringorl, comme si elle avait guetté l'approche de la Mort elle-même, et elle poussa un hurlement.

Hringorl pivota sur lui-même et leva immédiatement sa hache pour écarter l'épée de Fafhrd. Sa large figure avait l'aspect alerte, mais cependant blasé, de quelqu'un qui a souvent contemplé la Mort en face et qui n'est jamais surpris de voir apparaître l'Exterminatrice de Toute Chose.

Fafhrd freina et vira de telle sorte que son élan s'amortissant, il puisse passer derrière le traîneau. Son épée ne cessait de menacer Hringorl, sans l'atteindre vraiment. Il esquiva le coup de hache que le pirate voulait porter à son arme.

Fafhrd vit alors, juste devant lui, le corps étendu de Vellix. Pour ne pas trébucher sur le cadavre, il tourna à angle droit, freina sur place, en plantant même son épée dans la neige au point qu'elle fit jaillir des étincelles du rocher situé en dessous.

Il imprima à son corps une torsion brusque pour passer aussi loin qu'il le put, alors que ses pieds étaient encore liés aux skis, juste à temps pour voir Hringorl dévaler sur lui, émerger de la neige projetée par ses skis, et s'apprêtant à le frapper d'un grand coup de hache sur le cou.

Fafhrd para de son épée. Si la lame avait été tenue à angle droit de la trajectoire de la hache, elle aurait été brisée, mais Fafhrd la tenait sous l'angle convenable pour que la hache soit déviée dans un cliquetis d'acier et passe en sifflant au-dessus de sa tête.

Hringorl le dépassa à toute allure, incapable de s'arrêter dans sa lancée.

Fafhrd fit effectuer un nouveau virage brusque à son corps, tout en maudissant les skis qui à présent clouaient ses pieds au sol. Son coup de pointe arriva trop tard pour toucher Hringorl.

Le plus massif des deux hommes revint précipitamment en arrière, en visant pour décocher un nouveau coup de hache. Cette fois, le seul moyen pour Fafhrd d'esquiver, était de se laisser tomber à plat ventre sur le sol.

Il aperçut deux éclairs d'acier dans la lumière de la lune. Il se servit alors de son épée pour se remettre sur ses pieds, prêt à porter un nouveau coup à Hringorl, ou à esquiver encore une fois, le moment venu.

Le gros homme avait lâché sa hache et pressait ses mains sur son visage.

Fafhrd se fendit en esquivant avec son ski un pas de côté maladroit — pas le moment de soigner son style! — et lui transperça le cœur.

Hringorl plongea en arrière et laissa retomber ses mains. De son orbite droite émergeaient le pommeau et le manche d'argent d'un poignard. Fafhrd dégagea son épée. Hringorl tomba sur le sol avec un bruit sourd, fit jaillir de la neige autour de lui eut deux sursauts violents, puis s'immobilisa.

Fafhrd leva son épée et regarda autour de lui. Il était prêt à n'importe quelle attaque, de la part de n'importe qui.

Mais aucun des cinq corps ne bougea, les deux étendus à ses pieds, les deux étendus sur la pente et celui de Vlana, debout dans le traîneau, pas davantage. Il constata avec une certaine surprise que le halètement qu'il entendait était celui de sa propre respiration. Autrement, le seul bruit était un léger cliquetis aigu, qu'il ignorait pour l'instant. Même les deux chevaux de Vellix, attelés au traîneau, et la robuste monture de Hringorl, qui se tenait à une faible distance en remontant la Vieille Route, étaient silencieux d'une façon incompréhensible.

Il s'adossa au traîneau, reposa son bras gauche sur la toile goudronnée qui protégeait les fusées et d'autres accessoires. Sa main droite tenait encore son épée brandie, un peu négligemment à présent, mais prête.

Il inspecta encore une fois les corps, en terminant

par celui de Vlana. Aucun d'entre eux n'avait bougé davantage. Chacun des quatre premiers était entouré des taches de sang noirci sur la neige; énormes pour Hrey, Harrax et Hringorl, minuscules pour Vellix qui avait été tué par une flèche.

Il posa les yeux sur ceux de Vlana, qui regardaient fixement, cernés de blanc. En retenant sa respiration, il dit :

— Je te dois des remerciements pour avoir poignardé Hringorl. Peut-être. Je ne crois pas que j'aurais pu avoir le dessus, lui étant sur ses pieds, et moi couché sur le ventre. Mais est-ce que ton poignard était dirigé sur Hringorl, ou sur mon dos? Ai-je échappé à la mort simplement parce que je suis tombé, tandis que le poignard passait au-dessus de moi pour aller abattre un autre homme?

Elle ne répondit rien. Elle leva les mains pour les appliquer sur ses joues et sur ses lèvres. Elle continuait à regarder fixement Fafhrd, à présent pardessus ses doigts.

Il continua, en prenant un air de plus en plus détaché :

— Tu as choisi Vellix de préférence à moi, après m'avoir fait une promesse. Pourquoi alors n'as-tu pas choisi Hringorl de préférence à Vellix, et à moi, lorsque Hringorl paraissait le plus susceptible de gagner? Pourquoi n'es-tu pas venue en aide à Vellix avec ton poignard, au moment où il attaquait Hringorl avec tant de bravoure? Pourquoi as-tu crié en me voyant, me faisant perdre la possibilité de tuer Hringorl d'un seul coup d'épée, sans faire de bruit?

Il accentuait chaque question en pointant distraitement son épée vers elle. Sa respiration devenait à présent plus aisée, la fatigue de son corps disparaissait, même si le plus sombre état de dépression envahissait son âme.

Vlana ôta lentement ses mains de ses lèvres et avala sa salive à deux reprises. Elle dit alors, d'une voix rauque, mais claire et assez bas :

— Une femme doit toujours garder toutes les

issues ouvertes, est-ce que tu peux comprendre cela? Elle ne peut commencer à équilibrer le grand avantage dont disposent les hommes, qu'en étant prête à s'allier à n'importe lequel d'entre eux, à se débarrasser d'un autre si le hasard détruit ses plans. J'ai choisi Vellix plutôt que toi parce qu'il avait plus d'expérience et aussi parce que, crois-moi ou ne me crois pas, c'est comme tu voudras, je ne pensais pas que mon associé ait beaucoup de chances de longévité, et je voulais que tu vives. Je n'ai pas aidé Vellix ici devant le barrage de la route parce que je nous croyais perdus, lui et moi. Le barrage et la conclusion que j'en tirais, d'après laquelle il devait y avoir des embuscades tout autour, m'ont fait perdre tout courage, bien que Vellix n'ait pas semblé avoir la même idée, ni même s'en soucier. Quant à mon cri en te voyant, c'est que je ne t'ai pas reconnu. Je t'ai pris pour la Mort en personne.

— Tu parais avoir eu raison, fit Fafhrd d'une voix douce, en passant pour la troisième fois en revue les corps étendus. Il délaça ses skis. Ensuite, après s'être secoué les pieds, il s'agenouilla à côté de Hringorl, arracha le poignard planté dans son œil et l'essuya sur les fourrures du mort.

— J'ai encore plus peur de la mort que je ne détestais Hringorl, continuait Vlana. Oui, je fuirais avec empressement en compagnie de Hringorl, si c'était pour échapper à la mort.

— Cette fois, Hringorl a pris la mauvaise direction, dit Fafhrd en guise de commentaire, en soupesant le poignard.

Il était bien équilibré, aussi bon pour l'estocade que pour le lancer.

— A présent, je t'appartiens, bien entendu, reprit Vlana. Avec ardeur et bonheur, encore une fois, crois-moi ou ne me crois pas. Si tu veux de moi. Tu continues peut-être à croire que j'ai essayé de te tuer.

Fafhrd se tourna vers elle et lança le poignard.

— Attrape! dit-il. (Elle l'attrapa.) Non, ajouta-t-il en riant, une fille de théâtre qui a également été une voleuse doit être experte au lancer du couteau. Et je doute que Hringorl ait eu le cerveau transpercé à travers son œil par accident. As-tu toujours l'intention de prendre ta revanche sur la Guilde des Voleurs?

— Oui, répondit-elle.

— Les femmes sont horribles, s'exclama Fafhrd. Je veux dire qu'elles sont tout à fait aussi horribles que les hommes. Oh! y a-t-il quelqu'un de par le vaste monde qui ait autre chose dans les veines que de l'eau glacée?

Et il rit encore, plus fort cette fois, comme s'il avait su qu'il n'y aurait pas de réponse à cette question. Alors, il essuya son épée sur les fourrures de Hringorl, la remit au fourreau, passa sans les regarder devant Vlana et les chevaux silencieux, pour aller jusqu'au tas de broussailles accumulées afin d'en achever le déblaiement. Elles étaient gelées ensemble, il lui fallut tirer avec effort et tordre dans tous les sens pour les séparer; il lui semblait qu'il avait plus de mal que n'en avait eu Vellix.

Vlana l'ignorait, même lorsqu'il passait près d'elle. Elle regardait tout droit devant elle, en remontant la pente marquée de son unique trace de ski conduisant à l'entrée du tunnel sombre de la Vieille Route. Son œil morne n'était posé ni sur Harrax, ni sur Hrey, ni sur l'entrée du tunnel, mais plus haut.

Il y avait un léger cliquetis qui ne cessait jamais.

Il y eut alors un tintement cristallin, Fafhrd fit un effort pour se dégager, et rejeta sur le côté le dernier paquet de broussailles surchargées de glace.

Il regarda la route descendant vers le sud. Vers la civilisation, vers tout ce qui avait désormais une valeur.

Cette route était un tunnel, également, entre des sapins couverts de neige.

Le clair de lune faisait apparaître une toile d'araignée de cristaux qui semblait se prolonger à l'infini, des cordons de glace allant d'un rameau à un autre, d'un buisson à un autre, jusque dans les profondeurs glacées et au-delà.

Fafhrd se rappelait les paroles de sa mère :

— Il y a un froid de sorcier qui peut te suivre partout à Nehwon. Partout où la glace est venue une fois, les sortilèges peuvent l'y faire revenir. A présent, ton père le regrette amèrement...

Il pensait à une grande araignée blanche, tissant sa toile glaciale autour de cette clairière.

Il vit le visage de Mor, à côté de celui de Mara, au sommet du précipice, de l'autre côté du grand gouffre.

Il se demandait quelle sorte d'incantation on était en train de psalmodier, à présent, dans la Tente des Femmes, et si Mara y participait, elle aussi. Il croyait plus ou moins qu'elle ne le faisait pas.

Vlana riait, mais avec douceur :

— En vérité, les femmes sont horribles. Regarde. Regarde!

A cet instant, le cheval de Hringorl poussa un grand hennissement. On entendit un bruit de sabots : il gravissait à la vitesse du vent la pente de la Vieille Route.

Un instant après, les chevaux de Vellix se cabrèrent en poussant des cris de terreur.

Du revers du bras, Fafhrd donna un coup sur le garrot du cheval le plus proche. Puis il leva les yeux sur le petit masque triangulaire blanc, aux grands yeux, de Vlana et suivit son regard.

De la pente qui conduisait à la Vieille Route s'élevaient une demi-douzaine de formes ténues, hautes comme des arbres. On aurait dit des femmes encapuchonnées. A mesure que Fafhrd regardait, elles devenaient de plus en plus consistantes.

Il s'aplatit au sol, pris de terreur. Dans ce mouvement, sa besace se trouva prise entre son ventre et sa cuisse. Il sentit une vague chaleur.

Il se leva et refit en sens inverse le chemin qu'il avait parcouru. Il arracha la toile goudronnée de l'arrière du traîneau. Il saisit les huit fusées qui restaient, une par une et planta leur baguette dans la neige, de telle sorte que leur tête soit pointée vers les grandes silhouettes de glace qui s'épaississaient.

Il plongea alors la main dans sa besace, y prit son pot à feu, le déboucha, fit tomber les cendres grises, rassembla les braises rouges d'un côté du bol, et en toucha rapidement les mèches des fusées.

Dès qu'il les entendit crépiter, il sauta dans le traîneau.

Vlana ne bougea pas quand il l'effleura au passage. Mais elle tinta. On aurait dit qu'elle était revêtue d'un manteau transparent de cristaux de glace qui la maintenait là où elle se trouvait. La lumière de la lune se réfléchissait sur ces cristaux d'une manière immuable. Il avait l'impression que cela ne bougerait que si la lune se déplaçait.

Il saisit les rênes. Elles lui brûlaient les doigts comme si elles avaient été de métal glacé. Devant lui, le réseau de glace s'était développé autour des chevaux. Ils en faisaient partie. C'étaient de grandes statues équestres encloses dans un cristal encore plus grand. L'un se tenait sur ses quatre pattes, l'autre se cabrait sur les deux pattes de derrière. Les murs de cette enceinte de glace se refermaient.

— Il y a un froid de sorcier qui peut te suivre...

La première fusée ronfla, puis la seconde. Il sentait leur chaleur. Il entendit un tintement intense au moment où elles atteignirent leurs objectifs sur la pente remontante.

Les rênes bougèrent, claquèrent sur les dos des chevaux. Quand ils partirent en avant, il y eut comme un bruit de verre brisé. Il baissa la tête et, en tenant les rênes de la main gauche, il leva la main droite et fit rasseoir Vlana. Le manteau de glace qui la revêtait fit entendre un extraordinaire tintement, puis disparut. Quatre, cinq...

Les chevaux et le traîneau avançaient à travers la toile d'araignée de glace dans un cliquetis continuel. Des cristaux tombaient en pluie sur sa tête, enfoncée dans ses épaules, et ricochaient. Le cliquetis s'atténua. Sept, huit...

Toutes les entraves glacées furent écartées. Les

sabots pilonnaient le sol. Un grand vent du nord s'éleva, et ce fut la fin du calme qui régnait depuis des jours. Devant eux, l'aurore faisait peu à peu rosir le ciel. Derrière eux, il était légèrement rougi par le feu allumé dans les aiguilles de sapins par les fusées. Fafhrd crut entendre le grondement des flammes apporté par le vent du nord.

Il se mit à crier :

— Gnamph Nar, Mlurg Nar, grande Kvarch Nar... nous allons toutes les voir! Toutes les cités de la Grande Forêt! Tout le Pays des Huit Cités!

A côté de lui, dans l'étreinte de son bras, Vlana commençait à se réchauffer et à s'agiter; elle prit la suite de ses cris :

— Sarheenmar, Ilthmar, Lankhmar! Toutes les cités du sud! Quarmall! Horborixen! Tisilinilit aux flèches élancées! Le Pays Qui Monte!

Pour les yeux de Fafhrd, l'horizon brillant était plein des mirages de ces villes et de ces lieux inconnus.

— Voyage, amour, aventure, le monde! s'écria-t-il en serrant Vlana contre lui de son bras droit tandis que de la main gauche, il stimulait les chevaux avec les rênes.

Son imagination était en feu, comme le canyon qu'il venait de quitter, et pourtant son cœur restait de glace. Pourquoi?

LE RITUEL PROFANÉ

TROIS choses mirent en garde l'apprenti sorcier et lui firent savoir que quelque chose n'allait pas : d'abord, les empreintes profondes laissées par des sabots ferrés sur le sentier de la forêt, il les avait senties à travers ses bottes, mais il se pencha pour les tâter dans l'obscurité; ensuite, le bourdonnement d'une abeille qui n'aurait pas dû se trouver dehors la nuit; et enfin, une vague odeur de brûlé. Souris se ruait en avant, évitant les troncs d'arbres et sautant par-dessus les racines tordues en faisant appel à sa mémoire et grâce à un véritable sens de chauve-souris lui permettant de percevoir les moindres sons réfléchis sur les obstacles. Guêtres grises, tunique, capuchon pointu et manteau flottant donnaient au frêle jeune homme, décharné par la pratique de l'ascétisme, l'air d'une ombre bondissante.

L'exaltation ressentie par Souris à la suite du succès de sa longue quête et son retour triomphal auprès de son maître en sorcellerie, Glavas Rho, avait, dans son esprit, fait place à une terreur qu'il n'osait formuler. Serait-il arrivé malheur au grand sorcier, dont il était simplement l'apprenti?

« Ma Souris Grise, lui avait dit un jour Glavas Rho, grise parce que tu es encore à mi-chemin entre les magies blanche et noire... »

Non, il était inconcevable qu'il pût être arrivé quelque chose de fâcheux à cette grande figure de la sagesse et de la spiritualité. Le grand magicien (il y avait quelque chose d'hystérique dans la façon qu'avait Souris d'insister sur ce qualificatif de « grand », car, pour tout le monde, Glavas Rho n'était qu'un sorcier de seconde zone, rien de mieux qu'un nécromant mingol autant doué pour la seconde vue qu'un chien crotteux, ou un mendiant illusionniste de Quarmall)... le grand magicien, donc, et son entourage étaient protégés par d'irrésistibles enchantements qu'aucun intrus sans foi ne pouvait rompre, pas même (le cœur de Souris s'arrêta une seconde de battre) le seigneur suprême de ces forêts, le duc Janarrl, qui avait horreur de toute magie, mais encore plus de la blanche que de la noire.

Cette odeur de brûlé s'accentuait pourtant, et la petite chaumière de Glavas Rho était construite en bois résineux.

La vision d'un visage de jeune fille, perpétuellement terrifiée mais charmante, Ivrian, fille du duc Janarrl, s'était en même temps effacée de l'esprit de Souris. Elle venait secrètement étudier avec Glavas Rho, boire, aux côtés de Souris, le lait de sa sagesse. A dire vrai, ils en étaient à s'appeler, dans l'intimité, Souris et Petite Demoiselle, tandis que Souris portait sous sa tunique un gant vert qu'il avait dérobé à Ivrian en partant pour sa quête, comme s'il avait été un chevalier revêtu d'une armure, armé de pied en cap, et non pas un petit sorcier désarmé.

Lorsque Souris atteignit la clairière au sommet de la colline, il respirait très fort, et ce n'était pas de fatigue.

Car le jour naissant faisait apparaître à ses yeux le jardin des herbes magiques ravagé par des sabots de cheval, la ruche de paille retournée, la traînée de suie laissée par les flammes sur la surface lisse du grand bloc de granit qui servait de clôture à la minuscule maison du sorcier.

Mais même sans le secours des lueurs de l'aurore, il aurait pu voir les poutres que le feu avait fait s'effondrer, les montants rongés par les flammes dont certaines parties, à l'état de braises rougeoyantes, ressemblaient à des vers incandescents, et la flamme d'un vert spectral là où quelque onguent préparé par le sorcier s'obstinait à brûler encore. Il aurait senti un mélange confus d'effluves délicats, ceux des drogues et des baumes brûlés, et une affreuse odeur monstrueusement appétissante de chair grillée.

Il tressaillit dans tout son corps mince. Ensuite, comme un chien de chasse prenant le vent, il bondit en avant.

Le sorcier était couché tout près de la porte verrouillée, à l'intérieur. Il avait subi le même sort que sa maison : la charpente de son corps mise à nu et noircie, les humeurs sans prix, les substances subtiles bouillies, brûlées, à jamais détruites ou bien entraînées là-haut, dans quelque enfer glacé, au-delà de la lune.

De toute part venait un très léger bourdonnement triste, comme si les abeilles, privées de leur maison, avaient célébré son service funèbre.

Des souvenirs traversaient l'esprit de Souris, frappé d'horreur : ces lèvres desséchées psalmodiant de douces incantations, ces doigts carbonisés montrant quelque chose ou caressant un petit animal des bois.

En tremblant, Souris sortit d'une besace de cuir fixée à sa ceinture une pierre plate verte, gravée profondément, d'un côté d'hiéroglyphes étrangers, et, de l'autre, d'un monstre revêtu d'une armure aux nombreuses jointures, ressemblant à une fourmi géante, marchant au milieu d'êtres humains minuscules qui s'enfuient. Cette pierre avait fait l'objet de la quête dans laquelle Glavas Rho l'avait envoyé. Pour la remplir, il avait traversé sur un radeau les Lacs de Pleea, parcouru le pied des Montagnes de la Faim, s'était caché pour échapper à un parti de pirates aux barbes rousses, avait dupé des pêcheurs lourdauds et des paysans, flatté une vieille sorcière puante et même flirté avec elle, dévalisé le sanctuaire d'une tribu et dépisté les chiens de chasse lancés à ses trousses. Le fait d'avoir gagné la pierre verte sans effusion de sang signifiait qu'il était monté en grade dans son noviciat. Il contemplait avec tristesse la surface de cette pierre antique, puis, ayant maîtrisé son tremblement, il la déposa avec précaution dans la paume noircie de son maître. En se penchant, il s'aperçut que la plante de ses pieds le brûlait d'une manière désagréable, ses bottes fumaient un peu sur les bords; cependant, en s'éloignant, il ne hâta pas le pas.

Il faisait plus clair à présent et il remarqua des petites choses telles que la présence d'une fourmilière près du seuil. Le maître avait étudié ces créatures en armure noire avec autant de zèle que leurs cousines les abeilles. A présent, la fourmilière montrait une brèche profonde, de la forme d'un talon, laissant apparaître un demi-cercle de creux faits par des têtes cloutées, et cependant quelque chose bougeait. En regardant de tout près, il aperçut un guerrier estropié par le feu qui se débattait sur des grains de sable. Il se rappela le monstre de la pierre verte, et haussa les épaules à l'évocation d'une pensée qui ne le conduisait nulle part.

Il traversa la clairière à travers les abeilles en deuil, pour aller à un endroit où une lumière pâle se montrait entre des troncs d'arbres; bientôt il était debout, la main posée sur un tronc noueux, en un point où le flanc de la colline continuait en pente rapide. Dans la vallée boisée se trouvant en contrebas, on voyait un serpent de brume laiteuse, indiquant le lit d'un cours d'eau qui y coulait. L'air était alourdi par le voile d'obscurité en train de se dissiper. A droite, l'horizon était bordé d'un liseré rouge par le soleil levant. Au-delà, Souris le savait, il y avait encore la forêt, puis les interminables champs de céréales et les marais de Lankhmar et, encore plus loin, le centre antique du monde, la cité de Lankhmar, que Souris n'avait jamais vue, bien qu'en théorie l'autorité de son Suzerain s'étendît jusque-là.

Mais à portée de sa main, souligné par le soleil levant, se trouvait un groupe de tours aux sommets dentelés, le château fort du duc Janarrl. Une certaine animation, teintée de prudence, se fit jour sur le visage de Souris ressemblant à un masque. Il pensait à l'empreinte de talon clouté, au jardin ravagé, aux traces de sabots descendant la pente. Tout désignait Janarrl, l'ennemi juré des sorciers, comme l'auteur de ces atrocités, mais il y avait une chose que Souris ne comprenait pas car il avait conservé le plus grand respect pour les talents de son maître qu'il considérait comme sans pareils. Alors, comment le duc avait-il pu rompre ces enchantements, pourtant assez forts pour faire perdre la tête au plus rusé des hommes des bois, et qui avaient protégé depuis bien des années la demeure de Glavas Rho?

Il pencha la tête... et vit, délicatement posé sur les jeunes pousses d'herbe, un gant vert. Il le ramassa, fouilla sous sa tunique, en sortit un autre gant, couvert de taches, strié de traînées décolorés par la transpiration. Il mit les deux gants côte à côte ils formaient la paire.

Un rictus fit apparaître ses dents, son regard se porta de nouveau au loin sur la forteresse. Il fit alors glisser un cercle épais d'écorce rugueuse sur le tronc d'arbre qu'il avait effleuré et plongea jusqu'à l'épaule dans la sombre cavité qui s'était trouvée ainsi démasquée. Il faisait ces gestes automatiquement, mais avec lenteur et précision, et il se rappelait en même temps une petite conférence que lui avait faite en souriant Glavas Rho, en partageant avec lui un repas de gruau accommodé sans lait.

« Souris, avait dit le mage, tandis que la lueur du foyer dansait sur sa courte barbe blanche, quand tu regardes ainsi en remuant tes narines, tu me rappelles trop un chat pour m'inspirer confiance comme chien de garde de la vérité. Tu es un étudiant d'un zèle médiocre, mais tu mets secrètement l'épée au-dessus de la baguette de coudrier. Tu es plus tenté par les lèvres chaudes de la magie noire que par les chastes doigts effilés de la magie blanche, même si ces derniers appartiennent à une jolie petite demoiselle, non, ne me dis pas le contraire! Tu es plus attiré vers les sinuosités enjôleuses du sentier de gauche que vers la route rectiligne mais montante qui s'ouvre sur la droite. Je crains bien que tu ne sois jamais une souris en fin de compte, mais un souricier. Et jamais blanc, mais gris, enfin, c'est encore mieux que noir. Maintenant, va laver ces bols et respirer une heure sur la plante de la fièvre nouvellement poussée, car la nuit est froide, et n'oublie pas de parler gentiment au buisson de ronces. »

Les mots qui lui revenaient en mémoire commençaient à s'effacer, mais pas complètement. Pendant ce temps, Souris sortait du trou un ceinturon de cuir vert de moisissures auquel était suspendu un fourreau dans le même état. Il en tira, en la saisissant par sa poignée entourée d'une courroie, une épée pointue en bronze laissant apparaître plus de vert-de-gris que de métal nu. Ses yeux s'élargirent, bien que les pupilles se soient en même temps rétrécies; son visage ressemblait encore plus à un masque, tandis qu'il brandissait la lame vert pâle, aux bords brunis, devant le disque rouge du soleil levant.

A travers la vallée, arrivait faiblement la note sonore, aiguë et nette, d'une trompe de chasse invitant les hommes à se mettre en selle.

Tout à coup, Souris se mit à descendre la pente à grandes enjambées, en passant par-dessus les traces de sabots. Il hâtait le pas avec les jambes un peu raides, comme s'il avait bu, tout en bouclant le ceinturon couvert de moisissures.

Une forme sombre à quatre pattes se précipitait à travers la clairière de soleil, cherchant à se frayer un chemin entre les fourrés grâce à sa large poitrine, et piétinant le sol de ses étroits sabots fourchus. Derrière elle retentissaient les appels de trompe et les cris rauques des hommes. A l'extrémité de la clairière, le sanglier se retourna. Il semblait hésiter, l'air sortait de ses naseaux en sifflant. Alors, ses petits yeux à moitié voilés se fixèrent sur la silhouette d'un cavalier. Il se tourna vers lui et un jeu de lumière fit paraître plus sombre sa fourrure. Et puis, il chargea. Mais avant que ses terribles défenses tournées vers le haut aient pu trouver de la chair à déchirer, un javelot à lame massive se courbait comme un arc en heurtant la bosse de son épaule. Il s'abattit à moitié à la renverse, tandis que son sang se répandait sur la verdure.

Des chasseurs vêtus de marron et de vert firent leur apparition dans la clairière, les uns entourant le sanglier tombé à terre d'un mur de javelots brandis, d'autres s'empressant auprès du cavalier. Celui-ci était vêtu de riches habits jaune et marron. Il riait : il lança à l'un de ses piqueurs le javelot ensanglanté et accepta d'un autre une gourde de cuir orné d'argent.

Un second cavalier apparut dans la clairière et les petits yeux jaunes du duc s'assombrirent, sous les sourcils épais. Il but une longue gorgée et s'essuya les lèvres du revers de sa manche. Les chasseurs refermaient prudemment le mur de javelots sur le sanglier qui restait couché et raide, la tête soulevée de la largeur d'un doigt au-dessus de l'herbe; ses seuls mouvements consistaient à faire aller son regard d'un côté à l'autre, tandis que le sang brillant jaillissait de son épaule à chaque battement de cœur. Le mur de javelots était sur le point de se fermer, lorsque Janarrl fit signe aux chasseurs de s'arrêter.

— Ivrian! dit-il d'une voix rude à celle qui venait d'arriver. Tu as eu deux occasions avec cette bête, mais chaque fois une défaillance. Ta défunte mère maudite aurait déjà coupé le cœur de l'animal en tranches minces et l'aurait goûté tout cru.

Sa fille le regardait d'un air malheureux. Elle était vêtue comme les chasseurs et montait à califourchon, l'épée au côté, le javelot à la main, mais elle n'en ressemblait que davantage à une petite fille au visage mince et aux bras fuselés.

— Tu n'es qu'une poule mouillée, une petite froussarde amie des sorciers, continuait Janarrl. Ton abominable mère aurait affronté le sanglier à pied et, quand son sang lui aurait giclé à la figure, elle se serait mise à rire. Regarde, ce sanglier est hors de combat. Il ne peut te faire aucun mal. Plante ton javelot dans son corps! Je te l'ordonne!

Les chasseurs s'écartèrent pour ménager à la jeune fille un passage jusqu'à l'animal. Ils riaient d'elle ouvertement et le duc leur sourit à son tour d'un air approbateur. La jeune fille mordillait sa lèvre inférieure d'un air hésitant; elle contemplait, elle aussi, avec frayeur et fascination, la bête qui la regardait, la tête un peu relevée.

— Enfonce ton javelot! répétait Janarrl en s'empressant de boire à sa gourde. Vas-y, sinon je te fouette séance tenante.

Alors, elle toucha de ses talons les flancs de son cheval et traversa la clairière au trot, le corps penché, le javelot dirigé sur la cible. Mais au dernier moment, la pointe dévia et s'enfonça dans la poussière. Le sanglier n'avait pas bougé. Les chasseurs éclatèrent d'un gros rire.

Janarrl devint rouge de colère, il bondit, attrapa le poignet de sa fille, et serra très fort.

— Ta damnée mère pouvait couper la gorge à des hommes sans même changer de couleur. Je veux te voir planter ton javelot dans ce corps, sinon je te fais danser séance tenante, comme hier soir, quand tu m'as parlé des enchantements de ce sorcier et que tu m'as dit où se trouvait sa tanière.

Il se pencha plus près, sa voix n'était plus qu'un souffle :

— Tu sais, petite morveuse, voilà longtemps que je soupçonne ta mère, malgré toute sa violence, d'avoir été, peut-être ensorcelée contre sa volonté, amoureuse des sorciers comme tu l'es toi-même... et toi d'être le rejeton de ce lanceur de charmes aujourd'hui carbonisé.

Les yeux de la jeune fille s'élargirent, elle s'apprêtait à s'éloigner de lui, quand il l'attira plus près.

— N'aie pas peur, petite mioche, je ferai sortir le poison de ta chair d'une façon ou d'une autre. Pour commencer, embroche-moi cet animal!

Elle ne bougea pas. Son visage au teint laiteux était comme le masque de la terreur. Il leva la main. Mais au même instant, il fut interrompu.

A la lisière de la clairière, à l'endroit où le sanglier avait fait demi-tour pour se lancer dans sa dernière charge, une silhouette fit son apparition. C'était un jeune homme mince, tout vêtu de gris. Comme s'il avait été drogué ou en transe, il marcha droit sur Janarrl. Les trois chasseurs qui avaient assisté le duc tirèrent leur épée et s'approchèrent sans difficulté de lui.

Le visage du jeune homme était blême et tendu, son front, sous le capuchon gris à moitié relevé, était mouillé de sueur. Les muscles de ses mâchoires faisaient saillie. Ses yeux, fixés sur le duc, clignotaient comme s'ils avaient regardé un soleil aveuglant.

Ses lèvres s'écartèrent pour laisser apparaître largement ses dents.

— Assassin de Glavas Rho! Tueur de sorciers!

Son épée de bronze était déjà tirée du fourreau moisi. Deux des chasseurs s'interposèrent, l'un d'eux s'écria :

— Attention au poison! à cause de la teinte verte de la lame.

Le jeune homme dirigea sur lui un coup terrible, en maniant son épée comme un marteau. Le chasseur para sans difficulté, si bien que son épée siffla au-dessus de sa tête, et le jeune homme faillit tomber sous l'effet de la réaction de son propre coup sec près de la garde pour le désarmer; et le combat cessa avant d'avoir commencé; pas tout à fait cependant. Car ce regard vitreux disparut des yeux de Souris, ses traits se contractèrent nerveusement, ce qui le fit ressembler à un chat. Il reprit son épée bien en main, se fendit en effectuant un mouvement de torsion qui lui permit de lier la lame du chasseur à la sienne et de la lui faire lâcher, à son grand étonnement. Il continua alors à se fendre en direction du cœur du second chasseur, qui ne s'en tira qu'en se laissant tomber en arrière dans l'herbe.

Janarrl se pencha en avant sur sa selle, les traits tendus et murmura :

— Ce gosse a des crocs!

Mais au même instant, le troisième chasseur, qui avait fait le tour, assena un coup du pommeau de son épée sur la nuque du jeune homme. Celui-ci lâcha son arme, vacilla et allaït tomber, quand le premier chasseur l'attrapa par le col de sa tunique et le lança à ses camarades. Ils le reçurent avec leurs plaisanteries coutumières, à grand renfort de taloches et de claques, en lui assenant sur la tête et dans les côtes des coups de fourreau de dague, en le laissant par moments tomber par terre, en le harcelant comme l'aurait fait une meute de chiens de chasse.

Janarrl restait impassible, il surveillait sa fille. Lorsque le jeune homme avait fait son apparition, elle avait semblé le reconnaître avec effroi, et cela ne lui avait pas échappé. A présent, il la voyait penchée en avant, les lèvres contractées. A deux reprises, elle fut sur le point de parler. Le cheval de la jeune fille s'agitait, mal à l'aise et il gémit. Finalement elle baissa la tête et recula en se faisant toute petite, tandis que des sanglots accompagnés de haut-le-cœur sortaient de sa gorge. Alors, Janarrl émit un grognement de satisfaction et s'écria :

— C'est assez pour le moment! Amenez-le ici!

Deux chasseurs traînèrent entre eux le jeune homme à moitié évanoui, dont le costume gris était à présent taché de rouge.

— Lâche, dit le duc. Cet exercice ne te tuera pas. Ils t'ont simplement fait quelques gâteries pour te préparer à d'autres exercices. Mais j'oublie que tu es un petit sorcier finaud, une créature efféminée qui balbutie des formules magiques dans l'ombre et lance des malédictions par-derrière, un poltron qui caresse les animaux et qui ferait des forêts des endroits insipides. Pouah! Cela me crispe! Et cependant tu as essayé de corrompre ma fille et... écoute-moi petit sorcier, je parle!

Il se pencha très bas sans quitter sa selle, saisit par les cheveux le jeune homme dont la tête était affaissée, et les lui tira. Les yeux de Souris se révulsèrent avec fureur, il eut un sursaut convulsif qui prit les chasseurs par surprise et fut à deux doigts de désarçonner Janarrl.

Au même instant, il y eut un craquement menaçant dans le fourré et un galop rapide de sabots. Quelqu'un s'écria :

— Prends garde, Maître! Oh Dieux! protégez le Duc!

Le sanglier blessé s'était remis sur ses pattes et chargeait le groupe entourant le cheval de Janarrl.

Les chasseurs reculèrent en s'égaillant, à la recherche de leurs armes.

Le cheval de Janarrl se cabra, achevant de déséquilibrer son cavalier. Le sanglier passa en trombe, taché de sang. Janarrl manqua tomber sur le dos. Le sanglier fit un brusque demi-tour pour revenir à la charge, évita trois javelots qui vinrent se ficher dans le sol juste à côté de lui. Janarrl essaya de se mettre debout, mais l'un de ses pieds était resté pris dans un étrier, et son cheval, dans un écart, le renversa de nouveau.

Le sanglier revint, mais on entendait à présent d'autres sabots. Un autre cheval passa à toute vitesse devant Janarrl, un javelot fermement tenu pénétra tout près de l'épaule du sanglier et s'y enfonça profondément. La bête noire se renversa en arrière, essaya une fois d'arracher le javelot à l'aide d'une de ses défenses, tomba lourdement sur le côté et s'immobilisa.

Alors Ivrian lâcha le javelot. Le bras avec lequel elle le tenait se balança d'une manière peu naturelle. Elle s'enfonça sur sa selle en saisissant le pommeau de l'autre main.

Janarrl se remit péniblement sur ses pieds, regardant sa fille et le sanglier. Alors il fit des yeux lentement le tour de la clairière.

Le disciple de Glavas Rho avait disparu.

— Que le nord soit le sud, l'est l'ouest. Le taillis soit la clairière et la crête le ravin. Le vertige envahisse tous les sentiers. Feuilles et herbes, faites le reste.

Souris murmurait cette incantation à travers des lèvres boursouflées, un peu comme s'il avait parlé pour être entendu de l'intérieur du sol sur lequel il était couché. Ses doigts faisaient des signes cabalistiques, il prit une pincée de poudre verte dans une bourse minuscule et la répandit dans l'air d'un mouvement du poignet qui le fit tressaillir.

— Sache-le, chien, tu descends du loup, ennemi du fouet et de la trompe de chasse. Cheval, pense à la licorne, insaisissable depuis le matin des temps. Que tous m'obéissent par la Norne!

Après être arrivé au bout de la formule magique, il resta sans bouger, les douleurs qu'il éprouvait dans sa chair meurtrie et ses os devinrent plus supportables. Il tendit l'oreille aux bruits de la chasse, au loin.

Son visage se trouvait tout près d'une petite étendue gazonnée. Il vit une fourmi qui grimpait péniblement sur un brin d'herbe, retombait par terre, puis poursuivait sa route. Pendant un moment, il se sentit en communion avec cet insecte minuscule. Il se rappela le sanglier dont la charge inattendue lui avait donné la possibilité de s'échapper et il fit un curieux rapprochement avec la fourmi.

Il se mit à penser vaguement aux pirates qui avaient mis sa vie en danger, dans l'ouest. Mais leur brutalité joviale était bien différente de la cruauté préméditée et savourée à l'avance des hommes de Janarrl.

La colère et la haine commencèrent à monter en lui. Il vit les dieux de Glavas Rho, leurs visages jadis sereins, maintenant blêmes et ricanants. Il entendait les vieilles incantations, mais les mêmes paroles prenaient à présent une signification différente. Alors ces visions s'effacèrent, et il n'eut plus devant les yeux qu'un tourbillon de faces aux rictus grimaçants et de mains cruelles. Quelque part dans ce tourbillon, le visage blanc d'une jeune fille exprimait un sentiment de culpabilité. Des épées, des piques, des fouets. Tout cela tourbillonnant. Et au centre, comme le moyeu d'une roue servant d'instrument de supplice, la forme massive et vigoureuse du duc.

Que pouvait être pour cette roue l'enseignement de Glavas Rho? Elle avait roulé sur lui et l'avait écrasé. Qu'était la magie blanche pour Janarrl et ses acolytes? Un parchemin sans valeur, qui devait être chiffonné. Des pierres magiques à jeter dans la boue. Des pensées profondément sages à réduire en bouillie en même temps que le cerveau qui les contenait.

Mais il y avait l'autre magie. Celle que Glavas Rho avait interdite, parfois en souriant, mais toujours avec un fond de sérieux. La magie que Souris n'avait apprise que par des allusions et des mises en garde. La magie qui se développe à partir de la mort, la haine, la douleur et la décrépitude, qui manie les poisons et fait naître dans la nuit des hurlements d'horreur, qui s'insinue en venant des espaces sombres s'étendant entre les étoiles, qui, comme l'avait dit Janarrl lui-même, lance des malédictions dans l'ombre, par-derrière.

C'était comme si toutes les connaissances anciennement acquises par Souris, sur les êtres minuscules, les étoiles, les incantations bénéfiques et les règles de courtoisie de la Nature, avaient brûlé en un rapide et subit holocauste. Et leurs cendres noires prenaient vie, commençaient à s'animer, une horde de formes nocturnes qui s'insinuaient; elles ressemblaient à celles qui avaient été brûlées, mais elles étaient toutes déformées. Des formes rampantes, furtives, tourbillonnantes. Sans cœur, toutes de haine et de terreur, mais aussi agréables à regarder que des araignées noires se balançant sur leurs toiles aux formes géométriques.

Rameuter cette horde! L'envoyer sur la piste de Janarrl!

Très profondément dans son esprit, la voix du mal commençait à chuchoter :

— Le duc doit mourir. Le duc doit mourir.

Et il savait qu'il ne cesserait d'entendre cette voix tant que son projet ne serait pas réalisé.

Il se leva péniblement, la douleur fulgurante qu'il éprouvait lui faisait penser à des côtes brisées; il se demandait comment il avait pu réussir à fuir aussi loin. En grinçant des dents, il traversa la clairière en trébuchant. Quand il se trouva de nouveau à l'abri des arbres, la douleur l'avait obligé à se mettre à quatre pattes. Il rampa ainsi sur une petite distance, puis il perdit connaissance.

Vers le soir, le troisième jour après la chasse, Ivrian descendit furtivement de sa chambre de la tour, donna l'ordre au palefrenier obséquieux d'aller chercher son cheval, suivit la vallée, traversa le cours d'eau et gravit la colline en face jusqu'à la maison entourée de roc de Glavas Rho. Ce spectacle de destruction fit apparaître une nouvelle expression de souffrance sur son visage pâle et contracté. Elle mit pied à terre, approcha tout près de la ruine ravagée par l'incendie, tremblant de terreur à la pensée qu'elle pourrait tomber sur le corps de Glavas Rho. Mais il n'était pas là. Elle put voir que les cendres avaient été remuées, comme si quelqu'un était venu fouiller à la recherche d'objets qui auraient pu être épargnés par les flammes. Tout était très calme.

Dans la direction de la clairière, près de son bord, une bosse de terrain attira son attention; elle alla de ce côté. C'était une tombe fraîchement creusée. En place de pierre tombale, il y avait, entourée de cailloux gris, une petite pierre verdâtre gravée de figures étranges.

Un léger bruit venant soudain de la forêt déclencha en elle un tremblement et lui fit comprendre qu'elle avait très peur, à un point tel que sa terreur surpassait son chagrin. Elle leva les yeux, poussa un cri : un visage la surveillait par un interstice du feuillage. C'était une figure farouche, maculée de crasse et de taches de verdure, de plaques de sang séché, avec une ombre de barbe. C'est alors qu'elle le reconnut.

— Souris! dit-elle pour l'appeler et le faire s'arrêter.

C'est à peine si elle reconnut la voix qui lui répondit :

— Ainsi vous êtes venue vous repaître du spectacle des ravages causés par votre trahison.

— Non, Souris, non! s'écria-t-elle. Je n'ai pas voulu cela. Il faut me croire!

— Menteuse! Ce sont les hommes de votre père qui l'ont tué, et qui ont brûlé sa maison.

— Mais je n'ai jamais pensé qu'ils le feraient!

— Jamais pensé qu'ils le feraient! Comme si c'était une excuse. Vous avez tellement peur de votre père que vous lui diriez n'importe quoi. Vous vivez dans la terreur.

— Pas toujours, Souris. A la fin j'ai tué le sanglier.

— C'est encore pire! Mettre à mort l'animal que les dieux avaient envoyé pour tuer votre père.

— Mais je n'ai pas vraiment tué le sanglier. Je me suis vantée en le prétendant. Je pensais que vous aimiez que je sois brave. Je n'ai aucun souvenir de cette mise à mort. Mon esprit s'est entièrement obscurci. Je crois que c'est ma mère morte qui est entrée dans mon corps et qui a dirigé le javelot.

— Menteuse, fabulatrice trompeuse! Mais je vais modifier mon jugement : vous vivez dans la terreur, sauf quand votre père fouette votre courage. J'aurais dû m'en rendre compte et mettre Glavas Rho en garde contre vous. Mais je faisais des rêves à votre sujet.

— Vous m'appeliez Petite Demoiselle, dit-elle d'une voix éteinte.

— Eh oui! Nous avons joué à être des souris, en oubliant que les chats existent vraiment. Et quand j'étais absent, vous avez été effrayée par de simples coups de fouet au point de trahir Glavas Rho auprès de votre père!

— Souris, ne me condamnez pas! Ivrian sanglotait. Je sais que ma vie n'a été faite que de terreur. Toujours, depuis ma petite enfance, mon père a essayé de m'obliger à croire que la cruauté et la haine sont les lois qui gouvernent l'univers. Il m'a torturée, tourmentée. Je n'avais personne vers qui me tourner, jusqu'au moment où j'ai découvert Glavas Rho, où j'ai appris que l'univers comporte des lois de sympathie et d'amour qui régissent même la mort et les haines apparentes. Mais à présent que Glavas Rho est mort, je me trouve plus effrayée et plus abandonnée que jamais. J'ai besoin de votre aide, Souris. Vous avez étudié sous la direction de Glavas Rho. Vous connaissez ses enseignements. Venez à mon secours.

Il eut un rire moqueur.

— Sortir de mon trou pour être trahi? Être encore une fois fouetté sous vos yeux? Écouter votre douce voix mensongère, pendant que les chasseurs de votre père me serrent de plus en plus près? Non, j'ai d'autres projets.

— Des projets? demanda-t-elle. Sa voix exprimait l'appréhension. Souris, tant que vous resterez dans ces parages, votre vie sera en danger. Les hommes de mon père ont juré de vous tuer dès qu'ils vous verront. S'ils vous attrapaient, j'en mourrais, je vous l'affirme. N'attendez pas, éloignez-vous. Mais dites-moi d'abord que vous ne me haïssez pas.

Et elle alla vers lui.

Il eut de nouveau ce rire moqueur.

— Vous ne méritez même plus ma haine, tels furent ses mots cinglants. Je n'éprouve que mépris pour votre faiblesse et votre lâcheté. Glavas Rho parlait trop d'amour. Il y a d'autres lois dans l'univers, elles régissent même les amours, et il est temps que je les fasse jouer en ma faveur. Ne vous approchez pas! Je n'ai pas l'intention de vous révéler mes plans, ni mes cachettes. Mais je vais tout de même vous dire ceci. Écoutez bien. Dans sept jours commenceront les tourments de votre père.

— Les tourments de mon père? Souris, Souris, écoutez-moi. Je veux vous interroger sur autre chose que les enseignements de Glavas Rho. Je veux vous interroger sur lui, Glavas Rho. Mon père a insinué qu'il connaissait ma mère, et qu'il se trouvait qu'il était mon vrai père.

Cette fois, il s'écoula un peu de temps avant que le rire moqueur n'explose, et, quand cela se produisit, il était redoublé.

— Bon, bon, bon! Cela me fait plaisir de penser que la Vieille Barbe Blanche ait un peu profité de la vie avant de devenir sage, sage, sage. Je souhaite vraiment qu'il ait culbuté votre mère. Cela expliquerait sa noblesse. Là où il y avait tant d'amour, de l'amour pour toute créature qui soit jamais née, il faut qu'il y ait eu auparavant un désir et du remords. De cette rencontre, et de tout ce qu'il y avait de néfaste en votre mère, sa magie blanche est sortie. Cela est vrai! Désir de magie blanche côte à côte, et les dieux ne mentent jamais! Ce qui fait de vous la fille de Glavas Rho, qui a trahi son vrai père pour le conduire à cette mort dans les flammes.

Et le visage avait disparu et les feuilles n'encadraient plus qu'un trou noir. Elle se précipita dans la forêt à sa poursuite, en criant :

— Souris! Souris! en essayant de suivre le bruit de ce rire qui s'éloignait.

Mais il s'évanouit, et elle se trouva dans un creux sombre; elle commença à se rendre compte à quel point le rire de l'apprenti sorcier avait des résonances maléfiques, comme s'il avait ri de constater que tout amour était mort, et n'avait même jamais existé. Elle fut alors saisie de panique, elle se mit à fuir à travers les sous-bois; les ronces s'accrochaient à ses vêtements et les petites branches lui fouettaient les joues, jusqu'au moment où elle eut regagné la clairière et put s'en retourner au galop sous le ciel crépusculaire, poursuivie par des terreurs sans nombre et le cœur déchiré à la pensée qu'il n'y eût plus à présent, de par le vaste monde, personne qui ne la haïsse et la méprise.

Le château fort, quand elle en approcha, lui fit l'effet d'un horrible monstre à la crête dentelée, tapi au-dessus d'elle. Quand elle franchit la grande grille, elle se crut avalée à jamais par lui.

Arriva la fin du septième jour. Le dîner était servi

dans la grande salle des banquets; il y avait un grand vacarme de conversations, de pas précipités crissant sur le sol, de cliquetis de plats d'argent, lorsque Janarrl poussa un cri de douleur et porta la main à son cœur.

— Ce n'est rien, dit-il un moment plus tard à l'écuyer au visage émacié qui était assis près de lui. Donne-moi une coupe de vin! Cela fera cesser cet élancement.

Mais il était toujours blême et mal à l'aise; il toucha à peine aux larges tranches de viande fumantes qui lui étaient servies. Il ne cessait de faire des yeux le tour de la table, pour finalement s'arrêter sur sa fille.

— Cesse de me regarder avec cet air sinistre, ma fille! s'écria-t-il. On penserait que tu as mis du poison dans mon vin et que tu surveilles l'apparition de taches vertes sur mon visage. Ou de taches rouges bordées de noir, peut-être.

Cette repartie provoqua un rire général qui parut plaire au duc, car il arracha l'aile d'une oie et se mit à y mordre de bel appétit; mais un instant après, il poussait subitement un nouveau cri de douleur, plus fort que le premier, se mettait péniblement sur ses pieds, serrait sa poitrine dans ses mains, d'un mouvement convulsif, puis tombait sur la table et y restait affalé, en poussant des gémissements et en se tordant de douleur.

— Le duc est malade, annonça l'écuyer bien inutilement et cependant avec beaucoup de cérémonie après s'être penché vers lui. Portez-le dans son lit. Que l'un d'entre vous ouvre sa chemise. Il a de la peine à respirer.

Un murmure de conversations parcourut la table. Au moment où s'ouvrait la haute porte donnant sur les appartements privés du duc pour le laisser passer, une grande bouffée d'air froid fit vaciller les torches et bleuir leur lumière, si bien que le vestibule se trouva plongé dans l'obscurité. Alors, l'une des torches se mit à briller de nouveau d'une lumière blanche comme celle d'une étoile, faisant apparaître un visage de jeune fille. Ivrian sentit que les gens se détournaient d'elle en échangeant des regards soupçonneux et des propos à mi-voix, comme s'ils avaient été certains qu'il y eût quelque chose de vrai dans la saillie du duc. Elle ne leva pas les yeux. Au bout d'un moment, quelqu'un vint lui dire que le duc la réclamait. Elle se leva sans un mot et le suivit.

Le visage du duc était grisâtre et creusé par la souffrance. Cependant, il gardait le contrôle de lui-même, mais à chaque inspiration sa main serrait d'un mouvement convulsif le bord du lit; au bout d'un moment, ses phalanges étaient dures comme le roc. On l'avait calé avec des oreillers, une robe de chambre doublée de fourrure lui enveloppait étroitement les épaules et des braseros montés sur pieds brillaient autour du lit. Et cependant il grelottait.

— Viens ici, fille, ordonna-t-il d'une voix faible que laissaient passer avec peine ses lèvres serrées. Tu sais ce qui est arrivé. Mon cœur me fait mal comme s'il était posé sur un brasier et pourtant ma peau est glacée. J'ai des élancements dans les articulations comme si de longues aiguilles en transperçaient la moelle. C'est l'œuvre d'un sorcier.

— L'œuvre d'un sorcier, sans aucun doute, confirma Giscorl, l'écuyer au visage maigre qui se tenait à la tête du lit.

— Il est inutile d'essayer de deviner de quel sorcier il s'agit. C'est ce jeune serpent que j'ai trop tardé à tuer, il y a dix jours! On a rapporté qu'il errait dans les bois, oui, et qu'il parlait à... certaine personne, ajouta-t-il en regardant Ivrian, les yeux rétrécis, d'un air soupçonneux.

Un spasme de douleur secoua le duc.

— J'aurais dû supprimer le rejeton en même temps que la souche, dit-il dans un grognement. (Puis ses yeux se reportèrent sur Ivrian.) Écoute, fille, on t'a vue fouiller les bois à l'endroit où a été tué le vieux sorcier. On te soupçonne d'avoir parlé à son disciple.

Ivrian s'humecta les lèvres, essaya de parler, secoua la tête. Elle sentait le regard de son père la fouiller. Alors celui-ci tendit la main et la prit par les cheveux.

— Je crois, moi, que tu es liguée avec lui! Son murmure faisait penser à une lame rouillée. Tu l'aides à me faire cela. Reconnais-le! Reconnais!

Il attira sa joue contre le brasero le plus proche, au point que ses cheveux commençaient à fumer et son — Non! fut un cri frémissant.

Le brasero vacilla et Giscorl le remit d'aplomb. A travers le hurlement d'Ivrian, on entendit le duc dire en ricanant :

— Ta mère a subi une fois l'épreuve des charbons ardents pour prouver que son honneur était intact.

Une flamme d'un bleu fantomatique parcourut les cheveux d'Ivrian. Le duc l'éloigna d'une secousse du brasero et retomba sur ses oreillers.

— Renvoyez-la, murmura-t-il d'une voix faible, chaque parole lui coûtant un énorme effort. C'est une lâche et elle n'oserait faire du mal à personne, pas même à moi. Pendant ce temps, Giscorl, envoie encore d'autres hommes pour fouiller les bois. Il faut qu'ils trouvent cette tanière avant l'aube, ou bien je vais me briser le cœur en essayant de résister à cette douleur.

D'un geste brusque, Giscorl montra la porte à Ivrian. Elle courba les épaules et s'éclipsa, en retenant ses larmes. Sa joue lui faisait mal. Elle ne remarqua pas le sourire étrangement méditatif avec lequel l'écuyer à la figure de faucon la regardait sortir.

Ivrian était debout devant la fenêtre étroite de sa chambre, à regarder les petits détachements de cavaliers aller et venir, avec leurs torches ressemblant à des feux follets. Il y avait à l'intérieur du château des mouvements mystérieux. Les pierres elles-mêmes semblaient douées de vie et ne pas pouvoir goûter de repos, tant elles partageaient les tourments du maître de ces lieux.

Elle se sentit attirée vers un certain point, là-bas,

dans l'obscurité. Un souvenir remonta à sa mémoire : un jour, Glavas Rho lui avait montré, à flanc de colline, une petite caverne en l'avertissant que c'était un lieu maléfique, où, dans le passé, bien des actes funestes de sorcellerie avaient été perpétrés. Elle effleurait du bout des doigts la cloque en forme de croissant qu'elle avait sur la joue et la mèche roussie dans sa chevelure.

Finalement, son malaise et l'attirance de la nuit devinrent les plus forts. Elle s'habilla sans lumière et entrebâilla sa porte. Le couloir paraissait pour l'instant désert. Elle se hâta de le suivre en rasant le mur et descendit rapidement les degrés usés de l'escalier de pierre. Elle entendit des pas; elle se réfugia dans une niche où elle resta cachée pour laisser passer deux chasseurs au visage maussade qui se dirigeaient vers la chambre du duc. Ils étaient couverts de poussière et raidis par la fatigue.

— Personne ne le trouvera dans cette obscurité, marmonna l'un d'eux. C'est comme si on cherchait une fourmi dans une cave.

— Et les sorciers, ajouta l'autre en acquiesçant, peuvent changer les bornes et faire se retourner sur eux-mêmes les sentiers des forêts, pour embrouiller complètement ceux qui les cherchent.

Dès qu'ils furent passés, Ivrian entra rapidement dans la salle du banquet, maintenant vide et obscure, traversa la cuisine aux grands foyers de brique et aux casseroles de cuivre qui brillaient dans l'obscurité.

Au-dehors, dans la cour, à la lueur des torches, on pouvait constater une activité fébrile; les palefreniers amenaient des chevaux frais et emmenaient ceux qui rentraient, mais elle se fiait à son costume de chasseur pour passer inaperçue. En restant dans l'ombre, elle fit le tour pour arriver aux écuries. Son cheval s'agitait impatiemment quand elle se glissa dans sa stalle, mais elle le calma d'un mot prononcé à voix bassc. En quelques instants, il était sellé et elle le conduisait en faisant le tour pour arriver aux champs sans clôture se trouvant sur le derrière.

Aucun détachement de recherches ne semblait se trouver à proximité, si bien qu'elle sauta en selle et se dirigea rapidement vers les bois.

Son esprit était la proie d'inquiétudes tumultueuses. Elle ne pouvait s'expliquer comment elle avait pu avoir l'audace d'aller aussi loin, sauf par l'attirance qu'exerçait sur elle ce point dissimulé dans la nuit, la caverne contre laquelle Glavas Rho l'avait mise en garde. Cette attirance s'exerçait avec une insistance indéniable qui s'apparentait à la magie.

Et puis, au moment même où la forêt l'engloutissait, elle eut soudain l'impression de se confier aux bras de l'obscurité et de laisser à jamais derrière elle le sinistre château fort et ses cruels occupants. Le plafond de feuilles lui cachait la plupart des étoiles. Elle se fiait à son cheval dont elle avait relâché les rênes pour le faire aller droit. Et sur ce point elle avait réussi, car en moins d'une demi-heure elle avait atteint un ravin profond qui passait devant la caverne qu'elle recherchait.

Alors, pour la première fois, son cheval parut inquiet. Il se déroba, poussa quelques petits hennissements terrifiés et, chaque fois qu'elle voulait lui faire suivre le bord du ravin, il essayait de faire demi-tour. Il ralentit son allure pour se mettre au pas. Enfin, il refusa d'aller plus avant. Ses oreilles étaient couchées en arrière et il tremblait de tous se membres.

Ivrian mit pied à terre et poursuivit son chemin Dans la forêt régnait un silence de mauvais augure, comme si tous les animaux, tous les oiseaux, et même les insectes, s'en étaient allés. Devant elle, l'obscurité était d'une épaisseur qui la rendait tangible, comme constituée par des briques noires presque à portée de sa main.

Ivrian prit alors conscience de la présence de cette lueur verdâtre, vague et d'abord fugitive comme celle de spectres apparaissant à l'aube. Elle devint peu à peu plus brillante et se mit à clignoter, à mesure que les rideaux des feuilles qui l'en séparaient se faisaient moins épais. Elle se trouva soudain en train de regarder une épaisse et lourde flamme bordée de suie qui se tordait au lieu de danser. Si du limon vert pouvait se transformer en feu, il aurait cet aspect. Ce feu brûlait à l'entrée d'une profonde caverne.

Elle vit alors à côté de cette flamme le visage de l'élève de Glavas Rho; au même instant, son esprit fut envahi par des sentiments torturants d'horreur et de sympathie.

Cette figure paraissait inhumaine, c'était plus un masque verdâtre de la souffrance que quoi que ce fût de vivant. Les joues étaient creuses. Les yeux brillaient d'un éclat farouche, surnaturel; le masque était très pâle, ruisselant d'une sueur qui semblait être la conséquence d'un intense effort intérieur, une sueur froide. Il exprimait beaucoup de souffrance, mais aussi beaucoup de puissance, pouvoir de contrôler les épaisses ombres tourbillonnantes qui paraissaient se rassembler autour de la flamme verte, pouvoir de maîtriser les forces de haine qui étaient en train de se mobiliser. A intervalles réguliers, les lèvres craquelées, les bras et les mains faisaient des gestes mécaniques.

Ivrian croyait entendre la voix douce de Glavas Rho répéter une mise en garde qu'il avait faite une fois à Souris et à elle-même :

— Personne ne peut se livrer à la magie noire sans imposer à son âme les plus graves épreuves et sans la souiller, par-dessus le marché. Nul ne peut infliger une souffrance sans avoir à endurer la même. Personne ne peut donner la mort par des enchantements et des sortilèges sans s'aventurer sur le bord d'un abîme, celui de sa propre mort, mais oui, et d'y faire couler son sang. Les forces évoquées par la magie noire sont comme des épées empoisonnées à double tranchant, dont la poignée est hérissée de dards de scorpions. Seul un homme fort à la main de cuir, en qui dominent la haine et le principe du mal, peut les manier, et encore, pour un temps.

Ivrian voyait sur le visage de Souris la confirmation vivante de la véracité de ces dires. Elle avança pas à pas vers lui, sans sentir plus de contrôle sur ses mouvements que si elle avait agi dans un cauchemar. Elle se rendit compte peu à peu de présences dans l'ombre, comme si elle s'était frayée un chemin parmi des toiles d'araignées. Elle s'approcha au point de pouvoir le toucher et cependant il ne remarquait pas sa présence, comme si son esprit s'était trouvé au-delà des étoiles, en train de se débattre au milieu de l'obscurité.

Alors, une branche craqua sous son pied et Souris sursauta avec une vitesse terrifiante, avec l'énergie que libéraient tous ses muscles bandés. Il tira son épée et se précipita sur l'intruse. Mais, lorsque sa lame verte se trouva à moins d'un travers de main de distance de la gorge d'Ivrian, il l'arrêta, en faisant cependant un effort. Il la regarda avec un rictus. Il avait arrêté le mouvement de son épée, mais il semblait ne la reconnaître qu'à moitié.

A cet instant, Ivrian se sentit fouettée par un souffle violent de vent qui sortait de la caverne, un vent étrange, chargé d'ombres. Le feu vert baissait en courant rapidement le long des morceaux de bois qui l'alimentaient, et s'éteignit presque.

Alors le vent tomba et l'épaisse obscurité se leva, laissant la place à la lumière grisâtre, blême, annonciatrice de l'aube. Le feu passa du vert au jaune. L'apprenti sorcier tituba et l'épée lui échappa des mains.

— Pourquoi êtes-vous venue ici? lui demanda-t-il d'une voix pâteuse.

Elle vit un visage ravagé par la faim et la haine; ses vêtements portaient les traces de bien des nuits passées dans la forêt, à la belle étoile, comme une bête. Elle s'aperçut soudain qu'elle connaissait la réponse à sa question.

— Oh! Souris, murmura-t-elle, quittons cet endroit. Seule l'horreur y règne. (Il chancela et elle le rattrapa.) Emmenez-moi avec vous, Souris, l'implora-t-elle.

Il la regarda dans les yeux en fronçant les sourcils.

— Alors, vous ne me détestez pas, après ce que j'ai fait à votre père? Ou après ce que j'ai fait des enseignements de Glavas Rho? lui demanda-t-il d'un air intrigué. Vous n'avez pas peur de moi?

— J'ai peur de tout, souffla-t-elle, en se cramponnant à lui. J'ai peur de vous, c'est exact, très peur. Mais je peux me défaire de cette peur. Oh! Souris, vous voulez m'emmener? à Lankhmar ou au Bout du Monde?

Il la prit par les épaules.

— J'en ai rêvé, dit-il lentement. Mais vous?...

— Disciple de Glavas Rho, rugit une voix de tonnerre, sévère et triomphante. Au nom du Duc Janarrl, je vous arrête pour sorcelleries commises sur la personne du Duc!

Quatre chasseurs bondirent hors du fourré, l'épée tirée; Giscorl marchait à trois pas derrière eux. Souris les rencontra à mi-chemin. Cette fois, ils ne tardèrent pas à s'en apercevoir, ils n'avaient plus affaire à un jeune homme aveuglé par la colère, mais à un escrimeur plein de sang-froid et d'habileté. Il y avait quelque chose de magique dans son arme rudimentaire. Il ouvrit le bras de son premier assaillant d'un coup droit admirablement calculé, désarma le second d'un mouvement de torsion inattendu, puis se mit à parer les coups des deux autres avec calme, en battant lentement en retraite. Mais d'autres chasseurs accouraient et le cernèrent. En continuant à se battre avec une fougue terrible, en rendant coup pour coup. Souris succomba, mais uniquement sous le poids du nombre. Ils lui lièrent les bras et le remirent sur ses pieds. Il saignait d'une blessure à la joue, mais il portait la tête haute, bien qu'il fût hirsute comme une bête sauvage. Il chercha Ivrian de ses yeux injectés de sang.

—.J'aurais dû savoir, dit-il sur un ton égal, qu'ayant trahi Glavas Rho, vous n'auriez de cesse que vous ne m'ayez trahi à mon tour. Vous avez bien travaillé, ma fille. Je suis sûr que vous prendrez plaisir à ma mort.

Giscorl rit. Les paroles de Souris blessaient Ivrian

comme autant de coups de fouet. Elle ne pouvait supporter son regard. Alors elle s'aperçut qu'il y avait derière Giscorl un homme à cheval. En levant les yeux, elle reconnut son père. Son large corps était courbé par la douleur. Son visage était un masque mortuaire. Cela paraissait miraculeux qu'il eût pu se hisser en selle.

— Vite, Giscorl! dit-il d'une voix sifflante.

Mais l'écuyer au visage émacié était en train de fouiner partout à l'entrée de la caverne comme un furet bien dressé. Il poussa un cri de satisfaction et saisit une petite fugurine sur une planche au-dessus du foyer, qu'il éteignit ensuite en le piétinant. Il portait cette figurine avec autant de précaution que si elle avait été faite de toiles d'araignées. Au moment où il passait devant elle, Ivrian vit que c'était une poupée de cire aussi large que haute, habillée de feuilles brunes et jaunes, et dont les traits étaient une copie grotesque de ceux de son père. Elle était percée en plusieurs endroits par de longues aiguilles d'os.

— Voici l'objet, Maître, dit Giscorl en le levant, mais le duc se contentait de répéter sans cesse : Vite, Giscorl!

L'écuyer allait arracher la plus grande aiguille, celle qui transperçait le ventre de la poupée, mais le duc, crispé par la douleur, s'écria :

— N'oublie pas le baume!

Sur quoi, Giscorl déboucha avec ses dents un grand flacon et versa une bonne quantité d'un liquide sirupeux sur le corps de la poupée, et le duc eut un soupir de soulagement. Alors, très soigneusement, Giscorl ôta les aiguilles, une à une, et à chaque fois, la respiration du duc devenait sifflante, et il se donnait une claque sur l'épaule ou sur la cuisse, comme si cela avait été de son propre corps que les aiguilles étaient extraites. Une fois la dernière aiguille arrachée, il resta affalé sur sa selle pendant un bon moment. Quand finalement il releva la tête, la métamorphose était extraordinaire. Son visage avait repris des couleurs, les rides de souffrance avaient disparu, sa voix était de nouveau forte et sonore.

— Emmenez le prisonnier au château dans l'attente de notre jugement, s'écria-t-il. Que cela serve de leçon à tous ceux qui voudraient exercer la sorcellerie dans les limites de notre domaine. Giscorl, tu t'es comporté en loyal serviteur. (Ses yeux se posèrent sur Ivrian.) Tu as trop souvent joué avec la sorcellereie, fille, et tu as besoin d'une nouvelle éducation. Pour commencer, tu assisteras au châtiment que je vais infliger à cet infect petit sorcier.

— Requête de peu de valeur, ô Duc! s'écria Souris.

On l'avait hissé sur une selle en lui liant les jambes sous le ventre du cheval.

— Gardez votre fille, cette espionne infecte, hors de ma vue. Et qu'elle ne vienne pas assister à mon supplice.

— Frappez-le sur les lèvres, l'un d'entre vous, ordonna le duc. Ivrian, marche tout près derrière lui, je l'exige.

La petite cavalcade se dirigea vers le château dans l'aurore qui devenait plus brillante. Le cheval d'Ivrian lui avait été amené et elle se mit à la place indiquée, plongée dans un cauchemar de douleur et de défaite. Elle croyait voir se dérouler toute sa vie devant elle; une vie qui n'était faite que de terreur, de solitude, et de souffrance. Même le souvenir de sa mère morte, alors qu'elle n'était qu'une petite fille, faisait battre son cœur dans un état panique; une belle femme hardie, qui avait sans cesse le fouet à la main, et que son père lui-même avait redoutée. Ivrian se rappelait que lorsque les domestiques étaient venus annoncer que sa mère s'était rompu le cou en tombant de cheval, sa seule émotion avait été la peur, la peur qu'ils ne lui mentent; que ce ne fût encore un stratagème de sa mère pour endormir sa vigilance, et qui serait suivi de quelque nouvelle punition.

Alors, depuis la mort de sa mère, son père ne lui avait manifesté qu'une cruauté étrangement perverse. Peut-être était-ce sa déception de ne pas avoir eu un fils qui le conduisait à la traiter comme un garçon poltron au lieu d'une fille, et à encourager les plus vils de ses gens à la maltraiter, depuis les femmes de chambre qui jouaient aux fantômes autour de son lit, jusqu'aux souillons de cuisine qui lui mettaient des grenouilles dans son lait et des orties dans sa salade.

Toutefois, la colère de ne pas avoir eu de fils ne semblait pas, aux yeux d'Ivrian, être une explication suffisante aux cruautés de son père. Elle croyait qu'il se vengeait peut-être à travers elle de sa femme morte, qu'il avait certainement redoutée et qui influençait encore ses actions, puisqu'il ne s'était jamais remarié et qu'il n'avait même pas de maîtresse en titre. Ou peut-être y avait-il quelque chose de vrai dans ce qu'il avait dit au sujet de sa mère et de Glavas Rho, non, ce devait certainement être une supposition extravagante due à la colère. Ou peut-être, comme il le lui disait parfois, il essayait de la faire vivre selon l'exemple vicieux et sanguinaire de sa mère, de recréer dans la personne de sa fille une épouse à la fois haïe et adorée, de trouver une étrange délectation à constater le caractère réfractaire du matériau sur lequel il travaillait, et le côté grotesque de sa tentative dans son ensemble.

Alors, Ivrian avait trouvé un refuge auprès de Glavas Rho. La première fois qu'au cours de ses vagabondages solitaires dans la forêt elle était tombée au hasard sur ce vieil homme à barbe blanche, il était en train d'arranger la patte brisée d'un faon; il lui avait parlé avec douceur de la façon dont se manifeste la bonté, de la fraternité qui existe entre tous les êtres vivants, humains et animaux. Elle était revenue jour après jour pour s'entendre révéler comme vérités profondes ce qui n'était chez elle que vagues intuitions, pour se réfugier dans son accueillante sympathie... et pour se hasarder à nouer cette amitié timide avec son intelligent petit élève. Mais à présent Glavas Rho était mort, Souris avait pris le chemin de l'araignée, suivi les traces du serpent, emprunté le sentier du chat, suivant les comparaisons que faisait parfois le vieux sorcier quand il parlait de magie maléfique.

Elle leva les yeux : Souris marchait devant elle, à une petite distance et sur le côté; ses mains étaient liées dans son dos, son corps et sa tête penchés en avant. Elle était tourmentée par sa conscience, car elle se savait responsable de sa capture. Mais ce qui était pire encore, c'était la douleur d'avoir laissé passer une occasion, car celui qui allait à cheval devant elle, et qui était perdu, était le seul homme qui aurait pu la tirer de la vie qu'elle menait.

Le sentier s'étant rétréci, elle se trouva tout près de lui. Elle dit très vite, pleine de honte :

— S'il y a quelque chose que je puisse faire pour que vous me pardonniez un tout petit peu...

Le regard qu'il posa sur elle, de côté et de bas en haut, était perçant, pénétrant, appréciateur et vivant d'une manière surprenante.

— Vous pouvez peut-être, murmura-t-il très bas, de telle sorte que les chasseurs qui se trouvaient devant eux ne pouvaient entendre. Comme vous devez le savoir, votre père va me faire torturer jusqu'à ce que mort s'ensuive. On vous demandera de regarder. Faites-le. Gardez tout le temps vos yeux rivés sur les miens. Asseyez-vous tout près de votre père. Gardez une main posée sur son bras. Oui, embrassez-le, même. Avant tout, ne manifestez aucune peur ni aucune répulsion. Soyez une statue taillée dans le marbre. Regardez jusqu'à la fin. Autre chose, portez, si vous le pouvez, une robe ayant appartenu à votre mère, ou sinon une robe, du moins un accessoire vestimentaire quelconque. (Il sourit à l'évocation de ce qu'elle pouvait penser.) Faites cela et j'aurai au moins la consolation de vous regarder défaillir... défaillir... défaillir...!

— Ne marmonnez pas de formules magiques par ici! s'écria l'un des chasseurs en faisant passer le cheval de Souris en avant.

Ivrian recula comme si elle avait été frappée en pleine figure. Elle avait cru que son malheur ne pourrait pas aller plus loin, mais les paroles de Souris l'avaient fait sombrer au dernier degré. Au même instant, le cortège arriva à découvert, le château se profilait devant eux, une grande masse à cornes et à crête dentelée dans le soleil levant. Jamais encore il n'avait eu cet aspect de monstre hideux. Ivrian voyait ses hautes grilles comme les mâchoires de fer de la mort.

En entrant dans la chambre de torture très profondément enfouie sous son château, Janarrl ressentait une vague chaude d'exultation, comme lorsqu'ils se rassemblaient ses chasseurs et lui pour cerner un animal avant l'hallali. Mais, à la surface de cette vague, se trouvait une très légère écume de crainte. Ce qu'il ressentait ressemblait à ce qu'éprouve un homme à moitié mort de faim qui se trouve invité à un somptueux banquet, mais qui a été averti par une diseuse de bonne aventure d'avoir à se méfier de la mort par le poison. Il était hanté par le visage fiévreux et terrifié de l'homme blessé au bras par l'épée de bronze corrodé du petit sorcier. Ses yeux rencontrèrent ceux de l'apprenti de Glavas Rho dont le corps à demi nu était étiré, mais pas encore douloureusement, sur le chevalet, et ce sentiment de peur se précisa. Ces yeux étaient trop scrutateurs, trop froids, menaçants, évocateurs de pouvoirs magiques.

Il se dit avec colère qu'une légère douleur ne tarderait pas à changer l'expression de ces yeux pour celle de la bête traquée, en proie à la panique. L'état de nerfs dans lequel il se trouvait s'expliquait, pensait-il, dans le fait qu'il avait failli perdre la vie à la suite de ces affreuses manœuvres de sorcellerie. Mai au fond de son cœur, cette terreur, il le savait, était toujours présente, la terreur de quelqu'un ou de quelque chose qui en viendrait un jour à être plus fort que lui et qui lui rendrait le mal qu'il avait fait aux autres, terreur du mort qu'il avait abattu et à qui il ne pouvait plus faire de mal, terreur de sa femme morte qui avait été, à vrai dire, plus forte et plus cruelle que lui, et qui l'avait humilié d'un millier de façons dont il était le seul à se souvenir.

Mais il savait également que sa fille allait bientôt se trouver là et qu'il pourrait reporter sa terreur sur elle; en l'obligeant à avoir peur, il serait en mesure de fortifier son propre courage comme il l'avait, dans le passé, fait un nombre incalculable de fois.

Il prit donc sa place avec confiance et donna l'ordre de commencer la torture.

La grande roue se mit à grincer, les liens de cuir entourant chevilles et poignets de Souris commençaient à se tendre un peu, et celui-ci sentit une vague de panique incoercible lui parcourir le corps. Cela se concentrait sur ses articulations, ces petites jointures osseuses profondément enfouies dans le corps, qui sont normalement à l'abri du danger. Son corps s'étirait un peu, tout simplement, comme s'il avait bâillé.

Le plafond bas était tout près de son visage. La lumière vacillante des torches faisait apparaître les mortaises taillées dans la pierre et les toiles d'araignées couvertes de poussière. Du côté de ses pieds, il pouvait apercevoir la partie supérieure de la roue et les deux grandes mains, accrochées à ses rayons, qui les poussaient vers le bas, sans effort, lentement, en s'arrêtant par moments le temps de vingt battements de cœur. En tournant la tête de côté, il pouvait voir la haute silhouette du duc, pas aussi large que celle de sa poupée de cire, mais tout de même large, assis dans un fauteuil de bois sculpté, avec derrière lui deux hommes en armes. Les mains brunes du duc, avec leurs bagues dont les pierres précieuses lançaient des feux, tenaient solidement les bras du siège. Ses pieds étaient rivés au sol. Sa mâchoire immobile. Seuls ses yeux trahissaient un certain malaise, paraissaient quelque peu vulnérables. Ils ne cessaient d'aller d'un côté et de l'autre, régulièrement, comme les yeux d'une poupée montés sur pivots.

— Ma fille devrait être là, entendit-il dire soudain par le duc, d'une voix plate. Faites-la se hâter. Elle n'est pas autorisée à nous mettre en retard.

L'un des hommes s'en fut en courant.

Alors les élancements douloureux commencèrent, ils frappaient au hasard l'avant-bras, le genou, l'épaule. Au prix d'un gros effort, Souris réussit à se donner une contenance. Il portait son attention sur les visages qui l'entouraient, il les examinait en détail comme s'ils avaient fait partie d'un tableau, il remarquait les points lumineux sur les pommettes, les yeux, les barbes, et les ombres, vacillant au gré des torches, que leurs corps projetaient sur les murs bas.

Ces murs se mirent alors à fondre et, comme s'il n'y avait plus eu de distance réelle, il vit dans toute son ampleur le vaste monde qui s'étendait au-delà, et qu'il n'avait jamais visité : de grandes régions boisées, le Désert couleur d'ambre brillant, l'eau couleur de turquoise, la Mer des Monstres, la Cité des Vampires, la resplendissante Lankhmar, le Pays des Huit Cités, la Chaîne des Trollsteps, les fabuleux Déserts Froids et, par hasard, un jeune homme roux, massif, au visage ouvert, qu'il avait aperçu au milieu des pirates et avec qui il avait conversé ensuite, tous les endroits et les gens qu'il n'avait pas encore connus, mais apparaissant dans leurs moindres détails, comme s'ils avaient été ciselés puis coloriés par un maître miniaturiste.

Avec une soudaineté bouleversante, la douleur revint et s'exacerba. Les élancements devinrent des coups de poignard, comme si un hôte indésirable furetait à l'intérieur de son corps, des doigts d'acier remontaient le long de ses bras et de ses jambes pour aller vers sa colonne vertébrale, un ébranlement dans les hanches. Il bandait désespérément ses muscles pour lutter.

Il entendit alors la voix du duc.

— Pas si vite. Arrêtez un instant.

Souris crut reconnaître des harmoniques de terreur dans le son de sa voix. Il tourna la tête, malgré les souffrances que cela lui coûtait, et surveilla ces yeux exprimant le malaise. Ils se balançaient de çà, de là, comme de minuscules pendules.

Alors, soudainement, comme si le temps avait perdu toute réalité, Souris assista à une autre scène se déroulant dans la même chambre. Le duc était là, avec ses yeux oscillant de gauche à droite, mais il était plus jeune et son visage exprimait ouvertement la panique et l'horreur. Tout près de lui, il y avait une femme belle et hardie, vêtue d'une robe rouge sombre, décolletée très bas, avec des crevés garnis de soie jaune. Écartelée sur le chevalet, à la place de Souris, il y avait une jeune femme belle et bien faite, mais à présent en train de gémir d'une manière lamentable; la femme en rouge l'interrogeait avec froideur et insistance sur ses rendez-vous galants avec le duc et sur la façon dont elle avait essayé d'attenter à ses jours, à elle, la femme du duc, par le poison.

Des bruits de pas vinrent interrompre cette scène, comme des pierres détruisent en y plongeant l'image que reflète la surface d'une eau tranquille, et ramenèrent le présent. Ce fut alors une voix qui disait :

— Votre fille arrive, ô Duc!

Souris se durcit. Il ne s'était pas rendu compte à quel point il appréhendait cette rencontre, en dépit de sa douleur. Il éprouvait l'amère certitude qu'Ivrian ne prendrait pas garde à ce qu'il lui avait dit. Elle n'avait aucune perversité, il le savait, elle n'avait pas eu l'intention de le trahir; mais en même temps, elle n'avait aucun courage. Elle allait se mettre à se lamenter et son angoisse réduirait à néant le peu de contrôle sur lui-même qu'il pouvait rassember et compromettre ses derniers plans aux perspectives audacieuses.

On entendait approcher des pas plus légers : les siens. Ils avaient quelque chose de curieusement mesuré.

Au prix d'une souffrance accrue, il tourna cependant la tête pour voir la porte et il surveilla l'apparition progressive de la silhouette, à mesure qu'elle arrivait dans la région éclairée par la lueur rougeoyante des torches.

Il vit alors ses yeux. Ils étaient grands ouverts et

attentifs. Ils étaient fixés droit sur lui. Et ils ne se détournaient pas. Le visage était pâle, calme, d'une terrible sérénité.

Il vit qu'elle portait une robe d'un rouge sombre, décolletée très bas, avec des crevés garnis de soie jaune.

Alors, l'âme de Souris exulta, car il comprit qu'elle avait fait ce qu'il lui avait demandé. Glavas Rho avait dit :

« Celui qui souffre peut renvoyer sa souffrance contre son oppresseur, à la seule condition que cet oppresseur puisse être tenté d'ouvrir un passage à sa haine. »

A présent, il y avait un passage ouvert pour lui, qui conduisait au plus profond de l'être de Janarrl.

Souris riva avidement son regard sur les yeux imperturbables d'Ivrian, comme s'il s'était agi d'étangs sous une lune froide évoquant la magie noire. Ces yeux, il le savait, recevraient ce qu'il pourrait donner.

Il la vit prendre place à côté du duc. Il vit ce dernier la regarder de côté et bondir de son siège comme si elle avait été un fantôme. Mais Ivrian ne le regarda pas, elle tendit la main et serra le poignet de son père, qui retomba dans son fauteuil en frissonnant.

— Continuez! entendit-il le duc crier aux bourreaux, et, cette fois, la panique arrivait presque à la surface.

La roue tourna. Souris s'entendit gémir d'une manière pitoyable. Mais il y avait désormais en lui quelque chose qui pouvait surmonter la douleur et qui ne prenait pas part à ce gémissement. Il sentit qu'il y avait un passage entre ses yeux et ceux d'Ivrian, un canal aux parois de roc à travers lequel les forces de l'esprit humain et celles supérieures à l'esprit humain pouvaient être envoyées en mugissant comme un torrent de montagne. Et elle ne se détournait toujours pas. Quand il gémissait, aucune expression ne se traduisait sur le visage d'Ivrian, ses yeux paraissaient seulement s'assombrir à mesure qu'elle pâlissait davantage. Souris sentit dans son corps un déplacement de sentiments. A travers les flots bouillonnants de la souffrance, sa haine monta à la surface, y flotta à son tour aussi. Il lui fit suivre le canal taillé dans le roc, vit le visage d'Ivrian devenir d'une pâleur de plus en plus mortelle à mesure que cette haine la frappait, sentit son étreinte se resserrer sur le poignet de son père, perçut le tremblement que celui-ci ne pouvait plus maîtriser.

La roue tournait. De très loin, Souris entendit venir une plainte ininterrompue, déchirante. Mais une partie de lui-même se trouvait en dehors de cette pièce, très haut, lui semblait-il, dans le vide glacé qui s'étend au-dessus du monde. Il vit au-dessous de lui un panorama nocturne de collines boisées et de vallées. Près du sommet de l'une de ces collines, il y avait un groupe serré de minuscules tours de pierre. Mais, comme s'il avait été doué d'un œil magique de vautour, il pouvait voir à travers les murs et les toits de ces tours, jusque dans leurs soubassements, dans une minuscule pièce ténébreuse où des hommes plus minuscules que des insectes étaient rassemblés et blottis les uns contre les autres. Certains s'affairaient autour d'une mécanique qui infligeait des souffrances à un être qui pouvait être une fourmi exsangue et se tordant de douleur. Et la douleur de cet être, dont on pouvait à peine entendre les faibles cris, avait sur lui un étrange effet, en fortifiant ses pouvoirs internes et en arrachant le voile qu'il avait sur les yeux.

Car il commençait à entendre autour de lui un grand murmure. Des ailes de pierre battaient dans l'obscurité glacée. La lumière d'acier des étoiles entamait son cerveau comme des poignards, sans causer de douleur. Il sentait un tourbillon noir de maléfices se précipiter sur lui comme un torrent déchaîné de tigres noirs et il savait que c'était à lui de le contrôler. Il le laissa traverser son corps et le fit ensuite se précipiter dans le passage intact qui aboutissait à deux points obscurs dans la minuscule pièce d'en bas, les deux yeux d'Ivrian, fille du duc Janarrl. Il vit le noir du tourbillon se répandre sur son visage comme une tache d'encre, couler le long de ses bras blancs et teindre ses doigts. Il vit sa main serrer convulsivement le bras de son père. Il la vit tendre son autre main vers le duc et poser sur la joue de celui-ci ses lèvres entrouvertes.

Alors, pendant un moment, tandis que les flammes des torches baissaient et bleuissaient dans un vent tangible qui paraissait souffler à travers les pierres mortaisées de la chambre souterraine... un moment qui vit bourreaux et gardes laisser tomber outils et armes... un moment ineffable de haine assouvie et de vengeance accomplie, Souris vit la figure massive et carrée de Janarrl trembler dans l'agitation d'une ultime terreur, les traits convulsés comme un épais tissu tordu par des mains invisibles, puis le duc s'effondrer dans la défaite et dans la mort.

Le fil auquel Souris était suspendu rompit. Son esprit plongea comme un fil à plomb vers la chambre souterraine.

Une douleur épouvantable l'envahissait, mais elle promettait la vie, et non la mort. Au-dessus de lui, il y avait le plafond de pierre peu élevé. Les mains posées sur la roue étaient blanches et minces. Il comprit alors que cette douleur venait de ce qu'on le détachait du chevalet.

Lentement, Ivrian desserra les liens de cuir qui lui immobilisaient les poignets et les chevilles. Lentement, elle l'aida à descendre, le soutenant de toutes ses forces pendant qu'ils traversaient péniblement la pièce dans sa longueur; tous avaient fui, terrifiés, à l'exception d'un personnage couvert de bijoux, ratatiné dans son fauteuil sculpté. Ils s'arrêtèrent à côté et il examina cette chose morte avec un regard froid, satisfait, comme delui d'un chat ou d'un masque. Puis ils s'avancèrent et montèrent, Ivrian et le Souricier Gris, en longeant les couloirs vidés par la panique; et ils sortirent dans la nuit.

MAUVAISE RENCONTRE À LANKHMAR

SILENCIEUX comme des spectres, le grand et le gros voleur repassèrent devant le léopard de garde, mort, étranglé par un nœud coulant, franchirent la porte massive hérissée de piques de Jengao, le Marchand de Pierres Précieuses, et suivirent vers l'est la Rue de la Bourse, à travers la légère brume nocturne de Lankhmar, la Cité des Sept fois Vingt Mille Fumées.

Il leur fallait rester à l'est de la Rue de la Bourse, car, à l'ouest, à l'intersection de la Rue de l'Or et de la Rue de l'Argent, il y avait un poste de police dont les gardes, incorruptibles, en cuirasse d'acier bruni et casque, patrouillaient sans cesse et contrôlaient sans relâche; tandis que du côté de chez Jengao, il n'y avait ni entrée, ni fenêtre percées dans les murs de pierre épais de vingt-cinq pouces; les toits et les terrasses étaient presque aussi massifs et sans lucarnes.

Mais le grand Slevyas, aux lèvres pincées, candidat au titre de maître voleur, et le gros Fissif à l'œil perçant, voleur de seconde classe, breveté première classe pour cette opération avec une note le déclarant plein de dons pour la fourberie, n'étaient pas le moins du monde soucieux. Tout se déroulait conformément au plan. Chacun d'entre eux ne ramenait dans sa bourse qu'un tout petit sachet de joyaux de la plus belle eau, uniquement, car Jengao, qui en ce moment ronflait comme un sonneur, abruti qu'il était par les coups reçus, devait garder la possibilité, mieux même, être incité à relancer ses affaires pour les amener à nouveau à leur plein développement, de façon à être à nouveau plumé. La loi presque fondamentale de la Guilde des Voleurs, c'était de ne jamais tuer la poule qui pond des œufs bruns dont le jaune contient un rubis, ou des œufs clairs dont le blanc recèle un diamant.

Les deux voleurs éprouvaient un soulagement, parce que, en dehors de la satisfaction qui s'attache toujours à un travail bien fait, ils avaient celle de savoir qu'ils allaient pouvoir à présent rentrer droit chez eux; non pas pour retrouver une épouse, qu'Aarth les en préserve! Ou des parents et des enfants,, que tous les dieux s'y opposent! Mais la Maison des Voleurs, quartier général et caserne de la Guilde toute-puissante, qui leur tenait lieu à la fois de père et de mère, bien qu'aucune femme ne soit admise à franchir le portail toujours ouvert donnant sur la Rue aux Truands.

Ils n'étaient munis l'un et l'autre que du couteau réglementaire à manche d'argent du voleur, arme rarement utilisée, sauf dans les duels et les bagarres, exceptionnels, à l'intérieur de la ville, et qui représentait plutôt un signe de reconnaissance entre membres. Mais ils étaient rassurés de se savoir solidement escortés par trois spadassins loués pour la soirée à la Confrérie des Assassins. L'un d'eux marchait seul en avant-garde et les deux autres formaient l'arrière-garde et la force d'intervention. Ils étaient complètement invisibles, car il n'était pas indiqué de se montrer dans de telles circonstances. C'était du moins ce qu'estimait Krovas, le Grand Maître de la Guilde des Voleurs.

Et pour le cas où cela n'aurait pas suffi à assurer la sécurité et la tranquillité de Slevyas et de Fissif, il y avait, à côté d'eux, une forme qui dansait sans bruit, dissimulée dans l'ombre. Cette forme avait une très grosse tête; cela pouvait être un petit chien, un chat d'une taille au-dessous de la normale, ou un très gros rat. De temps à autre, cette petite bête se rapprochait, d'un air familier et encourageant, de leurs pieds étroitement chaussés de feutre, mais elle ne tardait pas à retourner très vite se mettre à l'abri de l'obscurité.

A vrai dire, la présence de ce dernier gardien ne les rassurait pas complètement. A ce moment précis, alors qu'ils se trouvaient encore à une quarantaine de pas de chez Jengao, Fissif avança sur la pointe des pieds jusqu'à Slevyas pour souffler de ses lèvres lippues dans l'oreille au grand lobe de son compagnon :

— Je veux bien être pendu si je suis satisfait de voir ce familier d'Hristomilo s'attacher à mes pas; peu importe la sécurité qu'il est censé nous assurer. C'est assez dommage que Krovas emploie, ou se laisse influencer au point d'employer un sorcier d'une réputation et d'un aspect des plus douteux, mais que...

— Ferme ça! lui souffla Slevyas encore plus bas.

Fissif obéit avec un haussement d'épaules et s'employa avec encore plus de zèle à regarder à gauche, à droite, mais principalement devant eux.

A une certaine distance dans cette direction, en fait un peu après l'intersection avec la Rue de l'Or, la Rue de la Bourse était franchie par un passage fermé à la hauteur du deuxième étage, qui faisait communiquer les deux immeubles occupés par les célèbres architectes et sculpteurs Rokkermas et Slaarg. Les bâtiments de cette firme comportaient, en façade, des portiques très profonds soutenus par des piliers d'une grosseur inutile, de forme et de décoration variées, qui constituaient une publicité plutôt que des éléments essentiels de l'édifice.

Deux coups de sifflet brefs et peu intenses venant de l'autre côté du pont couvert se firent entendre. C'était le signal du spadassin de pointe pour indiquer qu'il n'avait rien découvert de suspect et que la Rue de l'Or était libre.

Fissif n'était absolument pas rassuré par ce signal. Pour dire la vérité, le gros voleur prenait plutôt plaisir à éprouver des appréhensions et même de la crainte, du moins jusqu'à un certain point. Un calme obtenu grâce à de grands efforts et recouvrant difficilement une panique intense, lui donnait la sensation excitante d'être vraiment vivant, une émotion plus violente que tout ce qu'il pouvait éprouver avec une femme de rencontre. D'un pas relativement rapide, mais en ayant cependant l'air de flâner, Fissif et Slevyas se rapprochaient régulièrement des façades et des saillies des bâtiments de Rokkermas et Slaarg. Fissif cherchait à percer le brouillard ténu et chargé de suie pour mieux les voir.

Sur ce côté, le pont couvert était percé de quatre petites fenêtres; dans les intervalles, il y avait trois vastes niches dans lesquelles se trouvaient, encore de la publicité, trois statues de plâtre grandeur nature, un peu dégradées par des années d'intempéries et teintées de différentes nuances de gris foncé par autant d'années de brouillard. Au moment où ils arrivaient près de chez Jengao avant le cambriolage, Fissif avait jeté un rapide coup d'œil par-dessus son épaule et les avait alors remarquées. Mais à présent, il lui semblait que la statue de droite avait changé d'une manière indéfinissable. Elle représentait un homme de taille moyenne, vêtu d'un manteau à capuchon, les yeux baissés, les bras croisés et l'air rêveur. Non, ce n'était pas si indéfinissable que cela, la statue était à présent d'un gris foncé plus uniforme, lui semblait-il, manteau, capuchon et visage. Les traits paraissaient plus nets, moins usés par l'érosion; et il aurait presque juré qu'elle avait rapetissé!

Juste au-dessous de la niche, il y avait en outre une rangée de moellons gris et blanc cru qu'il ne se souvenait pas avoir vus tout d'abord. Il faisait un effort pour se rappeler si, dans le feu de l'action, avec cet échange de coups et le meurtre du léopard, la partie de son esprit restée en alerte avait enregistré le bruit lointain d'une chute, et il croyait à présent qu'il en était bien ainsi. Son imagination était prompte à lui faire entrevoir la possibilité qu'il y eût un trou, ou même une porte, derrière chacune des statues; cela aurait permis d'exercer une poussée et de faire tomber sur les passants, lui et Slevyas en particulier, la statue la plus à droite. La première, pour expérimenter le système, se serait écrasée au sol et aurait été remplacée ensuite par une autre identique.

Il ne cesserait de surveiller les trois statues au moment où ils passeraient en dessous tous les deux. Il serait alors facile de s'écarter s'il en voyait une commencer à perdre l'équilibre. Devrait-il faire immédiatement bondir Slevyas hors du parcours périlleux? Il fallait y réfléchir.

Sans une seconde de répit, son attention soutenue se porta ensuite sur les portiques et les piliers. Ces derniers, massifs et hauts de près de trois mètres, étaient placés à des intervalles aussi irréguliers que leurs formes et leurs cannelures; Rokkermas et Slaarg étaient en effet extrêmement modernes et insistaient sur l'aspect inachevé, faisait intervenir le hasard, inattendu.

La vigilance de Fissif était à présent totalement éveillée, et il lui semblait cependant que cet aspect inattendu se fût encore accentué; on aurait dit qu'il y avait, sous les portiques, plus de piliers qu'à son dernier passage. Il ne pouvait préciser à coup sûr quel était le nouveau, mais il était presque certain qu'il y en avait un.

Faire part à Slevyas de ses soupçons? Oui, et subir de nouveaux reproches de sa voix sifflante, essuyer le regard de mépris de ses petits yeux mornes...

Le pont couvert était proche à présent. Fissif leva les yeux sur la statue de droite et remarqua de nouvelles différences. Elle était plus petite, oui, mais elle semblait faire un effort pour se maintenir droite. En outre, le pli qui se marquait sur ce front gris foncé n'était pas tellement fait pour évoquer la songerie philosophique qu'un mépris ironique, une intelligence consciente, et la dissimulation.

Toutefois, aucune des trois statues ne menaça de tomber en avant au moment où ils passaient tous les deux sur le pont. Mais il arriva, au même instant, quelque chose d'autre à Fissif.

L'un des piliers attira son regard.

Le Souricier Gris, car c'était le nom que s'était désormais choisi Souris à son propre usage et à celui d'Ivrian, se retourna dans la niche de droite, bondit en l'air, saisit la corniche, sauta sur le toit plat et le traversa juste à temps pour voir, en dessous de lui, émerger les deux voleurs.

Sans hésiter, il sauta dans le vide; son corps était droit comme une flèche, les semelles de ses bottes en peau de rat dirigées sur les omoplates noyées dans la graisse du plus gros des deux voleurs, mais un peu en avant, pour tenir compte de la petite distance que l'homme allait franchir pendant le temps qu'il mettait a tomber sur lui.

Au moment même où il sautait, le grand voleur jeta un regard par-dessus son épaule et sortit son couteau; il ne fit cependant aucun geste pour pousser ou tirer Fissif et lui faire éviter la trajectoire du projectile humain qui fonçait sur lui. Au beau milieu de sa chute, le Souricier eut un haussement d'épaules. Il aurait simplement à s'occuper du grand voleur un peu plus vite, après avoir terrassé le gros.

Plus rapidement qu'on n'aurait pu l'en croire capable, Fissif pivota sur lui-même et poussa un faible cri :

— Slivikin!

Les bottes de peau de rat l'atteignirent dans le ventre. Le Sourcier avait l'impression d'atterrir sur un édredon. Évitant le premier coup de couteau de Slevyas, il fit un saut périlleux en avant, en faisant passer ses pieds par-dessus sa tête. Tandis que le crâne du gros voleur heurtait le pavé avec un « bang! » sinistre, il fut aussitôt de nouveau sur ses pieds, la dague à la main, prêt à s'attaquer au grand.

Mais ce n'était pas nécessaire. Slevyas, dont les petits yeux étaient vitreux, vacillait déjà.

L'un des piliers s'était jeté en avant, entraînant à

sa suite une robe volumineuse. Un grand capuchon était tombé en arrière, démasquant un jeune visage et de longs cheveux roux. Des bras musclés étaient sortis des larges manches longues qui avaient constitué la partie supérieure du pilier, tandis que le point vigoureux terminant l'un des bras avait mis Slevyas hors de combat d'un coup violent porté au menton.

Au-dessus des deux voleurs étendus inconscients, Fafhrd et le Souricier Gris étaient face à face. Ils étaient prêts à s'affronter, mais, pour le moment, ils ne bougeaient ni l'un ni l'autre.

Ils se trouvaient mutuellement quelque chose d'inexplicablement familier.

— Les raisons que nous avons de nous trouver là paraissent identiques.

— Paraissent? Elles doivent sûrement l'être! répondit sèchement le Souricier en lançant des regards furieux à ce nouvel adversaire éventuel, qui dépassait d'une tête le grand voleur.

— Tu disais?

— Je disais : Paraissent? Elles doivent sûrement l'être!

— Comme tu es civilisé! remarqua Fafhrd sur un ton charmé.

— Civilisé! reprit le Souricier avec méfiance, en serrant plus étroitement la poignée de sa dague.

— Pour faire attention, dans le feu de l'action, à ce qui est dit exactement, expliqua Fafhrd. Sans perdre le Souricier de vue, il regarda par terre. Il allait de la ceinture et la bourse de l'un des deux voleurs terrassés à celles de l'autre. Puis il releva la tête et regarda le Souricier avec un large sourire exprimant la franchise.

— Soixante-soixante? suggéra-t-il.

Le Souricier hésita, remit sa dague au fourreau et dit en riant :

— Convenu!

Il s'agenouilla aussitôt, et ses doigts se portèrent sur les cordons de la bourse de Fissif.

— Toi, occupe-toi de Slivikin, prescrivit-il à l'autre.

Il était tout naturel de supposer que le gros voleur avait en dernier lieu appelé à haute voix son compagnon par son nom.

Sans lever les yeux, Fafhrd fit la remarque suivante :

— Et ce... ce furet qu'ils avaient avec eux. Où est-il passé?

— Un furet? répondit le Souricier d'un ton bref. C'était un marmouset!

— Un marmouset, dit Fafhrd d'un ton rêveur. Ce petit singe tropical, n'est-ce pas? Bon, c'était peut-être ça, mais j'ai eu l'étrange impression que...

L'assaut double et silencieux qui, à cet instant, manqua les submerger, ne les surprit réellement ni l'un ni l'autre. Ils s'y attendaient, mais la surprise de leur rencontre avait fait passer cette perspective au second plan.

Les trois spadassins qui se jetaient sur eux, l'épée brandie, dans une attaque concertée, deux venant de l'ouest et un de l'est, estimaient que les deux redresseurs de torts devaient être tout au plus munis de couteaux et aussi timides, ou même seulement circonspects dans le combat à l'arme blanche, que peuvent l'être les voleurs et contre-voleurs habituels. C'est donc eux qui furent surpris et plongés dans la confusion quand, avec la vitesse foudroyante de la jeunesse, le Souricier et Fafhrd bondirent, tirèrent du fourreau deux longues épées assez effrayantes, et, dos à dos, les affrontèrent.

Le Souricier plaça une parade très courte en quarte, si bien que le coup de pointe du spadassin de l'est passa à un cheveu de son flanc gauche. Il riposta instantanément. Son adversaire, en rompant désespérément, para à son tour en quarte. En ralentissant, à peine, la pointe de la mince et souple épée du Souricier passa sous la garde de son adversaire avec la délicatesse d'une princesse faisant une révérence, puis se lança en avant et un peu vers le haut. Le Souricier se fendit d'une allonge invraisemblable chez un si petit homme, son épée passa entre deux plaques du justaucorps cuirassé du spadassin, entre ses côtes, lui traversa le cœur et ressortit par son dos; elle avait pénétré aussi facilement que dans du beurre.

Pendant ce temps, Fafhrd, faisant face aux deux spadassins venant de l'ouest, esquiva leurs coups droits bas grâce à des parades en seconde et en prime basse, mais plus larges, puis fouetta l'air de son épée, aussi longue que celle du Souricier mais plus lourde, de telle sorte qu'elle transperça le cou de son adversaire de droite, le décapitant à moitié. Puis, reculant rapidement d'un pas, il s'apprêta à décocher un coup droit à l'autre.

Mais ce n'était pas nécessaire. Un étroit ruban d'acier ensanglanté, suivi d'un gant gris et d'un bras, passa comme un éclair à côté de lui, venant de derrière, et transperça le dernier spadassin d'un coup de pointe identique à celui que le Souricier avait utilisé sur le premier.

Les deux jeunes gens essuyèrent leur épée et la remirent au fourreau. Fafhrd passa la paume de sa main droite sur sa robe et la tendit. Le Souricier ôta son gant gris de la main droite et secoua la grande main de l'autre dans la sienne, très musclée. Sans échanger une parole, ils se remirent à genoux et achevèrent de dépouiller les deux voleurs inconscients, en s'assurant la possession des petits sachets pleins de joyaux. Avec une serviette enduite d'huile, puis avec une autre, sèche, le Souricier essuya de son visage le mélange de gras et de suie qui le noircissait, roula prestement les deux serviettes et les remit dans sa besace. Il lança un coup d'œil interrogatif à Fafhrd qui acquiesça, et ils s'en allèrent d'un pas vif dans la direction d'où étaient arrivés Slevyas, Fissif et leur escorte.

Après avoir opéré une reconnaissance dans la Rue de l'Or, ils la traversèrent, continuèrent vers l'est dans la Rue de la Bourse, exécutant ainsi la proposition que Fafhrd avait faite d'un geste.

— Ma compagne est à la Lamproie d'Or, expliqua-t-il.

— Allons la chercher et emmenons-la chez moi

pour retrouver mon amie, suggéra le Souricier.

— Chez toi? demanda poliment Fafhrd, avec à peine une nuance d'interrogation dans la voix.

— Dans la Ruelle Sombre, proposa le Souricier.

— A l'Anguille d'Argent?

— Derrière. Nous viderons quelques chopes.

— Je vais emporter une jarre. On n'a jamais trop de liquide.

— C'est vrai. Je te laisse faire.

Quelques pâtés de maisons plus loin, Fafhrd, après avoir jeté à la dérobée plusieurs coups d'œil sur son nouveau camarade, déclara avec conviction :

— Nous nous sommes déjà rencontrés.

— Sur la plage, près des Montagnes de la Faim, répondit le Souricier en ricanant.

— C'est cela! Lorsque j'étais mousse chez les pirates.

— Et moi apprenti sorcier.

Fafhrd s'arrêta, essuya de nouveau sa main droite sur sa robe, et la tendit.

— Je m'appelle Fafhrd. F, a, f, h, r, d.

Le Souricier Gris lui serra la main encore une fois.

— Souricier Gris, annonça-t-il avec une légère intonation de défi, comme s'il avait voulu provoquer quiconque se serait avisé de rire de ce sobriquet. Excuse-moi, mais comment prononces-tu exactement? Fafhrd?

— Simplement Faf-erd.

— Merci. Ils continuèrent à marcher.

— Souricier Gris, hein? remarqua Fafhrd. Eh bien! ce soir tu as tué une belle paire de rats.

— C'est exact.

Le Souricier gonfla sa poitrine et renversa la tête en arrière. Puis, en fronçant le nez d'une manière comique et avec un vague sourire de coin, il reconnut :

— Tu aurais eu facilement ton deuxième homme. Je te l'ai volé pour te donner une démonstration de ma vitesse. En outre, j'étais très excité.

— Tu me dis cela? répondit Fafhrd en ricanant. Que croyais-tu donc que je me figurais?

Plus tard, tandis qu'ils traversaient la Rue aux Maquereaux, il lui demanda :

— Tu as appris beaucoup de magie avec ton sorcier?

Le Souricier rejeta une fois de plus la tête en arrière. Il dilata ses narines, abaissa les coins de sa bouche, se préparant à prononcer quelque vantardise plus ou moins outrée. Mais il se surprit une fois de plus à tordre le nez dans un demi-sourire. Que diantre ce grand garçon pouvait-il avoir, pour ainsi l'empêcher d'agir comme à son habitude?

— Il m'en a appris assez pour me faire comprendre que c'est quelque chose de diablement dangereux. Ce qui ne m'empêche pas d'y toucher de temps à autre.

Fafhrd se posait à lui-même une question similiaire. Toute sa vie il s'était méfié des hommes petits, sachant que sa haute taille éveillait instantanément leur jalousie. Mais ce malin petit bonhomme était une sorte d'exception. A la pensée rapide, et brillant escrimeur, en outre, sans conteste. Il priait Kos pour qu'il plaise à Vlana.

A l'angle nord-est de l'intersection de la Rue de la Bourse et de la Rue aux Putains, une torche à combustion lente munie d'un large réflecteur doré projetait un cône de lumière dans la brume nocturne qui s'épaississait, et un autre vers le bas, sur les pavés recouvrant le sol devant la porte de la taverne. Vlana émergea de l'ombre pour passer dans le second cône; elle était belle dans sa robe ajustée en velours noir et avec ses bas rouges; sa seule parure était constituée par un poignard à manche et fourreau d'argent et une bourse noire incrustée d'argent accrochés l'un et l'autre à une ceinture noire unie.

Fafhrd présenta le Souricier Gris, qui se conduisit avec une courtoisie confinant à la platitude, une galanterie obséquieuse. Vlana l'étudia hardiment, puis lui adressa une ébauche de sourire.

Fafhrd ouvrit à la lumière de la torche le petit sachet qu'il avait pris au grand voleur. Vlana regarda au fond. Elle entoura Fafhrd de ses bras, le tint très serré, l'embrassa bruyamment. Puis elle fit passer les bijoux dans la bourse pendue à sa ceinture.

Lorsque cela fut fait, Fafhrd dit :

— Attends, je vais acheter une jarre. Dis-lui ce qui s'est passé, Souricier.

En sortant de la Lamproie d'Or, il portait quatre jarres dans le creux de son bras gauche et s'essuyait les lèvres de sa main droite. Vlana fronçait les sourcils. Il lui sourit de biais. Le Souricier se léchait les babines en regardant les jarres. Ils continuèrent à suivre la Rue de la Bourse en direction de l'est. Le froncement de sourcils de Vlana, Fafhrd s'en rendait compte, était dû à quelque chose de plus grave que les jarres de l'éventuelle beuverie stupide à laquelle allaient se livrer les hommes. Le Souricier avait le tact de marcher en tête, pour montrer le chemin d'une manière ostensible.

Lorsque sa silhouette ne fut plus guère qu'une tache dans la brume qui s'épaississait, Vlana murmura durement :

— Tu as eu deux membres de la Guilde des Voleurs à ta merci, ayant perdu connaissance, et tu ne leur as pas coupé la gorge?

— Nous avons tué trois spadassins, dit Fafhrd en manière d'excuse.

— Ma querelle ne concerne pas la Confrérie des Assassins, mais cette abominable Guilde. Tu m'as juré que toutes les fois que tu en aurais l'occasion...

— Vlana! je ne pouvais pas laisser croire au Souricier Gris que j'étais un chasseur de voleurs amateur rongé par l'hystérie et la soif de sang.

— Tu fais déjà grand cas de lui, n'est-ce pas?

— Il m'a peut-être sauvé la vie ce soir.

— Eh bien! lui m'a dit qu'il leur aurait coupé la gorge sans hésiter, s'il avait su que je le souhaitais.

— Il cherchait seulement à te flatter et à se montrer poli.

— Peut-être que oui, peut-être que non. Mais toi, tu le savais, et tu n'as pas...

— Vlana, tais-toi!

Son froncement de sourcils se mua en un regard de rage farouche, puis, soudain, elle se mit à rire follement, d'un rire nerveux, tout prêt à se changer en pleurs; elle se maîtrisa enfin et lui sourit plus amoureusement que jamais.

— Pardonne-moi, mon chéri, dit-elle. Tu dois croire parfois que je deviens folle, et je me figure par moments que je le suis vraiment.

— Eh bien, ne fais pas ça, dit-il sur un ton bref. Pense plutôt aux joyaux que cela nous rapporte. Et conduis-toi convenablement avec nos nouveaux amis. Bois un peu de vin et détends-toi. J'ai l'intention de m'amuser ce soir. Je l'ai bien gagné.

Elle fit signe que oui, s'accrocha à son bras pour marquer son accord, pour se rassurer et montrer qu'elle n'était pas folle. Puis ils se hâtèrent pour rejoindre la silhouette qui se profilait devant eux dans le brouillard.

Le Souricier tourna à gauche, les conduisit le long de la Rue aux Truands sur la longueur d'un demi-pâté de maisons en direction du nord; là, une voie plus étroite s'amorçait, allant vers l'est. Elle était plongée dans un brouillard si épais qu'il paraissait consistant.

— La Ruelle Sombre, dit-il en guise d'explication.

Fafhrd acquiesça pour montrer qu'il était au courant.

— Sombre est encore faible, remarqua Vlana, c'est un mot trop transparent pour désigner cette ruelle ce soir.

Elle eut un rire en cascade où l'on percevait encore des traces de nervosité et qui se termina par une quinte de toux. Quand elle eut repris sa respiration, elle dit d'une voix entrecoupée :

— Au diable ce brouillard nocturne de Lankhmar! Quelle affreuse ville!

— C'est dû au voisinage du Grand Marais Salé, expliqua Fafhrd.

C'était partiellement vrai. Située en contrebas, entre le Marais, la Mer Intérieure, le fleuve Hlal et les champs de céréales sans relief arrosés par des canaux qu'alimentait le Hlal, Lankhmar était noyée dans les brumes et les brouillards mêlés de suie, car, à cette humidité, venait s'ajouter la fumée d'innombrables foyers. Il n'y avait donc rien d'étonnant à ce que les habitants aient choisi la toge noire comme costume de cérémonie. Il s'en trouvait pour insinuer que cette toge avait été, à l'origine, blanche ou beige, mais qu'elle s'était si rapidement noircie par la suie que des blanchissages continuels étaient nécessaires; un suzerain économe avait ratifié et rendu officiel ce que la nature et les arts de la civilisation avaient déjà décrété.

A mi-chemin environ de la Rue du Roulage, une taverne se trouvant sur le côté nord de la ruelle surgit de l'obscurité. La silhouette découpée dans le métal d'un poisson en forme de serpent, gueule ouverte, sans couleur, mais maculée de suie, pendait au-dessus de la porte, en guise d'enseigne. Au-dessous s'ouvrait une porte close par un rideau de cuir noirci et d'où sortaient du bruit, la lueur vacillante des torches et l'odeur de boissons alcoolisées.

Immédiatement après l'Anguille d'Argent s'ouvrait un passage où régnait une obscurité d'encre et qui longeait le mur de la taverne. Il leur fallut marcher en file indienne, tâter le mur de briques rudes et gluantes et rester près les uns des autres pour s'y retrouver.

— Attention à la mare, annonça le Souricier. Elle est aussi profonde que la Mer Extérieure.

Le passage s'élargissait. A la lumière des torches qui filtrait à travers l'épais brouillard, ils purent entrevoir l'aspect général des bâtiments qui les environnaient. A leur droite, le mur élevé et dépourvu de fenêtres se prolongeait. Sur la gauche, accolé à l'arrière de l'Anguille d'Argent, il y avait un bâtiment sinistre, délabré, fait de briques noircies et de bois vétuste, crasseux. Fafhrd et Vlana auraient pu le croire complètement abandonné jusqu'au moment où ils levèrent la tête pour regarder le grenier du quatrième étage, sous un toit aux gouttières en lambeaux. Des rais de lumière, des points de clarté filtraient au travers des fenêtres munies d'un treillis serré, et autour de celles-ci. Au-delà, une allée étroite traversait le T de l'espace dans lequel ils se trouvaient.

— L'Allée des Ossements, les renseigna le Souricier d'un air plutôt protecteur. Je l'appelle le Boulevard de l'Ordure.

— Ça se sent d'ici, répondit Vlana.

Dès cet instant, Vlana et Fafhrd pouvaient apercevoir un long et étroit escalier extérieur en bois, raide et cependant vacillant, sans rampe, qui menait au grenier éclairé. Le Souricier prit les jarres des mains de Fafhrd et monta très vite.

— Suivez-moi, mais seulement quand je serai parvenu en haut, leur dit-il en se retournant. Je pense que l'escalier pourra supporter ton poids, Fafhrd, mais il vaut mieux que vous montiez l'un après l'autre.

Fafhrd poussa doucement Vlana en avant. Après un nouvel éclat de rire teinté de nervosité et un arrêt à mi-chemin pour étouffer une nouvelle quinte de toux, elle monta rejoindre le Souricier qui se trouvait à présent debout devant une porte ouverte, d'où sortait une lumière jaune qui se perdait vite dans la brume nocturne. Il avait posé légèrement la main sur un grand support de lampe en fer forgé, démuni de son système d'éclairage et solidement scellé dans une partie du mur extérieur qui se trouvait être en pierre. Il s'écarta pour la laisser entrer.

Fafhrd la suivit; il posait les pieds aussi près que possible du mur, les mains prêtes à s'y agripper en cas de nécessité. L'ensemble de l'escalier faisait entendre des craquements de mauvais augure, chaque marche fléchissait un peu toutes les fois qu'il y pesait de tout son poids. Près du sommet, il y en eut une qui céda avec le craquement sourd du bois à moitié pourri. Aussi légèrement qu'il le put, il franchit à quatre pattes le plus grand nombre possible de degrés, pour répartir son poids, et cela tout en jurant atrocement.

— Ne t'en fais pas, les jarres sont en sécurité, lui cria gaiement le Souricier.

Fafhrd franchit le reste du chemin en rampant, avec sur le visage une expression plutôt revêche; il ne se remit debout qu'une fois arrivé à la porte. Là, il eut un hoquet de surprise.

C'était comme si après avoir ôté le vert-de-gris d'une bague bon marché en cuivre, on découvrait qu'un diamant de la plus belle eau y était enchâssé. Des riches tentures, dont certaines étaient brodées d'or et d'argent, recouvraient les murs à l'exception des ouvertures, mais là, les fenêtres étaient fermées par des volets dorés. Des tissus analogues, mais de couleur plus sombre, cachaient le plafond bas; sur ce dais somptueux, les mouchetures d'argent et d'or brillaient comme des étoiles. Un peu partout il y avait de moelleux coussins et des tables basses, sur lesquelles brûlaient une multitude de chandelles. Sur les étagères fixées aux murs était entassée, comme de petites bûches, une importante réserve de bougies. De nombreux rouleaux de parchemin, des jarres, des bouteilles, des boîtes d'émail s'alignaient à côté. Une table basse à maquillage était surmontée d'un miroir d'argent poli et couverte de bijoux et de produits de beauté. Dans un vaste foyer était installé un petit fourneau métallique, soigneusement passé au noir, avec un pot à feu couvert d'ornements. A côté du fourneau, une petite pyramide de minces torches résineuses effilochées à leurs extrémités, des allume-feux, et d'autres pyramides de balais de genêts coupés court, de petites bûches courtes, et de charbon de terre brillant.

Près du foyer, sur une estrade basse, se trouvait un large divan à dossier élevé et aux pieds courts, recouvert d'un tissu d'or. Une jeune femme d'une délicate beauté, mince, au visage pâle, était assise sur ce divan. Elle portait une robe de lourde soie violette incrustée d'argent et une ceinture du même métal. Ses cheveux noirs étaient coiffés en un haut chignon piqué d'épingles d'argent aux têtes d'améthyste. Autour de ses épaules s'enroulait une étole d'hermine. Elle se pencha en avant avec une grâce un peu empruntée, tendit une main blanche et étroite pour serrer légèrement celle de Vlana. Celle-ci s'agenouilla devant elle, pencha la tête sur la main tendue qu'elle prit avec délicatesse et sur laquelle elle pressa ses lèvres, ses cheveux bruns, lisses et brillants faisant comme un dais.

Fafhrd était heureux de voir sa compagne faire face si convenablement à cette situation particulièrement délicate, quoique délicieuse. Il regarda alors la longue jambe de Vlana, gainée de soie rouge, étendue derrière elle dans la position qu'elle avait prise pour s'agenouiller; il remarqua en même temps que le sol était partout recouvert en double, triple et quadruple épaisseur de tapis moelleux et multicolores, d'un tissage serré, parmi les plus beaux qu'on peut importer des Pays d'Orient. Avant même d'avoir pu s'en rendre compte, il brandissait son pouce en direction du Souricier Gris.

— Tu es le Voleur de Tapis! s'exclama-t-il. C'est toi le Racoleur des Carpettes! Et tu es également le Corsaire des Chandelles!

Il faisait allusion à deux séries de vols inexpliqués dont tout le monde parlait à Lankhmar lorsque Fafhrd et Vlana y étaient arrivés, une lune plus tôt.

Le Souricier, impassible, haussa les épaules en regardant Fafhrd, puis, tout d'un coup, sourit; ses yeux bridés étincelaient de gaieté. Il se lança dans une danse improvisée qui le fit tournoyer et sautiller tout autour de la pièce et qui se termina derrière Fafhrd. Il lui ôta alors sa grande robe à capuchon et longues manches, la secoua, la plia soigneusement, et la posa sur un coussin.

Après un long moment d'hésitation, la jeune femme en violet tapota de sa main libre le tissu d'or à côté d'elle. Vlana vint s'asseoir, en veillant à ne pas trop s'approcher; les deux femmes entamèrent à voix basse une conversation que Vlana, habilement, dirigeait.

Le Souricier retira son propre manteau gris à capuchon, le plia en faisant quelque embarras et le déposa à côté de celui de Fafhrd. Ensuite, ils se débarrassèrent tous les deux de leurs épées, que le Souricier plaça sur la robe et le manteau pliés.

Sans leurs armes et ces vêtements encombrants, les deux hommes eurent tout d'un coup l'air de tout jeunes gens. Ils avaient l'un et l'autre un visage au teint clair, plus basané chez le Souricier, rasé de près; ils étaient tous les deux élancés, en dépit des bras et des mollets de Fafhrd solidement musclés. Celui-ci avait de longs cheveux d'un blond roux qui lui tombaient sur les épaules et dans le dos. Le Souricier avait ses cheveux sombres coupés à la chien. Le premier était vêtu d'une tunique de cuir brun aux ornements de fils de cuivre, l'autre portait un justaucorps de soie grise grossièrement tissée.

Ils se sourirent d'un air un peu embarrassé, parce qu'ils avaient tous les deux l'impression d'être redevenus de petits garçons. Le Souricier s'éclaircit la voix, s'inclina légèrement sans cesser de regarder Fafhrd, tendit une main nonchalante aux doigts écartés vers le divan doré, commença par bégayer un peu, puis, d'une voix sans heurts, dit :

— Fafhrd, mon ami très cher, permets-moi de te présenter à ma princesse. Ivrian, ma chère, accueille, s'il te plaît, aimablement Fafhrd; ce soir, lui et moi nous nous sommes défendus contre trois adversaires, et nous avons vaincu.

Fafhrd s'avança en se courbant quelque peu, effleura cependant de sa couronne de cheveux roux le dais étoilé, et s'agenouilla devant Ivrian, exactement comme l'avait fait Vlana. La fine main tendue vers lui paraissait ferme, mais dès qu'il l'eut effleurée, il s'aperçut qu'elle tremblait légèrement. Il la mania comme si elle avait été faite de cette soie que tisse l'araignée blanche et qu'on appelle fils de la

Vierge, l'effleura à peine des lèvres et, en balbutiant quelques compliments, se sentit encore nerveux.

Il ne comprit pas, du moins sur le moment, que le Souricier était tout aussi nerveux que lui, sinon davantage. Il faisait toutes sortes de vœux pour qu'Ivrian ne joue pas son rôle de princesse avec excès en snobant leurs invités; ou bien qu'elle ne s'effondre en fondant en larmes, qu'elle ne coure vers lui ou se réfugie dans une autre pièce, car Fafhrd et Vlana étaient littéralement les premiers des êtres humains, qu'ils fussent nobles, libres ou esclaves, à être amenés ou admis dans le nid luxueux qu'il avait créé pour son aristocratique bien-aimée. La seule présence vivante était constituée par un couple d'inséparables qui pépiaient dans une cage d'argent suspendue de l'autre côté du divan par rapport au foyer.

En dépit de sa sagacité et du cynisme qu'il s'était récemment découvert, il ne vint jamais à l'esprit du Souricier que c'était en la gâtant d'une façon, certes charmante, mais nettement excessive, qu'il maintenait Ivrian dans cette situation de poupée et accentuait même la frivolité d'une fille qui pouvait pourtant se montrer brave et réaliste; quatre mois plus tôt, elle s'était enfuie avec lui de la chambre de torture de son père.

Ivrian finit par sourire; Fafhrd lui rendit sa main et s'éloigna avec précaution à reculons. Le Souricier se détendit, soulagé, prit deux coupes et deux chopes d'argent, les essuya sans nécessité avec un linge de soie, choisit avec soin une bouteille de vin violet; alors, avec un sourire, Fafhrd déboucha plutôt l'une des jarres qu'il avait apportées, emplit presque à ras bord les quatre récipients étincelants et les passa à la ronde.

Sans avoir besoin de s'éclaircir la voix, et, cette fois sans commencer par bégayer, le Souricier porta un toast :

— Je bois au plus grand coup que j'aie jamais fait jusqu'ici à Lankhmar, et dont je dois, bon gré mal gré, partager le produit avec... (il ne pouvait résister à cette impulsion subite) avec ce grand pataud de Barbare aux longs cheveux ici présent!

Il engloutit le quart de sa chope de vin agréablement généreux et corsé d'eau-de-vie.

Fafhrd liquida aussitôt la moitié de la sienne, puis porta à son tour un toast :

— Au plus vantard et au plus précieux des petits bonshommes civilisés avec qui j'aie jamais daigné partager un butin!

Il finit aussitôt sa chope et la tendit, vite, en arborant de magnifiques dents blanches dans un large sourire.

Le Souricier lui remplit sa chope, fit de même avec la sienne, puis la posa pour aller vider sur les genoux d'Ivrian le petit sachet de bijoux qu'il avait pris à Fissif. Dans leur nouvelle demeure, certes fort enviable, ils ressemblaient à une petite mare de vif-argent réfléchissant toutes les couleurs de l'arc-en-ciel.

Tremblante, Ivrian eut un mouvement de recul, et faillit les répandre sur le sol. Mais Vlana la prit doucement par le bras, la calma, et se pencha sur les joyaux, la gorge serrée par l'étonnement et l'admiration. Elle regarda d'un air envieux la jeune femme pâle et se mit à lui parler à l'oreille d'une manière pressante, mais en souriant. Fafhrd comprit que Vlana était en train d'agir comme il le fallait et de façon efficace, car Ivrian ne tarda pas à acquiescer avec empressement, et peu après à chuchoter à son tour. Sur ses instructions, Vlana alla prendre une boîte d'émail bleu incrustée d'argent, et à elles deux, elles firent passer les bijoux des genoux d'Ivrian dans ce coffret dont l'intérieur était gainé de velours bleu. Puis Ivrian le posa tout à côté d'elle, et leur bavardage reprit.

En liquidant sa seconde chope par gorgées plus petites, Fafhrd se détendait; il se mit à acquérir une notion plus approfondie de ce qui l'entourait. L'émerveillement causé par le premier coup d'œil sur cette salle du trône dans un quartier de taudis, sur ce luxe coloré mis en relief par contraste avec cette noirceur, cette boue, cette fange, ces escaliers vermoulus et ce Boulevard de l'Ordure à deux pas, s'atténuait et il commençait à découvrir le délabrement et la pourriture sous cet habillage grandiose.

Du bois noirci et pourri, du bois desséché et craquelé se montrait çà et là dans les interstices des tentures, de même que refluaient des puanteurs anciennes, écœurantes. Le plancher s'affaissait sous les tapis, il y avait un trou au milieu de la pièce. Un gros cafard descendait le long d'une tenture de lamé d'or, un autre se dirigeait vers le divan. Des traînées de brume nocturne traversaient les volets, et dessinaient des arabesques noires sur la dorure. Les pierres du vaste foyer avaient été nettoyées et vernies, mais la plus grande partie du mortier qui les joignait s'en était allée; certains moellons étaient en train de se détacher, d'autres manquaient complètement.

Le Souricier avait préparé un feu dans le fourneau. Il y fit entrer l'allume-feu à la flamme jaune qu'il avait fait prendre grâce à son pot à feu, mit le loquet de la petite porte noire alors que les flammes commençaient à s'élever, et se retourna vers l'intérieur de la pièce. Comme s'il avait lu dans la pensée de Fafhrd, il prit plusieurs cônes d'encens, fit prendre leur pointe en l'introduisant un instant dans le pot à feu, et les disposa en différents points de la pièce, dans des bols de cuivre étincelant. Il écrasa en passant un cafard avec le pied, en attrapa subrepticement un autre et lui fit subir le même sort. Ensuite il boucha la plus large des fissures des volets en la bourrant de tissus de soie, reprit sa chope d'argent et lança à Fafhrd un regard très dur, comme pour le mettre au défi de dire un seul mot contre la maison de poupée délicieuse, mais un peu ridicule qu'il avait aménagée pour sa princesse.

Un moment plus tard, il souriait et levait sa chope à la santé de Fafhrd, qui faisait de même. La nécessité de remplir à nouveau ces chopes les amena à se trouver l'un contre l'autre. En remuant à peine les lèvres, le Souricier expliqua sotto voce :

— Le père d'Ivrian était duc. Je l'ai tué, en employant la magie noire, je crois, pendant qu'il était en train de me faire périr sur le chevalet de torture. Un homme extrêmement cruel, cruel aussi bien à l'égard de sa fille, mais cependant duc, si bien qu'Ivrian n'a nullement l'habitude de se débrouiller et de s'occuper d'elle-même. Je me flatte de la faire vivre sur un pied plus élevé que son père ne l'a jamais fait, avec tous ses serviteurs et ses femmes de chambre.

Fafhrd refoula les critiques qui lui venaient immédiatement à l'esprit, inspirées par cette attitude et ce programme. Il hocha la tête et dit sur un ton aimable :

— Vous avez à coup sûr volé à vous deux le plus charmant des petits palais, tout à fait digne du Suzerain de Lankhmar, Karstak Ovartamortes, ou du Roi des Rois à Horborixen.

Vlana, toujours sur le divan, dit de sa voix de contralto un peu rauque :

— Souricier Gris, ta princesse voudrait entendre le récit des événements de ce soir. Et puis, est-ce que je ne pourrais pas avoir encore un peu de vin?

— Oui, s'il te plaît, Souris, dit Ivrian.

Le Souricier tiqua presque imperceptiblement en entendant employer son ancien sobriquet, regarda Fafhrd pour savoir s'il devait obtempérer, le vit acquiescer, et se lança dans son récit. Mais tout d'abord, il servit de vin les deux filles. Il n'en restait pas assez pour remplir leurs coupes, si bien qu'il déboucha une autre jarre; après un instant de réflexion, il les déboucha toutes les trois. Il en posa une près du divan, une autre près de Fafhrd qui était à présent étendu sur les tapis et les coussins, tandis qu'il se réservait la dernière. Ivrian, les yeux écarquillés, semblait éprouver quelque appréhension devant cette perspective d'abondantes libations, Vlana avait une expression cynique teintée d'une légère colère, mais elles n'exprimèrent de critiques ni l'une ni l'autre.

Le Souricier raconta de son mieux, en la mimant

en partie, leur opération anti-voleurs. Le seul embellissement qu'il se permit concernait le furet-marmouset; il prétendit qu'avant de s'échapper, il lui avait grimpé dans le dos et avait tenté de lui arracher les yeux. De plus, on ne l'interrompit que deux fois.

Quand il dit :

— Et ainsi d'un coup sec, je tirai mon épée...

Fafhrd lui fit remarquer :

— Oh! tu n'as pas donné un sobriquet à ton épée comme tu t'en es donné un à toi-même?

— Non, dit le Souricier en se rengorgeant, mais j'appelle ma dague, ma Griffe de Chat. Tu as des objections à faire? Ça te paraît puéril?

— Pas du tout. J'appelle mon épée, ma Massue Grise. Toutes les armes sont d'une certaine façon des êtres vivants, civilisés, et qui méritent de porter un nom. Continue, je t'en prie.

Et quand il fit allusion à la bête de nature inconnue qui gambadait avec les voleurs (et qui s'en était prise à ses yeux!), Ivrian pâlit et dit en frissonnant :

— Souris! Cela ressemble à la bête familière d'une sorcière!

— D'un sorcier, rectifia Vlana. Ces crapules sans entrailles de la Guilde ne s'occupent pas des femmes, sauf pour les utiliser malgré elles à l'assouvissement de leurs bas instincts. Mais Krovas, leur Grand Maître actuel, bien que superstitieux, est connu pour prendre toutes les précautions et pourrait très bien avoir un sorcier à son service.

— C'est ce qui paraît le plus vraisemblable; et cela m'inspire une grande terreur, reconnut le Souricier d'une voix sinistre en lançant des regards sombres.

Il ne croyait pas du tout à ce qu'il disait, il n'éprouvait rien de semblable, aucune peur, en particulier, mais il admettait tout ce qui pouvait étoffer son numéro.

Quand il eut terminé, les deux femmes, dont les yeux brillaient d'admiration et d'amour, portèrent un toast au Souricier et à Fafhrd pour leur astuce et leur bravoure. Le Souricier s'inclina, sourit en lançant des clins d'œil, puis s'étendit en poussant un soupir d'épuisement; il s'épongea le front avec un linge de soie et engloutit le contenu de sa chope.

Après avoir demandé l'autorisation de Vlana, Fafhrd raconta l'histoire fertile en aventures de leur fuite de la Carre Glacée, lui de son clan, elle d'une troupe d'acteurs et de leur voyage jusqu'à Lankhmar où ils logeaient actuellement dans une maison occupée par des comédiens, à proximité de la Place des Sombres Délices. Ivrian se serra contre Vlana et frissonna, ouvrit tout grands ses yeux en entendant les passages où il était question de sorcières, et cette émotion était autant causée par le plaisir que par la crainte. C'était ce que s'imaginait Fafhrd, car il est naturel qu'une femme-enfant adore les histoires de fantômes. Il se demandait toutefois si elle aurait éprouvé le même plaisir en sachant que ces histoires étaient rigoureusement véridiques. Elle semblait vivre dans le monde de l'imagination, une fois de plus du fait du Souricier, au moins pour moitié.

Le seul point qu'il n'aborda pas dans son compte rendu concernait l'intention bien arrêtée de Vlana de tirer une vengeance éclatante de la Guilde des Voleurs pour avoir torturé jusqu'à la mort ses complices, et l'avoir obligée à quitter Lankhmar alors qu'elle essayait de commettre des vols en franc-tireur dans cette ville, en prenant son métier de mime comme couverture. Il ne fit pas non plus état de sa propre promesse, insensée, il s'en rendait maintenant compte, de l'aider dans l'accomplissement de cette besogne sanglante.

Après avoir terminé et recueilli les applaudissements auxquels il avait droit, il avait le gosier sec, en dépit de son entraînement de Scalde; lorsqu'il chercha quelque chose pour l'humecter, il s'aperçut que non seulement sa chope, mais encore sa jarre étaient vides, et pourtant, il ne se sentait pas ivre du tout. Il avait tellement parlé qu'il avait ainsi éliminé l'alcool absorbé; c'est du moins ce qu'il se dit.

Le Souricier se trouvait dans la même situation que lui, et pas ivre non plus, bien qu'ayant tendance à marquer, pour des raisons mystérieuses, un temps avant de répondre à une question, ou pour formuler une remarque, en même temps qu'il laissait son regard se perdre dans le vague. Cette fois, il suggéra, après avoir contemplé l'infini pendant un temps particulièrement long, que Fafhrd l'accompagne à l'Anguille pour aller renouveler leurs provisions.

— Mais nous avons encore énormément de vin dans notre jarre, dit Ivrian en protestant. Ou tout au moins un peu, rectifia-t-elle. (Vlana secoua le récipient qui rendit un son creux.) En outre, nous avons ici toutes sortes de vins.

— Mais pas le même, ma chérie. La première règle à observer, c'est de ne pas mélanger les vins, expliqua le Souricier en agitant un doigt. Cela rend malade et fou.

— Ma chère, dit Vlana en tapotant amicalement le poignet d'Ivrian, il y a un moment dans toute fête réussie, où tous les hommes qui sont vraiment des hommes doivent sortir. C'est tout à fait stupide, mais c'est dans leur nature, et on n'y peut rien changer, crois-moi.

— Mais, Souris, j'ai très peur. Le récit de Fafhrd m'a épouvantée. De même que le tien. Je vais entendre cet animal familier à grosse tête, ressemblant à un rat noir, gratter aux volets dès que vous serez partis. J'en suis sûre!

Fafhrd avait l'impression qu'elle n'était pas du tout effrayée, mais qu'elle prenait seulement plaisir à se faire peur et à fournir une démonstration du pouvoir qu'elle exerçait sur son bien-aimé.

— Mon enfant chérie, affirma le Souricier avec un léger hoquet, il y a toute la Mer Intérieure, tout le Pays des Huit Cités, et par surcroît toute la Chaîne des Trollsteps avec sa grandiose altitude entre toi et les spectres glacés de Fafhrd ou bien... excuse-moi, mon cher camarade, mais cela pourrait se faire, ses hallucinations jointes à des coïncidences. Quant aux animaux familiers, bah! Il n'y a jamais eu au monde autre chose que les détestables petits animaux de compagnie absolument pas surnaturels, appartenant à de vieilles femmes malodorantes ou à de vieux bonshommes ressemblant à des vieillardes.

— L'Anguille est à deux pas, Duchesse Ivrian, dit Fafhrd, et tu auras près de toi ma chère Vlana, qui a tué mon plus cruel ennemi d'un seul coup de ce poignard qui, depuis, ne la quitte jamais.

Vlana lança à Fafhrd un rapide coup d'œil qui signifiait :

— En voilà un moyen de rassurer une fille qui a peur!

Puis dit gaiement :

— Laissons partir ces imbéciles, ma chère. Cela nous procurera l'occasion d'avoir une petite conversation privée, et, tandis qu'ils se dégourdiront les jambes, les vapeurs du vin pourront se dissiper.

Si bien qu'Ivrian se laissa convaincre. Le Souricier et Fafhrd s'esquivèrent, refermèrent rapidement la porte pour que la brume nocturne n'ait pas le temps d'entrer dans la pièce. Les deux femmes entendirent leurs pas relativement rapides dans l'escalier. Il y eut bien quelques craquements, mais aucune nouvelle rupture de marche ou autre mésaventure.

En attendant qu'on leur remonte de la cave leurs quatre jarres pleines de vin, les deux camarades qui venaient de se retrouver commandèrent chacun une chope du même vin, ou approchant, additionnée d'eau-de-vie; ils allèrent s'isoler à l'extrémité la moins bruyante du long comptoir de cette taverne où sévissait un terrible vacarme. Au passage, le Souricier donna prestement un coup de pied à un rat noir qui laissait sortir de son trou sa tête et ses épaules.

Ils se complimentèrent d'abord, avec enthousiasme, sur leurs compagnes respectives, puis Fafhrd demanda d'un air méfiant :

— Tout à fait entre nous, crois-tu que ta charmante Ivrian pourrait avoir le moins du monde l'idée que la petite créature noire qui se trouvait avec Slivikin et l'autre voleur de la Guilde risque d'être l'animal familier d'une sorcière, ou à la rigueur le petit compagnon d'un sorcier, bien dressé à agir comme intermédiaire, et par conséquent à aller rendre compte à son maître, à Krovas, ou aux deux, de l'attaque qui est survenue et du désastre qui s'en est suivi?

— Tu es en train d'inventer des histoires de loups-garous, d'informes bébés loups-garous, contre toute logique, en partant de rien, mon cher frère barbare, si j'ose m'exprimer ainsi. Primo, nous ne savons pas si cette bête avait réellement une relation quelconque avec les voleurs de la Guilde. C'était peut-être bien un chaton égaré ou un gros rat très hardi, comme ce salopard qui est ici! ajouta-t-il en donnant un nouveau coup de pied. Mais, secundo, en admettant que ce soit la créature d'un sorcier employé par Krovas, comment pourrait-il faire un rapport utilisable? Je ne crois pas aux animaux doués de la parole, en mettant de côté les perroquets et les oiseaux du même genre qui ne font... que parler comme des perroquets, ni aux animaux disposant d'un langage articulé que les hommes pourraient comprendre. Ou bien peut-être imagines-tu cette bestiole trempant sa patte dans un encrier et rédigeant son rapport sur un grand parchemin étendu par terre?

« Hep! là-bas, l'homme derrière le comptoir! Où sont mes jarres? Les rats ont-ils mangé le garçon qui est venu me les prendre il y a plusieurs jours? Ou bien est-il simplement mort de faim en allant chercher le vin à la cave? Dis-lui d'aller un peu plus vite, et, en attendant, remplis-nous nos chopes!

« Non, Fafhrd, en admettant même que cette bête soit directement ou non une créature de Krovas et qu'elle ait couru à la Maison des Voleurs aussitôt après la bagarre, qu'aurait-elle pu leur dire? Que le cambriolage chez Jengao avait mal tourné. Ce dont ils se seraient de toute façon doutés en ne voyant revenir ni les voleurs ni les spadassins.

Fafhrd fronça les sourcils et murmura d'un air buté :

— Cet animal couvert de fourrure à l'allure furtive serait, néanmoins, capable d'aller nous décrire aux chefs de la Guilde qui pourraient nous reconnaître, et venir nous attaquer jusque chez nous. Quant à Slivikin et à son gros copain, ils pourraient, une fois remis de leurs coups, en faire autant.

— Mon cher ami, dit le Souricier sur le ton des condoléances, en implorant une fois de plus ton indulgence, je crains que ce vin généreux n'embrouille tes idées. Si les membres de la Guilde connaissaient notre signalement et notre domicile, ils nous seraient déjà tombés dessus depuis des jours, des semaines — que dis-je? — des lunes. A moins que tu ne saches pas, ce qui est concevable, que la peine qu'ils infligent pour l'exercice du métier de voleur en franc-tireur, ou même sans en avoir reçu l'ordre, dans les limites de l'enceinte de Lankhmar et dans un rayon de trois lieues, est purement et simplement la mort, après torture, si par bonheur ils peuvent y parvenir.

— Je sais tout cela, et ma situation est encore pire que la tienne, rétorqua Fafhrd.

Après avoir fait promettre au Souricier de garder le secret, il lui raconta l'histoire de la vendetta de Vlana contre la Guilde et des rêves qu'elle avait faits d'en tirer une vengeance éclatante.

Les jarres remontèrent de la cave au cours de ce récit, mais le Souricier fit simplement remplir leurs chopes en terre, Fafhrd terminait son récit :

— Et ainsi, par suite d'une promesse faite par un garçon infatué de lui-même et illettré dans un coin au sud des Déserts Froids, je me trouve actuellement dans la situation d'un homme paisible et sobre, pas en ce moment, bien sûr, constamment sollicité de faire la guerre à une puissance de l'importance de celle de Karstak Ovartamortes, car tu le sais peut-être, la Guilde a des représentants locaux dans toutes les autres cités et villes importantes de ce pays, sans parler d'accords incluant le droit d'extradition avec les organisations de voleurs et de bandits des autres pays. Je chéris Vlana, ne t'y trompe pas, elle est elle-même une voleuse expérimentée. Sans les directives qu'elle m'a données, j'aurais eu peine à survivre à la première semaine que j'ai passée à Lankhmar, mais sur ce sujet elle est un peu timbrée, ni la logique ni la persuasion ne peuvent venir à bout de son obstination. Au cours d'une seule lune que je viens de passer ici, j'ai appris que le seul moyen de survivre dans un pays civilisé, c'est de se conformer à des lois non écrites, infiniment plus importantes que les lois gravées dans la pierre, et de ne les enfreindre qu'à ses risques et périls, en tout cas dans le plus profond secret, et en prenant toutes précautions utiles. C'est ainsi que j'ai procédé ce soir, pour ma première opération contre des voleurs, soit dit en passant.

— Ce serait certainement de la folie d'attaquer la Guilde de front et ce que tu dis est parfaitement raisonnable, acquiesça le Souricier. Si tu ne peux faire renoncer ta si ravissante fille à cette extravagance, ou si tu ne peux pas la convaincre par la douceur, j'ai pu voir qu'elle ignore la peur, et qu'elle est obstinée, alors tu dois énergiquement refuser tout ce qu'elle te demandera dans ce sens.

— C'est certainement ce que je dois faire, reconnut Fafhrd; puis il ajouta sur un ton quelque peu accusateur : Cependant, d'après ce que j'ai cru comprendre, tu lui as dit que tu aurais volontiers coupé la gorge à ces deux hommes que nous avons étendus sans connaissance.

— Par simple politesse, mon vieux! Aurais-tu voulu que je me conduise de manière incivile avec ton amie? C'est à la mesure de la valeur que j'attachais déjà à ta sympathie. Mais quand il s'agit de contrer une femme, il n'y a que son homme à pouvoir le faire. Et dans le cas présent, c'est ce que tu dois faire.

— C'est ce que je dois faire, répéta Fafhrd avec beaucoup d'insistance et de conviction. Je serais un idiot de m'en prendre aux gens de la Guilde. Bien entendu, s'ils me mettaient la main dessus, ils me tueraient en tout cas pour avoir travaillé en franc-tireur et les avoir dépouillés de leur butin. Mais attaquer la Guilde de gaieté de cœur, tuer sans nécessité un des voleurs de la Guilde, en admettant même que je puisse le faire... pure folie!

— Non seulement cela prouverait que tu es un ivrogne, un idiot baveux, mais, sans que cela puisse faire de question, en moins de trois nuits tu puerais déjà, atteint de la plus fatale de toutes les maladies, la Mort. La Guilde fait payer au décuple toutes les attaques dont elle peut être l'objet, tous les coups portés à l'Organisation. Toutes les expéditions projetées, même les simples vols, seraient contremandés pour que toute la puissance de la Guilde et de ses alliés soit dirigée uniquement contre toi. J'estimerais tes chances meilleures si tu t'attaquais à toi seul à l'armée du Roi des Rois plutôt qu'aux petits mignons de la Guilde des Voleurs. Si l'on tient compte de ta taille, de ta force, de ton intelligence, tu es peut-être l'équivalent d'une escouade, ou même d'une compagnie, mais sûrement pas d'une armée. Ainsi, ne cède pas d'un pouce à Vlana à ce sujet.

— D'accord! dit très fort Fafhrd en secouant à la rompre la main d'acier du Souricier.

— Et maintenant, nous devrions rejoindre les femmes, dit celui-ci.

— Après une dernière chope pendant que nous réglons la dépense. Garçon!

— Ça va.

Le Souricier puisait déjà dans sa bourse pour payer lorsque Fafhrd se mit à protester avec véhémence. Ils finirent par tirer au sort avec une pièce de monnaie. Ce fut Fafhrd qui gagna. Il étala avec une grande satisfaction ses smerduks d'argent sur le comptoir taché et bosselé, marqué d'une infinité de cercles par les jarres, comme s'il avait été autrefois la table de travail d'un géomètre fou. Ils se levèrent, et le Souricier en profita pour donner un dernier coup de pied au trou de rat pour se porter chance.

Sur ce les pensées de Fafhrd firent un bond en arrière et il dit :

— En admettant que l'animal ne sache ni écrire ni s'exprimer avec sa patte, ne sache pas parler, il peut cependant nous avoir suivis de loin, avoir repéré notre demeure et être ensuite retourné à la Maison des Voleurs; il peut désormais conduire ses maîtres jusqu'à nous comme le ferait un chien de chasse!

— Tu parles d'or encore une fois, acquiesça le Souricier. Garçon! un seau de petite bière pour la route! Tout de suite! (Comme il remarquait le regard stupéfait de Fafhrd, il s'expliqua) : Je répandrai cette bière dès la sortie de l'Anguille d'Argent et le long du passage, pour effacer notre odeur. Oui, et j'en lancerai également assez haut sur les murs.

Fahfrd approuva d'un air avisé :

— Je crains bien avoir la tête complètement embrumée par la boisson, dit-il.

Vlana et Ivrian, plongées dans une conversation vive et animée, sursautèrent en entendant leurs pas pesants et rapides monter l'escalier. Il y eut des craquements prodigieux, on entendit le bruit que firent deux marches en s'effondrant, mais leur démarche resta aussi ferme. La porte s'ouvrit toute grande, et les deux hommes se précipitèrent dans la pièce en traversant une grande nappe de brume nocturne en forme d'un chapeau de champignon, qui se trouva séparé de sa tige par la fermeture de la porte.

— Je t'avais bien dit que nous serions revenus en un clin d'œil, dit gaiement le Souricier à Ivrian, tandis que Fafhrd avançait à grands pas, sans se soucier des craquements du plancher, en criant :

— Mon cher cœur, tu m'as cruellement manqué.

Malgré les protestations de Vlana, et ses efforts pour se dégager, il la serra dans ses bras, l'embrassa bruyamment avant de la déposer de nouveau sur le divan.

Chose étrange, c'était cette fois Ivrian qui semblait être en colère contre Fafhrd, plutôt que Vlana, qui lui souriait amoureusement, avec des yeux pourtant un peu vagues.

— Fafhrd, seigneur, dit-elle hardiment, ses petits poings plantés sur ses hanches étroites, son petit menton à fossette relevé, ses yeux sombres lançant des éclairs, ma très chère Vlana vient de me raconter les choses atroces et inqualifiables qui lui ont été faites, à elle ainsi qu'à ses plus chers amis, par la Guilde des Voleurs. Je ne te connais que depuis très peu de temps et tu dois pardonner ma franchise, mais j'estime qu'il est tout à fait indigne d'un homme de faire ce que tu fais : lui refuser la juste vengeance qu'elle désire et mérite amplement. Et cela s'applique aussi à toi, Souris, qui t'es vanté auprès de Vlana de ce que tu aurais fait si tu avais été au courant, toi qui, dans des circonstances analogues, ne t'es pas fait scrupule de tuer mon propre père, réputé, il est vrai, pour ses actes de cruauté !

Il était clair aux yeux de Fafhrd que, pendant qu'il s'attardait à l'Anguille avec le Souricier Gris, Vlana avait fait à Ivrian un exposé, sans aucun doute enjolivé, de ses griefs à l'égard de la Guilde et avait joué sans scrupules des bons sentiments prônés dans la littérature de prédilection de cette fille romanesque et de sa haute conception des lois de la chevalerie. Il était également clair qu'Ivrian était passablement grise. Sur la table basse à côté d'elle se trouvait une bouteille de vin violet de la lointaine Kiraay, aux trois quarts vide.

Il ne vit pourtant rien d'autre à faire que d'ouvrir ses grandes mains d'un air désemparé et de baisser la tête, plus que ne l'aurait nécessité la faible hauteur de plafond, sous l'œil sévère d'Ivrian, à laquelle venait à présent de se joindre Vlana. Après tout, elles avaient raison : il avait promis.

Si bien que ce fut le Souricier qui essaya le premier de réfuter leurs accusations.

— Allons, mon tout petit, s'écria-t-il sur un ton léger en dansant autour de la pièce, en bourrant de tissus de soie de nouveaux interstices pour s'opposer à l'entrée de la brume nocturne, en attisant et alimentant le feu dans le fourneau, voyons, et toi aussi, belle Dame Vlana. Depuis une lune, Fafhrd a porté des coups répétés aux voleurs de la Guilde à l'endroit le plus sensible, c'est-à-dire à la bourse qui brinquebale entre leurs jambes. Il les a frustrés un si grand nombre de fois du fruit de leurs larcins que c'est comme autant de coups de pied qui leur auraient été donnés au pli de l'aine. Cela leur fait plus de mal, crois-moi, que de leur dérober sans douleur la vie d'un coup d'épée rapide, qu'il soit d'estoc ou de taille. Ce soir, je l'ai aidé dans l'exécution de cette louable entreprise, et je m'empresserai de recommencer à chaque occasion... Allons, trinquons ensemble, tous.

Il déboucha rapidement l'une des jarres nouvellement remplies et versa du vin à ras bord dans les chopes et les coupes.

— Une vengeance de marchand! rétorqua avec mépris Ivrian, pas calmée le moins du monde, mais au contraire un peu plus en colère. Vous êtes tous les deux, au fond de vous-mêmes, des chevaliers sans peur et sans reproche, je le sais, en dépit de toutes vos dérobades. Vous devez au moins apporter à Vlana la tête de Krovas!

— Qu'en ferait-elle? Quel bien cela pourrait-il lui faire, à part salir le tapis? demanda le Souricier sur un ton plaintif, tandis que Fafhrd rassemblait ses esprits.

Le grand Nordique finit par mettre un genou en terre et déclarer avec lenteur :

— Très respectée Dame Ivrian, il est exact que j'ai promis solennellement à ma Vlana chérie de l'aider à se venger; mais cela s'est passé lorsque je me trouvais encore dans cette barbare Carre Glacée, où rien n'est plus commun que ces conflits à mort, sanctionnés par la coutume, admis par tous les clans, toutes les tribus, toutes les confréries des sauvages Nordiques des Déserts Froids. Dans ma naïveté, j'ai cru que la vengeance de Vlana était de ce genre-là. Mais ici, dans un milieu civilisé, je me suis aperçu que tout était bien différent, que les lois et les coutumes se trouvaient complètement bouleversées. Cependant, que l'on soit à Lankhmar ou dans la Carre Glacée, il semble que l'on doive, pour survivre, respecter la loi et la coutume. Ici, l'argent est tout-puissant, c'est l'idole que l'on place au-dessus de tout, et pour lui on peine, on vole, on opprime, on échafaude des combinaisons. Ici le talion, la vengeance sont en dehors de toutes les règles et punis plus sévèrement que la folie furieuse. Pense à une chose, Dame Vlana : si Souris et moi nous apportions à Vlana la tête de Krovas, nous devrions, elle et moi, nous enfuir sur-le-champ de Lankhmar, avec tous ses hommes à nos trousses; tandis que tu perdrais infailliblement ce nid de conte de fées que Souris a créé pour l'amour de toi; vous seriez contraints de faire de même, et d'errer en fugitifs, à mendier, pour le restant de vos jours.

C'était magnifiquement raisonné et exprimé... mais parfaitement inutile. Pendant que Fafhrd parlait, Ivrian leva sa coupe qui venait d'être remplie et la vida d'un trait. A présent, elle se tenait droite comme un soldat au garde-à-vous, son visage pâle s'empourprait et elle dit sur un ton mordant à Fafhrd agenouillé devant elle :

— Voilà que tu fais des comptes! Tu me parles de choses matérielles, coûteuses certes, quand l'honneur est en jeu. (Elle montrait les merveilles aux nuances chatoyantes qui l'entouraient.) Tu as donné ta parole à Vlana. Toute chevalerie serait-elle donc morte? Et cette remarque s'applique également à toi, Souris, qui as juré de couper la gorge de ces deux voleurs nuisibles de la Guilde.

— Je n'ai pas juré de le faire, objecta faiblement le Souricier, en engloutissant une grande rasade. J'ai simplement dit que je l'aurais fait.

Pendant ce temps, Fafhrd se contentait de hausser encore une fois les épaules et d'essayer de se réconforter en buvant une bonne lampée de sa chope d'argent. Car Ivrian avait pour l'accuser les mêmes intonations que Mor, sa mère, ou Mara, sa tendre épouse du Clan des Neiges qu'il avait déserté, et qui portait en son sein un enfant de lui, auraient pu avoir. Elle employait lcs mêmes arguments bien féminins, à vous fendre le cœur, d'une manière déloyale.

A la fois caressante et autoritaire, Vlana essaya doucement de faire rasseoir Ivrian à côté d'elle sur le divan doré.

— Doucement, ma très chère, dit-elle. Tu as parlé noblement pour moi et pour défendre ma cause et, crois-moi, je t'en suis extrêmement reconnaissante. Tes paroles ont fait revivre en moi de grands et beaux sentiments qui étaient morts depuis bien des années. Cependant, de tous ceux qui sont ici présents, tu es la seule à être une véritable aristocrate, familiarisée avec les convenances les plus respectables. Mais nous trois, nous ne sommes rien d'autre que des voleurs. Faut-il s'étonner le moins du monde, si certains d'entre nous placent leur sécurité au-dessus de l'honneur et du respect de la parole donnée et évitent très prudemment de risquer leur vie? Oui, nous sommes trois voleurs, et moi je le suis plus que les deux autres. Alors, s'il te plaît, ne parlons plus d'honneur et d'impétuosité, de bravoure intrépide. Assieds-toi et...

— Tu veux dire qu'ils ont peur tous les deux de défier la Guilde des Voleurs, c'est bien cela? s'exclama Ivrian, les yeux écarquillés, le visage contracté de dégoût. J'ai toujours estimé que Souris était tout d'abord un homme noble, et un voleur ensuite. Voler, ce n'est rien. Mon père vivait de rapines implacables aux dépens des riches voyageurs et des voisins plus faibles, et cependant, c'était un aristocrate. Oh! vous êtes des lâches, vous deux! Des poltrons! dit-elle pour terminer en lançant des regards fulgurants et froidement méprisants, d'abord sur le Souricier, et ensuite sur Fafhrd.

Celui-ci ne pouvait pas supporter cela plus longtemps. Il bondit sur ses pieds, le visage en feu, les poings serrés, sans s'occuper de sa chope qui venait de tomber bruyamment sur le plancher à moitié effondré en provoquant un craquement sinistre.

— Je ne suis pas un lâche! s'écria-t-il. je vais affronter la Maison des Voleurs et vous apporter la tête de Krovas, la jeter, toute dégoulinante de sang aux pieds de Vlana. Je le jure, sois-en témoin, Kos, Dieu du Destin, par les os brunis de mon père, Nalgron, et par son épée, ma Massue Grise, qui se trouve à mon côté!

Il se donna une claque sur la hanche gauche, mais il n'y trouva rien d'autre que sa tunique; il dut se contenter de désigner d'une main tremblante sa ceinture et son épée au fourreau, là où elles se trouvaient déposées, c'est-à-dire sur sa robe soigneusement pliée. Il ramassa alors sa chope, la remplit en projetant des éclaboussures, puis la vida d'un trait.

Le Souricier Gris partit d'un rire aigu, charmé, musical. Ils portèrent tous les yeux sur lui. Il vint se mettre en dansant aux côtés de Fafhrd et, sans cesser d'arborer un large sourire, il demanda :

— Pourquoi pas? Qui parle d'avoir peur des voleurs de la Guilde? Pourquoi se bouleverser à la perspective d'avoir à accomplir cet exploit ridiculement facile, alors que, nous le savons tous, Krovas et sa clique ne sont, comparés à Fafhrd et moi, que des nains au point de vue de l'intelligence et de l'habileté? Un plan infaillible, merveilleusement simple pour pénétrer dans la Maison des Voleurs, jusque dans ses moindres réduits et recoins, m'est, à l'instant, venu à l'esprit. Le solide Fafhrd et moi-même, nous allons le mettre immédiatement en application. Tu en es, Homme du Nord?

— Bien sûr, répondit sur un ton bourru Fafhrd, qui se demandait en même temps quelle folie venait de s'emparer de ce petit bonhomme.

— Donne-moi quelques instants pour me permettre de rassembler le nécessaire, et nous partons! s'écria le Souricier.

Il prit une étagère et déplia un grand sac, puis il courut tout autour, en y faisant entrer des cordes roulées, des rouleaux de bandages, des chiffons, des pots de pommades, de baumes et d'onguents, et divers autres accessoires.

— Mais vous ne pouvez pas y aller ce soir, dit en

protestant Ivrian, devenue subitement très pâle. Sa voix hésitait à présent. Vous n'êtes ni l'un ni l'autre... en état d'y aller.

— Vous êtes tous les deux ivres, ajouta Vlana d'une voix rude. Saouls comme des bourriques, et dans ces conditions, tout ce que vous allez chercher là-bas, c'est votre mort. Où est donc, Fafhrd, cette froide raison qui te guidait lorsque tu as tué ou vu massacrer de sang-froid toute une bande de rivaux puissants à la Carre Glacée, et lorsque tu m'as conquise de vive force? Ainsi que dans les profondeurs du Canyon des Trollsteps, où les sorcières tissaient leurs toiles de glace? Fais-la revivre! Et infuses-en un peu dans ton insouciant ami gris.

— Oh non! dit Fafhrd en bouclant son épée, tu as voulu que la tête de Krovas soit jetée à tes pieds dans de grandes éclaboussures de sang, et c'est ce que tu auras, que cela te plaise ou non!

— Doucement, Fafhrd, fit le Souricier en s'arrêtant soudain et en nouant les cordons du sac. Et doucement aussi vous deux, Dame Vlana, et ma chère princesse. Ce soir, je ne pense qu'à une expédition de reconnaissance. Aucun risque à courir; nous recueillerons simplement les renseignements qui nous seront nécessaires pour préparer le coup mortel que nous porterons demain ou après-demain. De toute façon, pas de tête tranchée ce soir, tu m'entends, Fafhrd? Quoi qu'il arrive, c'est la consigne. Et endosse ta robe à capuchon.

Fafhrd haussa les épaules, acquiesça, et obtempéra.

Ivrian paraissait un peu rassurée. Vlana également, mais cela ne l'empêcha pas de dire :

— Tout de même, vous êtes ivres tous les deux.

— Ce n'en est que meilleur! lui assura le Souricier avec un sourire enchanté. La boisson risque de ralentir les réflexes, d'affaiblir la vigueur des coups portés, mais elle éveille l'esprit et embrase l'imagination; c'est de cela que nous avons besoin ce soir. En outre, se hâta-t-il d'ajouter, en coupant la parole à Ivrian qui allait formuler quelques doutes, les hommes saouls sont extrêmement prudents! N'avez-vous jamais vu un poivrot chancelant faire bonne contenance à la vue d'un garde, avancer avec précaution et passer devant lui en douce?

— Oui, dit Vlana, et tomber à plat ventre au moment précis où il arrive à sa hauteur!

— Bah! répondit le Souricier. Il renvoya la tête en arrière, marcha vers elle majestueusement, en suivant une ligne droite imaginaire. Immédiatement, il trébucha, plongea en avant, et soudain, sans toucher le sol, il fit un incroyable saut en avant, en faisant passer ses pieds par-dessus sa tête, et atterrit finalement avec beaucoup de douceur, droit sur ses pieds. Au bon moment, ses orteils, ses chevilles et ses genoux s'étaient tendus pour amortir le choc sur le plancher qui ne fit entendre qu'une plainte à peine perceptible. Il était à présent, debout, devant les deux femmes.

— Vous voyez? dit-il en se redressant et en titubant ensuite en arrière d'une manière inattendue. Il trébucha sur le coussin où il avait posé son manteau et son épée, mais il fit un effort violent pour pivoter sur lui-même et se redresser, et il se mit rapidement à s'équiper.

Fafhrd en profita pour tenter de remplir encore une fois, silencieusement et rapidement, sa chope et celle du Souricier, mais Vlana s'en aperçut et lui lança un tel regard qu'il déposa les chopes et la jarre non débouchée avec une telle précipitation que sa robe tournoya. Il s'écarta alors de la table où étaient posées les boissons avec un haussement d'épaules résigné et, à l'adresse de Vlana, une grimace et un signe de tête.

Le Souricier chargea son arc sur l'épaule et ouvrit la porte. Avec un petit geste de la main à l'intention des deux femmes, mais sans prononcer une parole, Fafhrd sortit sur le palier minuscule. La brume nocturne s'était tellement épaissie qu'on n'y voyait presque plus rien. Le Souricier agita quatre doigts dans la direction d'Ivrian en lui disant d'une voix pleine de douceur :

— Au revoir, Petite Demoiselle, puis emboîta le pas à Fafhrd.

— Bonne chance, cria Vlana avec flamme.

— Fais bien attention, Souris, dit Ivrian haletante.

Le Souricier, dont la silhouette était tout contre celle de Fafhrd, ferma la porte sans bruit.

Les deux femmes se prirent instinctivement par la taille et attendirent les craquements et les grincements inévitables de l'escalier. Ils n'arrivaient pas. La brume nocturne qui avait pénétré dans la pièce était déjà dissipée, et le silence n'avait toujours pas été rompu.

— Qu'est-ce qu'ils peuvent bien faire dehors? murmura Ivrian. Ils combinent leur opération?

D'un air maussade et avec impatience, Vlana secoua la tête; elle se dégagea, alla sur la pointe des pieds jusqu'à la porte, l'ouvrit, descendit sans bruit quelques marches, qui craquèrent de la manière la plus lugubre, puis revint, en fermant la porte derrière elle.

— Ils sont partis, dit-elle, les yeux dilatés d'étonnement, les mains écartées, paumes en dessus.

— J'ai peur! souffla Ivrian, qui traversa la pièce pour venir enlacer l'autre femme, plus grande qu'elle.

Vlana la tint serrée contre elle, puis dégagea un bras pour pousser les trois verrous massifs de la porte.

Dans l'Allée des Ossements, le Souricier remit dans son sac la corde à nœuds qui, accrochée au support de lampe, leur avait permis de descendre.

— Que dirais-tu d'un petit arrêt à l'Anguille d'Argent? proposa-t-il.

— Tu suggères qu'on se contenterait de dire aux femmes que nous sommes allés à la Maison des Voleurs? demanda Fafhrd, mais sans paraître tellement indigné.

— Oh non! protesta le Souricier. Mais tu as été privé de ton coup de l'étrier et moi aussi.

Aux mots « coups de l'étrier », il baissa les yeux sur ses bottes en peau de rat, s'accroupit et esquissa un petit galop sur place, en faisant sonner ses semelles sur les pavés. Il faisait claquer des rênes imaginaires : ...Hue!... accélérait son galop, puis, en se renversant en arrière, s'arrêta net : ...Hoo!... et au même instant, avec un large sourire, Fafhrd sortait de sous sa robe deux jarres pleines.

— Je les ai raflées, mine de rien, en déposant les chopes. Vlana voit énormément de choses, mais pas tout.

— Tu es un garçon prudent, qui voit loin, en dehors de ton adresse à l'épée, apprécia le Souricier, admiratif. Je suis fier de pouvoir t'appeler mon camarade.

Ils débouchèrent chacun leur jarre et burent une bonne lampée. Puis le Souricier les fit se diriger vers l'ouest; ils n'allaient pas très droit, mais ils ne trébuchaient qu'un tout petit peu. Avant d'arriver à la Rue aux Truands, cependant, ils tournèrent vers le nord dans une allée encore plus étroite et plus puante.

— Le Passage de la peste, dit le Souricier. Fafhrd approuva.

Après plusieurs coups d'œils furtifs et scrutateurs, ils traversèrent rapidement, en chancelant, la large Rue des Artisans pour revenir dans le Passage de la Peste. Chose étonnante, le temp s'éclaircissait un peu. Ils levèrent la tête et aperçurent des étoiles. Cependant, il n'y avait absolument pas de vent du nord. L'air était d'une immobilité de mort.

Absorbés par leur idée fixe d'ivrognes, le projet qu'ils avaient formé et le simple souci de se déplacer, ils ne regardaient pas derrière eux. Là, la brume nocturne était plus dense que jamais. Un faucon nocturne planant à haute altitude aurait vu ce brouillard arriver de toutes les directions, des quartiers de Lankhmar nord, est, sud, ouest, de la Mer Intérieure, du Grand Marais Salé, des champs de céréales aux multiples fossés d'irrigation, du fleuve Hlal, formant comme des fleuves et des rivières au cours rapide, émanations accumulées, tourbillonnantes, tournoyantes, empestées et noires provenant de Lankhmar, de ses fers à marquer, de ses brasiers, de ses feux de joie, des fours à chaux, des fourneaux de cuisine, des foyers domestiques, des fours de céramistes, des forges, des brasseries, des distilleries, des innombrables feux de détritus et d'ordures, des antres d'alchimistes et de sorciers, des fours crématoires, des fours à charbon de bois recouvert de terre. Tous ces courants et bien d'autres... convergeaient comme à dessein vers la Ruelle Sombre et en particulier l'Anguille d'Argent, et peut-être même tout spécialement vers la maison délabrée qui se trouvait à l'arrière, inoccupée à l'exception du grenier. Plus on se rapprochait du centre, plus la brume devenait épaisse; des lambeaux tournoyants et des loques tourbillonnantes se détachaient, s'accrochaient aux corniches et aux briques rugueuses comme des toiles d'araignées noires.

Mais le Souricier et Fafhrd se contentèrent de s'exclamer d'étonnement en voyant les étoiles, se demandant dans quelle mesure cette amélioration de la visibilité augmenterait les risques de leur expédition. Ils traversèrent avec précaution la Rue aux Penseurs, que les moralistes appelaient l'Avenue des Athées, continuèrent dans le Passage de la Peste jusqu'à l'endroit où il bifurquait.

Le Souricier choisit la partie gauche qui allait vers le nord-ouest.

— L'Allée de la Mort.

Fafhrd acquiesça.

Le Souricier s'arrêta aussitôt et donna un léger coup sur la poitrine de Fafhrd.

Très visible de l'autre côté de la Rue aux Truands s'ouvrait une porte large et basse, encadrée de blocs de pierre, noirs de suie. Pour y accéder, il fallait gravir deux marches creusées par les siècles. Une lumière jaune-orangé filtrait, venant de torches placées à l'intérieur. Il n'était pas facile de voir à une grande distance à cause de l'angle de l'Allée de la Mort. Cependant, aussi loin qu'ils pouvaient le faire, il n'y avait ni portier ni garde, ni personne, ni même de chien attaché. Cela était de mauvais augure.

— Maintenant, comment entrer dans cette satanée maison? demanda Fafhrd d'une voix rauque en chuchotant. Explorer l'Allée aux Meurtres à la recherche d'une fenêtre de derrière qui pourrait être forcée? Tu as des leviers dans ce sac, je pense. Ou bien essayer par le toit? Tu es un homme des toits, je le sais déjà. Apprends-moi ton art. Je connais les arbres, les montagnes, la neige, la glace, les rochers. Tu vois ce mur?

Il s'en écarta, se préparant à prendre son élan.

— Reste tranquille, Fafhrd, dit le Souricier en gardant la main posée sur la large poitrine du jeune homme. Nous garderons le toit en réserve. De même que les murs. Et je le tiens pour acquis, tu es sûrement un maître de l'escalade. Quant à savoir comment nous entrerons, nous passerons directement par cette porte. (Il fronça les sourcils.) Frapper et entrer en boitillant, plutôt. Viens, pendant que je procède à nos préparatifs.

Il ramena Fafhrd qui faisait des grimaces exprimant le scepticisme le long de l'Allée de la Mort jusqu'à ce qu'ils perdent de nouveau la Rue aux Truands de vue, et chemin faisant, il lui expliqua :

— Nous allons nous faire passer pour des mendiants, membres de leur guilde, qui n'est qu'une branche de la Guilde des Voleurs et est domiciliée au même endroit ou qui, en tout cas, doit rendre des comptes aux Maîtres des Mendiants à la Maison des Voleurs. Nous serons de nouveaux membres, sortis aujourd'hui pour la première fois, si bien qu'on n'attendra ni du Maître des Mendiants de nuit, ni d'aucun surveillant qu'ils nous connaissent de vue.

— Mais nous n'avons pas l'air de mendiants, dit Fafhrd en protestant. Les mendiants arborent des plaies affreuses, ont des membres tout tordus ou en ont qui manquent complètement.

— C'est précisément de cela que je vais m'occuper à présent, fit le Souricier en ricanant et en tirant son épée.

Il ignora le mouvement de recul de Fafhrd et son regard inquiet; avec un hochement de tête satisfait, il décrocha de sa ceinture le fourreau de l'arme fourbie à la peau de rat, rengaina son épée, et s'empressa de l'entortiller, poignée comprise, dans un bandage extrait de son sac.

— Voilà! dit-il en nouant les extrémités du bandage. A présent, j'ai une canne d'aveugle.

— Qu'est-ce que c'est? demanda Fafhrd. Et pourquoi fais-tu cela?

— Parce que je serai aveugle, voilà la raison.

Il plaça un bandeau noir sur ses yeux, fit quelques pas en traînant les pieds, tâtant les pavés devant lui au moyen de son épée enveloppée. Il la tenait par la garde de telle sorte que la poignée et le pommeau se trouvaient dissimulés dans sa manche et il tâtonnait devant lui avec son autre main.

— Ça te paraît bien? demanda-t-il à Fafhrd en se retournant. Je me sens parfaitement au point. Aveugle comme une taupe, hein? Mais ne t'inquiète pas, Fafhrd, ce bandeau n'est qu'une gaze. Je vois très bien au travers. En outre, je n'ai besoin de convaincre personne à l'intérieur de la Maison des Voleurs que je suis réellement aveugle. La plupart des mendiants aveugles simulent la cécité, comme tu dois le savoir. A présent, qu'est-ce que nous allons faire pour toi? On ne peut pas faire encore de toi un aveugle, c'est évident, cela éveillerait les soupçons.

Il déboucha sa jarre et y puisa de l'inspiration, Fafhrd l'imita, pour le principe.

Le Souricier se frappa les lèvres et s'exclama :

— J'y suis! Fafhrd, tiens-toi sur ta jambe droite et replie la gauche en arrière jusqu'au genou. Reste! Ne me tombe pas dessus! Avance! Mais tiens-moi par l'épaule. C'est cela. Maintenant, monte un peu plus haut ce pied. On va maquiller ton épée comme la mienne, pour en faire une béquille, elle est plus grosse et elle fera juste l'effet voulu. Tu peux également te tenir à mon épaule au moyen de ton autre main lorsque tu te déplaces d'un bond. L'aveugle et le paralytique, cela ne manque jamais de faire verser une larme, c'est toujours du bon théâtre! Mais relève davantage ce pied gauche! Non, il ne se détache pas. Il faudra que j'y mette une corde. Mais d'abord, dégrafe le fourreau de ton épée.

Bientôt le souricier avait fait subir à la Massue Grise et à son fourreau le même traitement qu'à sa propre épée. Il était en train de lier la cheville gauche de Fafhrd à sa hanche, en serrant la corde cruellement, mais les nerfs de Fafhrd étaient anesthésiés par le vin et il s'en apercevait à peine. Il se tenait en équilibre au moyen de sa béquille à âme d'acier et, pendant que le Souricier travaillait, il but une grande lampée à sa jarre et se plongea dans des réflexions profondes. Depuis qu'il avait fait alliance avec Vlana, il s'était intéressé au théâtre : ensuite cet intérêt s'était trouvé ravivé grâce à l'atmosphère qui régnait dans cette maison habitée par des comédiens, si bien qu'il était enchanté à la perspective de jouer un rôle dans la vie réelle. Si brillant que fût le plan du Souricier, il lui parut cependant comporter des inconvénients qu'il essaya de formuler.

— Souricier, je ne suis pas sûr que cela me plaise que nos épées soient ainsi emmaillottées. si bien que nous ne pourrions pas les tirer en cas d'urgence.

— Nous pourrons toujours les utiliser comme massues, répliqua le Souricier; la respiration sifflait entre ses dents, car il était en train de serrer le dernier nœud de toutes ses forces. Et en outre, nous aurons moi, ma dague et toi, ton poignard. A ce propos, tire sur ta ceinture jusqu'à ce qu'il se trouve dans ton dos, pour être sûr qu'il est bien caché par ta robe. Je vais faire de même avec ma Griffe de Chat. Les mendiants ne sont pas armés, du moins d'une façon visible, et nous devons respecter la vraisemblance dramatique dans le moindre détail. Arrête-toi de boire dès maintenant. Tu en as eu assez. Moi, je n'ai plus besoin que de deux gorgées pour être au meilleur de ma forme.

— Et je ne sais pas si ça me plaît beaucoup d'entrer ainsi dans ce coupe-gorge en sautant sur un pied. Je peux sauter avec une rapidité surprenante, c'est exact, mais je cours beaucoup plus vite. Est-ce vraiment raisonnable, qu'en penses-tu?

— Tu peux libérer ta jambe en un instant, répondit le Souricier d'une voix sifflante, avec une pointe d'impatience et de mécontentement. Tu n'es donc pas prêt à faire le moindre sacrifice pour l'amour de l'art?

— Bon! très bien, acquiesça Fafhrd en vidant sa jarre et en la mettant de côté. Bien sûr que si.

— Tu as trop bonne mine, reprit le Souricier en l'examinant d'un œil critique. (Il effleura le visage et les mains de Fafhrd avec du maquillage gris pâle, puis ajouta des rides avec du crayon sombre.) Et ton costume est trop propre.

Il ramassa de la saleté entre les pavés et la répandit sur la robe de Fafhrd, puis essaya d'y faire un accroc, mais le tissu résistait. Il haussa les épaules et accrocha son sac allégé sous sa ceinture.

— Le tien aussi est trop propre, fit remarquer Fafhrd.

En pliant sur sa jambe droite, il prit lui-même une bonne poignée de fange, qui au toucher et par sa puanteur ne pouvait être que de l'ordure. Il se releva au prix d'un énorme effort, étala ces immondices sur le manteau du Souricier et également sur son justaucorps de soie grise.

En reniflant cette odeur abominable, le petit homme poussa un juron, mais Fafhrd lui rappela que cela faisait partie de la vraisemblance dramatique.

— Il est bien que nous empestions. Les mendiants empestent et c'est une raison pour laquelle les gens leur donnent des pièces de monnaie: pour s'en débarrasser. Et personne à la Maison des Voleurs ne manifestera d'empressement pour nous examiner de près. A présent, viens, pendant que nous sommes tout feu tout flamme.

Il saisit l'épaule du Souricier et se dirigea rapidement vers la Rue aux Truands, en posant son épée entourée de bandages entre les pavés, loin devant lui.

— Pas si vite, idiot, dit à mi-voix le Souricier qui marchait à côté de lui en traînant les pieds presque comme un patineur pour ne pas se laisser distancer, tout en tapant furieusement avec sa canne (épée). Un infirme doit passer pour faible, c'est ce qui attire la pitié.

Fafhrd asquiesça d'un air entendu et ralentit quelque peu. La porte ouverte qui paraissait menaçante était de nouveau en vue. Le Souricier inclina sa jarre pour la vider jusqu'à la toute dernière goutte, mais s'étouffa et s'étrangla à moitié. Fafhrd la saisit et la vida, puis la lança par-dessus son épaule; elle se brisa bruyamment en mille morceaux.

Ils pénétrèrent, l'un en traînant les pieds, l'autre en procédant par bonds, dans la Rue aux Truands et s'arrêtèrent presque aussitôt pour laisser passer un homme richement vêtu et une femme. Les habits de l'homme étaient sobres; il n'était plus ni tout jeune ni mince, mais ses traits étaient durs. Un commerçant, sans aucun doute, qui avait des intérêts dans la Guilde des Voleurs, ou qui payait pour sa protection, tout au moins. Il fallait cela pour passer de ce côté à une heure pareille.

Les riches vêtements de la femme étaient voyants sans être criards, elle était belle et jeune, et paraissait encore plus jeune. Une courtisane très lancée, presque certainement.

L'homme s'apprêtait à faire un détour pour éviter ces deux déchets bruyants et crasseux; il avait déjà détourné la tête, mais la femme se tourna vers le Souricier. La compassion que celui-ci lui inspirait se faisait de plus en plus vive, on le voyait à son regard.

— Oh! pauvre garçon! Aveugle. Quelle tragédie! dit-elle. Donne-moi quelque chose pour lui, mon chéri.

— Écarte-toi de ces créatures puantes, Misra, et viens par ici, répondit l'homme. La fin de sa phrase s'était étouffée dans sa gorge, car il se pinçait le nez.

Elle ne répondit pas, mais plongea sa main blanche dans une bourse d'hermine et s'empressa de mettre une pièce dans la main du Souricier. Elle lui referma les doigts, puis lui prit la tête entre les mains et lui donna un doux baiser sur les lèvres. Elle se laissa ensuite emmener.

Elle eut encore le temps de crier à Fafhrd d'une voix pleine de tendresse :

— Et toi, mon brave vieux, prends bien soin de ce pauvre petit.

Cependant, son compagnon grommelait à mi-voix des réprimandes. Les seuls mots qu'on pouvait distinguer étaient :

— Espèce de garce!

Le Souricier regarda la pièce qui se trouvait dans le creux de sa main et suivit ensuite des yeux sa bienfaitrice qui s'éloignait. Il murmura à Fafhrd, avec une nuance d'étonnement :

— Regarde. De l'or. Une pièce d'or et la sympathie d'une jolie femme. Ne crois-tu pas que nous devrions abandonner nos projets et embrasser la profession de mendiant?

— Et pourquoi pas celle de putain, pendant que tu y es! répondit Fafhrd à voix basse mais d'un air sarcastique.

— Haut les cœurs, en avant! reprit le « brave vieux » avec flamme.

Ils montèrent les deux degrés usés par le temps et franchirent une porte, en remarquant l'épaisseur exceptionnelle du mur. Devant eux s'étendait un long couloir rectiligne, haut de plafond, aboutissant à un escalier. Par endroits, des portes laissaient filtrer des rais de clarté et des torches plantées dans les murs venaient y ajouter leur lumière, mais, dans toute sa longueur, le couloir était vide.

Ils avaient à peine franchi la porte, qu'ils sentirent l'un et l'autre sur la nuque et sur une épaule le froid de l'acier. Au-dessus d'eux, deux voix leur ordonnèrent à l'unisson :

— Halte!

Bien que réchauffés, et grisés, par le vin additionné d'eau-de-vie, ils eurent l'un et l'autre assez de présence d'esprit pour s'immobiliser sur place et lever la tête avec précaution.

Deux figures décharnées, couvertes de cicatrices et particulièrement hideuses, surmontées d'une écharpe criarde ramenant les cheveux sur la nuque, les regardaient depuis une niche large et profonde ménagée exactement au-dessus de l'entrée, ce qui contribuait à expliquer son peu de hauteur. Deux bras noueux imprimèrent une légère poussée aux deux épées dont la pointe était toujours en contact avec leur peau.

— Sortis avec l'équipe de mendiants de midi, hein? leur fit observer l'un des hommes. Eh bien, vous feriez mieux de rapporter beaucoup d'argent pour justifier une rentrée aussi tardive. Le Maître des Mendiants de Nuit est de sortie. Il est à la Rue aux Putains. Rendez compte au-dessus à Krovas. Dieux que vous puez! Vous feriez mieux de vous nettoyer d'abord, sinon Krovas vous fera coller dans le bain de vapeur. Allez-y!

Le Souricier et Fafhrd s'avancèrent, l'un en traînant la semelle, l'autre en sautant sur un pied, en s'efforçant de faire vrai. L'un des gardes de la niche leur cria :

— Détendez-vous, les gars! Ce n'est pas la peine de faire tout ça ici.

— La perfection naît de la pratique, cria, en se retournant, le Souricier d'une voix chevrotante. Les doigts de Fafhrd s'enfoncèrent dans son épaule pour le rappeler à l'ordre. Ils avancèrent plus naturellement, dans la mesure où le permettait la jambe repliée de Fafhrd.

— Dieux, quelle vie facile ils ont à la Guilde des Mendiants, fit observer à son camarade l'autre garde de la niche. Quelle discipline relâchée et combien on exige d'eux peu d'habileté! Parfait, mon œil! Tu crois qu'un enfant se laisserait prendre à ces déguisements?

— Il y a certainement des enfants qui voient clair, rétorqua l'autre. Mais leurs chères pères et mères versent une larme et donnent ensuite une pièce de monnaie ou bien un coup de pied. Les adultes marchent en aveugles, perdus dans leurs rêves et les soucis de leur tâche, à moins d'exercer une profession telle que celle de voleur qui les oblige à garder présent à l'esprit la réalité des choses.

Résistant à l'envie de méditer sur cette sage philosophie et heureux de n'avoir pas à subir une inspection approfondie du Maître des Mendiants de Nuit, ils s'avancèrent lentement et avec circonspection. A dire vrai, pensait Fafhrd, Kos, le dieu du Destin, semblait les conduire tout droit à Krovas et peut-être que la décollation serait au programme de cette soirée. Ils entendirent alors des voix pour la plupart sèches et brutales, et d'autres bruits.

Ils passèrent devant des portes; ils auraient aimé s'attarder, pour étudier les activités qui se déroulaient à l'intérieur, mais ils n'osaient rien faire d'autre que de ralentir un peu le pas. Heureusement, la plupart des portes étaient grandes ouvertes, ce qui leur permettait de regarder assez longtemps.

Certaines des activités qu'ils observaient étaient très intéressantes. Dans une salle, de jeunes garçons étaient exercés à explorer les poches et à couper les bourses. Ils devaient s'approcher d'un instructeur par-derrière; si celui-ci entendait des pieds nus frôler le sol ou s'il sentait le contact d'une main, ou, ce qui était pire, s'il entendait tomber une fausse pièce servant à l'exercice, le gosse recevait une volée de coups de bâton. D'autres semblaient suivre leur entraînement par groupes de manœuvre : en tête celui qui devait faire naître la bousculade, plus en arrière celui qui s'emparait des objets, les autres étant là pour faire passer rapidement au compère les prises du jeune voleur.

Dans une deuxième salle d'où sortaient des odeurs de métal et d'huile, des apprentis voleurs plus âgés faisaient des travaux pratiques sur le crochetage des serrures. Un homme à barbe grisonnante et aux mains sales faisait une conférence à un groupe; il démontait pièce par pièce une serrure très compliquée. D'autres devaient vraisemblablement donner la mesure de leur adresse, de leur rapidité et de leur habileté à travailler sans bruit. Ils s'attaquaient avec des crochets très minces aux serrures d'une demi-douzaine de portes ménagées côte à côte dans une cloison à cette seule fin, tandis qu'un surveillant les regardait faire attentivement, le sablier à la main.

Dans une troisième salle, les voleurs prenaient leur repas sur de longues tables. Les odeurs étaient appétissantes, même pour des hommes en ribote. La Guilde traitait bien ses membres.

Dans une quatrième, le sol était en partie rembourré; on y apprenait à se glisser, à esquiver, à se dérober en plongeant, à faire la culbute, à trébucher, tous moyens de déjouer les poursuites. Ces élèves étaient également plus âgés. Une voix, semblable à celle d'un sergent-major, disait d'un ton mordant :

— Non, non, non! Vous n'arriveriez même pas à faire tomber votre grand-mère paralytique. Je dis culbuter, je ne vous demande pas de vous agenouiller devant Aarth-le-Très-Saint. Cette fois-ci...

— Grif a employé du fard gras, dit un instructeur.

— Il a fait cela, hein? Sors des rangs, Grif! répondit la voix rogomme tandis que le Souricier et Fafhrd s'éloignaient un peu à regret : ils se rendaient compte qu'il y avait beaucoup à apprendre en ces lieux : notamment des trucs qui auraient pu leur être utiles dès ce soir-là. Écoutez, vous tous! continuait la voix râpeuse qui portait si loin qu'ils eurent la surprise de l'entendre encore sur un long parcours. Le gras peut convenir très bien à un travail de nuit, mais dans la journée il donne un brillant qui fait savoir à tout le Nehwon quelle est la profession de celui qui l'utilise! Mais de toute façon, il donne au voleur une confiance exagérée. Il arrive à s'y fier et puis, au moment où ce serait nécessaire, il s'apercevra qu'il a oublié d'en mettre. Il y a aussi son odeur, qui peut le trahir. Ici nous travaillons toujours la peau nue, à part la sueur naturelle! comme nous vous l'avons dit à tous dès le premier soir. Penche-toi, Grif. Tiens tes chevilles. Raidis tes genoux.

On entendit encore le bruit de coups, suivi de cris de douleur, à une certaine distance, cette fois, car le Souricier et Fafhrd étaient maintenant à la moitié de l'escalier menant au second. Fafhrd était voûté par l'effort, en s'agrippant d'une main à la rampe incurvée et de l'autre à son épée emmaillottée.

Le second étage était la réplique du premier, mais en aussi luxueux que l'autre était nu. Jusqu'au bout du long couloir alternaient des lampes et des pots à encens filigranés, qui diffusaient à la fois une lumière atténuée et un parfum capiteux. Les murs étaient drapés de riches tentures, le sol revêtu d'un épais tapis. Pourtant, ce couloir était également vide et, de plus, complètement silencieux. Après avoir échangé un regard, ils avancèrent hardiment.

La première porte, grande ouverte, laissait apercevoir une pièce sans occupant, mais pleine de vêtements pendus, riches ou simples, impeccables ou crasseux, de même que les porte-perruques, des étagères de barbes, et plusieurs miroirs devant lesquels se trouvaient de petites tables encombrées de produits de maquillage et des tabourets. Il était clair qu'il s'agissait d'une pièce pour les déguisements.

Après avoir jeté un coup d'œil et tendu l'oreille d'un côté et de l'autre, le Souricier entra, juste le temps de s'emparer sur la table la plus proche d'un grand flacon vert. Il le déboucha et renifla. Un parfum douceâtre et comme un peu pourri de gardénia vint lutter dans ses narines avec les vapeurs du vin. Le Souricier oignit son front et celui de Fafhrd d'une bonne dose de parfum équivoque.

— C'est un antidote de l'ordure, expliqua-t-il avec la solennité d'un grand médecin, en rebouchant le flacon. Nous ne voulons pas être mis à cuire par Krovas, ça non, non, non.

Deux silhouettes se montrèrent à l'extrémité du couloir et avancèrent vers eux. Le Souricier cacha le flacon sous son manteau, en le tenant entre son coude et son flanc. Ils continuèrent à avancer. S'en retourner à présent eût été suspect, les aurait fait considérer tous les deux comme des ivrognes.

Les trois entrées qu'ils dépassèrent ensuite étaient fermées par de lourdes portes. En approchant de la cinquième, les deux personnages qui arrivaient, bras dessus, bras dessous, mais à grandes enjambées, et qui allaient plus vite qu'ils n'avançaient, eux, avec leur mélange de démarche traînante et de bonds successifs, se précisèrent. Leur habillement était celui de nobles, mais leur visage celui de voleurs. Ils avaient également le front ridé par l'indignation et la suspicion en regardant le Souricier et Fafhrd.

A ce moment précis, venant d'un endroit situé entre les deux hommes, semblait-il, une voix se mit à prononcer des mots dans une langue étrange, sur un ton monocorde habituellement employé par les prêtres ou par certains sorciers dans leurs incantations.

Les deux voleurs richement vêtus ralentirent à la septième porte et regardèrent à l'intérieur. Ils s'arrêtèrent aussitôt. Ils tendaient le cou, écarquillaient les yeux. Ils pâlissaient visiblement. Puis ils se hâtèrent soudain, courant presque, dépassèrent Fafhrd et le Souricier sans plus s'occuper d'eux que s'ils avaient été des meubles. La voix continuait à psalmodier ses incantations sans omettre un seul temps de la mesure.

La cinquième porte était fermée, mais la sixième était ouverte. Le Souricier y regarda d'un œil, en appliquant le nez contre l'embrasure. Il avança et regarda à l'intérieur avec ravissement; il avait relevé son bandeau noir sur son front pour y voir mieux. Fafhrd le rejoignit.

C'était une vaste salle, vide, autant qu'on pouvait en juger, de vie humaine ou animale, mais pleine de choses les plus intéressantes. Le mur d'en face était occupé à partir de la hauteur du genou par une carte de la ville de Lankhmar et de ses environs immédiats. Chaque rue, chaque maison semblait y être figurée, jusqu'au taudis le plus minable et l'impasse la plus étroite. Il y avait des traces récentes de grattage et de rectification en bien des points; çà et là se trouvaient des hiéroglyphes colorés dont le sens restait mystérieux.

Le sol était de marbre, le plafond bleu comme du lapis-lazuli. Les murs de côté étaient recouverts d'objets accrochés très près les uns des autres, retenus par des anneaux et des cadenas. L'un des murs était garni de toutes espèces d'outils de voleurs, depuis une énorme pince-monseigneur qu'on aurait pu croire capable de soulever le monde, ou tout au moins la porte de la cave au trésor du Suzerain, jusqu'à une baguette si fine qu'elle aurait pu être celle de la Reine des Elfes et qu'elle semblait destinée à s'allonger et à aller pêcher à distance des babioles de prix sur une coiffeuse au plateau d'ivoire et aux pieds fuselés. Sur l'autre mur se trouvaient toutes sortes d'objets étranges, brillant de l'éclat de l'or et étincelant du feu des pierres précieuses. C'étaient évidemment des souvenirs choisis pour leur caractère exceptionnel dans le butin de cambriolages mémorables. Il y avait là un masque de femme en or mince, à vous couper le souffle de beauté, de traits et de contour, mais incrusté de rubis simulant les boutons de la vérole à la phase éruptive de la maladie, jusqu'à un couteau dont la lame était formée de diamants taillés en triangle montés côte à côte, ce qui donnait un tranchant coupant comme un rasoir.

Tout autour se trouvaient des tables garnies de modèles de maisons d'habitation et d'autres immeubles; tous ces modèles étaient d'une exactitude minutieuse, jusqu'au moindre détail, comme le trou d'aération sous la gouttière, le trou de drainage au niveau du sol, les parties des murs comportant des fissures et les parties unies. Un grand nombre de ces modèles étaient présentés en coupe totale ou partielle, pour faire apparaître la disposition des pièces, des cabinets, des chambres fortes, des portes, corridors, passages secrets, conduits à fumée et cheminées d'aération.

Au centre de la salle, il y avait une table ronde nue, formée de carrés d'ébène et d'ivoire. Sept fauteuils au dossier droit mais bien rembourrés étaient disposés autour. Celui qui se trouvait en face de la carte et le plus loin du Souricier et de Fafhrd avait un dossier plus élevé et des bras plus larges. C'était le fauteuil du chef, probablement celui de Krovas.

Attiré irrésistiblement, le Souricier avança sur la pointe des pieds, mais la main gauche de Fafhrd l'agrippa à l'épaule comme un gantelet de fer et le ramena irrésistiblement en arrière.

Maussade et désapprobateur, le Nordique fit redescendre le bandeau noir sur les yeux du Souricier et, du bout de sa béquille, désigna la direction dans laquelle ils étaient tournés. Il se mit alors en marche en progressant par bonds soigneusement calculés et silencieux. Le Souricier suivit avec un haussement d'épaules désappointé.

Dès qu'ils eurent tourné en sortant de la porte, mais avant de se trouver hors de vue, une tête à la barbe noire bien soignée, aux cheveux ras, contourna comme un serpent le fauteuil au dossier le plus élevé; des yeux brillants et très enfoncés les examinèrent. Une longue main souple suivit la tête, vint placer en travers des lèvres minces un index pour inviter au silence. Un autre doigt fit signe à deux groupes de deux hommes en tuniques sombres qui se tenaient de chaque côté de la porte, le dos tourné au mur du couloir. Ils prirent chacun un poignard recourbé dans une main et, dans l'autre, une matraque de cuir sombre, lestée de plomb.

Fafhrd était à mi-chemin de la septième porte, d'où continuait de sortir cette incantation monotone et sinistre, quand en surgit un jeune homme mince, au visage pâle; ses mains étroites étaient plaquées sur sa bouche, comme pour s'empêcher de vomir ou de hurler, et ses yeux dilatés de terreur. Il avait un balai sous le bras, qui le faisait un peu ressembler à une jeune sorcière sur le point de s'envoler. Il passa comme un éclair devant Fafhrd et le Souricier, puis s'éloigna; on entendit le bruit de ses pas rapides, assourdi par le tapis, puis plus sonore sur les marches de l'escalier, avant qu'il ne s'évanouisse complètement.

Fafhrd se retourna pour faire une grimace au Souricier, avec un haussement d'épaules, puis il s'accroupit en pliant sa jambe unique jusqu'à ce que le genou de l'autre vienne en contact avec le sol, et avança la tête pour qu'elle dépasse à moitié le chambranle de la porte. Au bout d'un instant, sans avoir autrement changé de position, il fit signe au Souricier d'approcher. Celui-ci plaça son visage comme celui de Fafhrd, juste au-dessus.

Ils voyaient une pièce, plus petite que celle de la grande carte, éclairée par des lampes placées au centre qui dispensaient une lumière d'un blanc bleuté au lieu de l'habituelle lumière jaune. Le sol était en marbre, dans des coloris sombres au décor composé de volutes compliquées. Sur les murs sombres étaient accrochés des cartes d'astrologie et des instruments de magie; sur des étagères étaient posés des flacons dont les étiquettes portaient des inscriptions mystérieuses, ainsi que des fioles et des tubes de verre des formes les plus étranges, dont certains contenaient des liquides colorés, les autres étant vides et étincelants de propreté. A la base des murs, il y avait des détritus de toutes sortes en tas irréguliers, qui paraissaient avoir été amassés là et oubliés ensuite, et, par endroits, un grand trou de rat.

Au centre de la pièce, brillamment éclairée, ce qui créait un contraste avec le reste, se trouvait une longue table formée d'un plateau épais et de nombreux pieds massifs. Le Souricier pensa vaguement à un mille-pattes, puis au comptoir de l'Anguille, car le dessus de ce meuble était taché et éraflé en bien des endroits, comme si des liquides corrosifs y avaient été répandus ou s'il avait été brûlé.

Au centre de la table, un alambic était en fonctionnement. Une flamme, bleue foncée, celle-ci, maintenait à l'état d'ébullition, dans une grande cornue de verre, un liquide noirâtre et visqueux avec, par endroits, des parties brillantes comme du diamant. Des vapeurs plus sombres se dégageaient de cette matière épaisse et bouillonnante, se rassemblaient dans le haut pour traverser l'embouchure étroite de la cornue et tacher, chose étrange, en écarlate vif, la tête transparente et ensuite redevenant noir foncé, se condenser dans un serpentin étroit partant de la tête pour être recueillies enfin dans un matras de verre, encore plus grand que la cornue. Le liquide formait dans ce récipient comme les spires d'une corde noire vivante, un interminable serpent d'ébène.

Derrière l'extrémité gauche de la table se tenait un homme grand et cependant voûté, en robe noire, munie d'un capuchon qui ombrageait plus qu'il ne dissimulait une figure caractérisée notamment par un long nez gros et pointu qui surmontait une bouche proéminente, mais presque complètement dépourvue de menton. Il avait un teint grisâtre, terreux et brouillé; une barbe courte et raide montait haut sur ses larges joues. Sur un front fuyant et d'épais sourcils grisonnants, ses yeux écartés examinaient attentivement un rouleau de parchemin bruni par les siècles, qu'il ne cessait de dérouler et d'enrouler de ses mains crochues en forme de massue, d'une petitesse répugnante, aux phalanges énormes, dont le dos était recouvert de poils gris et raides. Le seul mouvement que l'on voyait faire à ses yeux, en dehors du rapide va-et-vient d'une extrémité à l'autre des lignes qu'il lisait rapidement à haute voix, était de temps à autre un regard jeté de côté pour surveiller l'alambic.

A l'autre extrémité de la table était accroupie une petite bête noire, dont les yeux, brillants comme des perles, allaient sans cesse du sorcier à l'alambic. Dès qu'il l'aperçut, Fafhrd enfonça les doigts dans l'épaule du Souricier au point de lui faire mal; celui-ci sursauta, mais ce n'était pas de douleur. C'était à un rat que cette bête ressemblait le plus, mais elle avait un front plus haut et les yeux plus rapprochés que tous les rats que le Souricier avait pu voir; quant à ses pattes de devant, qu'elle frottait constamment l'une contre l'autre, comme de joie, elles semblaient la copie en minuscule des mains crochues du sorcier.

En même temps, et chacun pour son compte, Fafhrd et le Souricier acquirent la certitude qu'il s'agissait bien de la bête qui avait suivi dans la rue Slivikin et son compagnon, puis s'était enfuie; ils se rappelaient ce qu'avait dit Ivrian au sujet de l'animal familier d'une sorcière, et la remarque de Vlana d'après laquelle il était possible que Krovas se soit assuré les services d'un sorcier.

Le spectacle était horrifiant : cet homme hideux aux mains torses, cette bête, et entre eux ces vapeurs noires qui circulaient dans le matras, comme un cordon ombilical noir. Et ces ressemblances, taille mise à part, entre ces deux êtres, étaient encore plus troublantes par leurs implications.

Le rythme de l'incantation s'accélérait, les flammes bleues foncées devenaient plus brillantes et on les entendait siffler, le liquide de la cornue devenait aussi épais que de la lave, il s'y formait de grosses bulles qui se brisaient ensuite brillamment, la corde noire du matras se contorsionnait comme un nid de serpents; on avait une impression de plus en plus forte de présences invisibles, de tension surnaturelle, s'exaspérant jusqu'à devenir presque intolérable. Fafhrd et le Souricier avaient peine à retenir le halètement qui s'échappait de leur bouche ouverte, ils craignaient aussi bien l'un que l'autre que les battements de leur cœur ne s'entendent à plusieurs coudées.

L'incantation atteignit soudain son paroxysme puis s'arrêta net, comme un tambour battu très vigoureusement devient subitement silencieux quand on étend la paume ouverte et les doigts sur la peau. D'innombrables fissures apparurent dans la cornue, accompagnées d'une lueur aveuglante et d'une explosion sourde. Le verre devint blanc opaque, sans pour cela se briser, ni même suinter. La tête se souleva, resta suspendue, puis retomba, tandis que deux boucles noires apparaissaient dans le matras et rétrécissaient subitement jusqu'à n'être plus que deux gros nœuds noirs.

Le sorcier ricana, roula d'un seul coup l'extrémité du parchemin, fit aller son regard du matras à son animal familier, tandis que celui-ci poussait des pépiements stridents en sautant avec ravissement.

— Silence, Slivikin! Le moment est venu pour toi de courir, de peiner, de suer, s'écria le sorcier qui continua en jargon Lankhmarien, mais en parlant si vite et d'une voix si haut perchée que Fafhrd et le Souricier pouvaient à peine le suivre. Ils furent cependant en mesure de comprendre qu'ils s'étaient complètement mépris sur l'identité de Slivikin. Au moment de l'attaque, le gros voleur avait appelé au secours l'animal du sorcier et non pas son camarade humain.

— Oui, Maître, répondit aussi clairement Slivikin d'une petite voix aiguë; il bouleversait en un instant les idées que se faisait le Souricier sur la faculté de parler que pouvaient avoir les animaux.

Il continua dans les mêmes tonalités de fifre aux accents serviles :

— Tout à tes ordres, Hristomilo.

A présent ils connaissaient également le nom du sorcier

Hristomilo ordonnait de sa voix cinglante et flûtée :

— Va faire le travail dont tu es chargé! Veille à réunir un nombre largement suffisant de convives! Je veux que les corps soient réduits à l'état de squelettes, de telle sorte que les meurtrissures causées par le brouillard enchanté et toute trace de mort par asphyxie disparaissent entièrement! Mais n'oublie pas le butin! Et maintenant, va!

A chaque commandement, Slivikin avait redressé la tête d'une manière qui faisait penser à sa façon de bondir; il s'écria enfin d'une voix aiguë :

— J'y veillerai!

Il bondit sur le sol comme un éclair gris et s'engagea dans un trou de rat. Hristomilo, en frottant l'une contre l'autre ses mains répugnantes en forme de massue comme le faisait tout à l'heure Slivikin, s'écria en ricanant :

— Ce que Slevyas a perdu, la magie l'a repris!

Fafhrd et le Souricier s'écartèrent de la porte, en partie parce qu'ils se disaient que puisque ni ses incantations ni l'alambic, ni son animal familier ne nécessitaient plus son attention soutenue, Hristomilo allait sûrement lever les yeux et les apercevoir; en partie aussi par répulsion pour ce qu'ils venaient de voir et d'entendre. Ils éprouvaient également une pitié violente, bien qu'inutile, pour Slevyas, quel qu'il pût être, et pour les autres victimes inconnues des enchantements mortels de ce sorcier, qui avait vraisemblablement des relations avec les rats. De pauvres étrangers déjà morts et appelés à avoir leurs os dépouillés de toute chair.

Fafhrd prit la bouteille verte des mains du Souricier et, malgré les haut-le-cœur que lui causait cette odeur de fleurs pourries, avala une copieuse gorgée du liquide piquant. Le Souricier ne put se résoudre à en faire autant et dut se contenter des quelques relents de vin qui subsistaient dans son haleine.

Il vit alors, au-delà de Fafhrd, debout devant la salle de la grande carte, un homme richement vêtu qui portait au côté un poignard au manche d'or et un fourreau enrichi de pierreries. Son visage, aux yeux enfoncés, portait les rides précoces causées par les responsabilités, le surmenage, l'exercice de l'autorité et était encadré par une chevelure et une barbe noires bien taillées. Sans dire un mot, mais en souriant, il leur fit signe d'approcher.

Le Souricier et Fafhrd obéirent; ce dernier rendit la bouteille verte au premier, qui la reboucha et la remit sous son coude gauche en réussissant mal à dissimuler son irritation.

Ils devinaient l'un et l'autre que celui qui les appelait ainsi était Krovas, le Grand Maître de la Guilde. Fafhrd s'émerveilla une fois de plus, tandis qu'il s'avançait en sautillant, en titubant et en rotant, sur la façon dont Kos, dieu du Destin, le conduisait cette nuit-là à son but. Le Souricier, plus alerte et en même temps plus inquiet, se rappelait que les gardes de la niche leur avaient prescrit de se présenter à Krovas; la situation, bien que ne se développant pas tout à fait en accord avec ses plans ténébreux, n'évoluait tout de même pas encore vers le désastre.

Cependant, ni la vivacité d'esprit du Souricier, ni les instincts primitifs de Fafhrd ne les mirent en garde pendant qu'ils suivaient Krovas dans la salle de la grande carte.

Après avoir avancé de deux pas à l'intérieur, ils furent l'un et l'autre saisis par l'épaule et menacés d'une matraque par deux ruffians armés en outre d'un poignard recourbé pendu à leur ceinture.

Ils jugèrent plus sage de n'opposer aucune résistance. Pour une fois se trouvaient confirmées les déclarations emphatiques du Souricier à propos de l'extrême prudence des hommes saouls.

— Tout est en ordre, Grand Maître, dit d'une voix râpeuse l'un des ruffians.

Krovas tourna vers lui le fauteuil au dossier le plus élevé et s'y assit. Il les regardait d'un œil froid, mais inquisiteur.

— Qu'est-ce qui a conduit ces deux mendiants de la Guilde, puants et ivres, dans les locaux strictement réservés aux maîtres? demanda-t-il tranquillement.

Le Souricier sentait sur son front perler une sueur de soulagement. Les déguisements qu'il avait si brillamment conçus jouaient leur rôle; ils faisaient illusion même au chef, qui avait pourtant remarqué l'état d'ébriété de Fafhrd. Il reprit son rôle d'aveugle en disant d'une voix chevrotante :

— Le garde qui se trouve au-dessus de la porte de la Rue aux Truands nous a donné l'ordre de nous présenter à toi personnellement, grand Krovas, car le Maître des Mendiants de Nuit était de sortie pour des raisons d'hygiène sexuelle. Cette nuit, nous avons fait une bonne recette!

En oubliant de son mieux la main qui le maintenait de plus en plus serré par l'épaule, il fouilla dans sa bourse et en sortit la pièce d'or, aumône de la courtisane sentimentale, qu'il présenta d'une main tremblante.

— Épargne-moi cette comédie maladroite, dit

Krovas sur un ton acerbe. Je ne fais pas partie des gens qui se laissent avoir. Et retire ce chiffon de tes yeux.

Le Souricier obéit et se tint de son mieux au garde-à-vous. Il souriait en prenant un air aussi insouciant que possible, parce qu'il sentait renaître certaines de ses incertitudes. Apparemment, il ne s'en tirait pas aussi brillamment qu'il aurait cru.

Krovas se pencha en avant et proféra avec calme, mais d'une voix perçante :

— Admettons qu'on vous ait donné ces instructions, tout à fait à tort d'ailleurs; ce garde de la porte paiera le prix de sa stupidité! Pourquoi étiez-vous en train d'espionner ce qui se passait dans la pièce qui suit celle-ci, lorsque je vous ai découverts?

— Nous avons vu de braves voleurs s'enfuir de cette pièce, répondit fort à propos le Souricier. Dans la crainte qu'un danger quelconque ne menace la Guilde, mon camarade et moi nous nous sommes enquis de ce qui arrivait, en nous tenant prêts à intervenir.

— Mais ce que nous avons vu et entendu nous a simplement rendus perplexes, grand Seigneur, ajouta Fafhrd avec douceur.

— Je ne t'ai rien demandé, espèce d'ivrogne. Ne parle que quand on t'interroge, lui rétorqua Krovas sur un ton cinglant.

Puis, s'adressant au souricier :

— Tu es un coquin outrecuidant, beaucoup trop présomptueux pour ton rang.

Le Souricier décida aussitôt que ce qu'exigeait la situation, ce n'était pas de l'obséquiosité, mais au contraire une insolence accrue.

— C'est ce que je suis, Seigneur, dit-il d'un air avantageux. Par exemple, j'ai dressé un plan de premier ordre grâce auquel vous pourriez, toi et la Guilde, vous assurer en trois mois plus de richesses et de puissance que n'ont pu en acquérir tes prédécesseurs en trois millénaires.

Krovas devint tout rouge.

— Petit! cria-t-il.

Un tout jeune homme ayant le teint foncé d'un Kleshite apparut entre les rideaux d'une porte donnánt sur l'intérieur; il était vêtu uniquement d'un pagne noir. Il se mit à genoux devant Krovas, qui lui ordonna :

— Appelle d'abord mon sorcier, ensuite les voleurs Slevyas et Fissif.

Le jeune homme à la peau sombre partit comme une flèche dans le couloir.

Le visage de Krovas avait repris sa pâleur naturelle. Il se renversa en arrière dans son grand fauteuil, posa avec légèreté ses bras musclés sur les accoudoirs rembourrés et sourit au Souricier.

— Raconte. Révèle-nous ton plan magistral.

S'obligeant à ne pas laisser son imagination travailler sur cette surprenante nouvelle : Slevyas n'était pas une victime, mais un voleur, il n'avait pas été tué par des opérations magiques, mais était bien vivant et disponible, pourquoi Krovas le demandait-il à présent? Le Souricier renversa la tête en arrière, esquissa un vague sourire, et commença :

— Tu peux rire de moi, Grand Maître, mais je te garantis que dans le temps de vingt battements de cœur à peine, tu seras en train de m'écouter et tu resteras attentif jusqu'au dernier mot. L'esprit peut frapper partout, avec la rapidité de l'éclair; les meilleurs d'entre vous à Lankhmar ne voient pas des choses qui nous sautent aux yeux, à nous qui sommes originaires d'un autre pays. Mon plan consiste simplement en ceci : que la Guilde des Voleurs, sous l'autorité de ta main de fer, s'empare du pouvoir suprême dans la Cité de Lankhmar, puis dans tout le Royaume de Lankhmar, et, finalement, sur l'ensemble de Nehwon, après quoi, qui sait jusqu'où s'étendra ta suzeraineté. Sur une étendue de territoires dont tu n'oses même pas rêver!

Le Souricier avait dit vrai sur un point : Krovas ne souriait plus. Il était légèrement penché en avant, son visage était redevenu rouge, mais il était encore trop tôt pour dire si c'était d'intérêt ou de colère.

— Depuis des siècles, la Guilde dispoe de plus de

force et d'intelligence qu'il n'en faudrait pour réussir un coup d'État avec neuf chances sur dix de réussir, continuait le Souricier. Aujourd'hui, il n'y a pour ainsi dire aucun risque d'échec. Il est dans l'ordre des choses que les voleurs dirigent les autres hommes. La Nature tout entière le proclame. Pas besoin de tuer le vieux Karstak Ovartamortes, il suffit de le dominer, de le contrôler, de régner par son intermédiaire. Tu as déjà des informateurs dans toutes les maisons nobles ou simplement riches. Ton poste est supérieur à celui du Roi des Rois. Tu as une force permanente d'intervention composée de mercenaires, pour le cas où tu en aurais besoin, en recourant à la Confrérie des Assassins. Nous autres, membres de la Guilde des Mendiants, nous sommes vos fourriers. O grand Krovas, les masses savent que les voleurs dirigent Nehwon, que dis-je, l'univers, bien plus, la demeure des plus grands parmi les dieux. Et les masses acceptent cette situation, elles regimbent seulement devant l'hypocrisie de l'arrangement présent, le fait qu'on prétende que les choses en vont différemment. O grand Krovas, accède à leur désir légitime! Fais tout cela à découvert, honnêtement et cartes sur table, avec les voleurs dirigeant en nom aussi bien qu'en fait.

Le Souricier parlait avec passion, il croyait à cet instant à tout ce qu'il disait, y compris aux contradictions. Les quatre ruffians le regardaient, bouche bée et avec une certaine crainte. Ils relâchèrent leur étreinte sur lui, de même que sur Fafhrd.

Mais Krovas se renversa à nouveau dans son grand fauteuil; il eut un sourire pincé et de mauvais augure pour déclarer froidement :

— Dans notre Guilde, l'ivresse n'est pas une excuse à la folie, mais fait plutôt encourir les plus graves pénalités. Je suis parfaitement au courant du fait que vous autres, mendiants organisés, travaillez dans des conditions de disciplinc beaucoup plus lâches. Si bien que je daignerai t'expliquer, petit rêveur ivre, ce que savent les voleurs : dans la coulisse, nous régnons déjà sur Lankhmar, Nehwon, toute la vie en vérité, car qu'est-ce que la vie, sinon la cupidité en action? Mais pour rendre la chose publique, nous serions non seulement forcés de faire dix mille choses fastidieuses qu'actuellement d'autres font à notre place, mais cela contrarierait également une autre loi profonde de la vie : l'illusion. Est-ce que le colporteur de bonbons te montre sa cuisine? Est-ce que la prostituée permet à son client ordinaire de la regarder passer de l'émail sur ses rides et remonter astucieusement ses seins pendants grâce à des bandes de gaze? Est-ce qu'un conjuré retourne devant toi ses poches secrètes? La Nature travaille grâce à des moyens subtils et secrets, la semence humaine invisible, la morsure de l'araignée, les spores aveugles de la folie et de la mort, les roches qui ont pris naissance dans les entrailles inconnues de la terre, les étoiles parcourant silencieusement leur trajet à travers le ciel, et nous autres, voleurs, nous la copions.

— C'est de l'assez bonne poésie, Seigneur, répondit Fafhrd avec une teinte de moquerie un peu irritée.

Il avait été considérablement impressionné par le plan magistral du Souricier, et il était ennuyé que Krovas traite son nouvel ami avec une telle désinvolture.

— La royauté en chambre peut fonctionner assez bien dans les périodes de calme. Mais... (il marqua un temps en prenant une attitude théâtrale)... en sera-t-il de même si la Guilde des Voleurs se trouvait en face d'un ennemi résolu à la faire disparaître, d'un complot visant à la rayer de la surface de la terre?

— Que signifie ce bavardage d'homme saoul? demanda Krovas en se redressant dans son fauteuil. Quel complot?

— C'est un complot des plus secrets, répondit Fafhrd avec un sourire de biais, ravi de rendre à cet homme orgueilleux la monnaie de sa pièce, et se disant qu'il n'était que trop juste que le Maître des Voleurs ait quelques sueurs d'angoisse avant que sa tête soit détachée du tronc pour être remise à Vlana. Je ne sais rien à ce sujet, sauf le fait que plus d'un maître voleur est destiné à tomber sous les coups de poignard, et que ta tête est menacée!

Fafhrd se contenta de prendre un air moqueur et de croiser les bras, car ceux qui l'avaient capturé lui laissaient encore assez de liberté de mouvements pour lui permettre ce geste. Sa béquille (épée) maintenue toujours légèrement dans sa main, battait contre son corps. Alors, il fit une grimace, comme s'il avait été subitement pris d'une vive douleur dans sa jambe gauche, engourdie et repliée, à laquelle il avait depuis un moment cessé de penser.

Krovas leva le poing et se dressa à moitié dans son fauteuil, comme s'il s'était apprêté à donner un ordre terrifiant, comme de soumettre Fafhrd à la question, par exemple. Le Souricier le devança immédiatement en disant :

— Les Sept Mystérieux, c'est ainsi qu'on les appelle. Ce sont les chefs de cette conspiration. Personne ne connaît leurs noms, parmi ceux qui ne font pas partie du cœur de l'organisation. On dit cependant qu'il y a des renégats secrets de la Guilde des Voleurs, représentant chacun une cité : Ool Hrusp, Kvarch Nar, Ilthmar, Horborixen, Tisilinilit, la lointaine Kiraay et Lankhmar elle-même. On pense qu'ils sont subventionnés par les marchands de l'Orient, les prêtres de Wan, les sorciers des Steppes et également la moitié des chefs Mingols, la légendaire Quarmall, les Assassins d'Aarth de Sarheenmar, et aussi, ce personnage d'une extraordinaire importance qu'est le Roi des Rois.

En dépit des remarques méprisantes et maintenant irritées de Krovas, les ruffians qui maintenaient le Souricier continuaient à écouter leur prisonnier avec intérêt et respect et ils ne resserraient pas leur étreinte. Ses révélations hautes en couleur et ses déclarations mélodramatiques les tenaient en haleine, tandis que les observations pleines de cynisme, de sécheresse et à tendance philosophique de Krovas passaient loin au-dessus de leur tête.

A ce moment, Hristomilo se glissa dans la pièce. Il devait faire de petits pas très rapides et très courts, car malgré la vitesse à laquelle il se déplaçait, sa robe noire frôlait le sol de marbre sans que les plis en soient dérangés.

Son entrée provoqua un choc général. On le suivit des yeux, en retenant sa respiration; le Souricier et Fafhrd sentirent trembler légèrement les mains calleuses qui les maintenaient. L'expression confiante, désabusée de Krovas se transforma en tension, en vigilance inquiète. Il était clair que le sorcier inspirait plus de crainte que d'affection à celui qui utilisait ses services et à ceux qui bénéficiaient de son savoir-faire.

Hristomilo ne parut pas s'apercevoir de l'effet produit par son arrivée. Il sourit de ses lèvres pincées, s'arrêta tout près du fauteuil de Krovas, inclina son visage de rongeur ombragé par son capuchon dans une ébauche de salut.

Krovas tendit une main ouverte vers le Souricier pour le faire taire. Puis, s'humectant les lèvres, il demanda à Hristomilo sur un ton acerbe où perçait cependant de la nervosité :

— Connais-tu ces deux-là?

Hristomilo fit nettement signe que oui.

— Il y a un instant, ils étaient en train de m'espionner d'un œil embrumé par l'alcool, au moment où j'étais pris par cette affaire dont nous avons parlé. Je les aurais chassés à coups de pied, ou les aurais signalés, si, ce faisant, je n'avais rompu mon opération magique, le rythme que les paroles devaient conserver pour rester en accord avec ce qui s'élaborait à l'intérieur de l'alambic. L'un est du Nord, les traits de l'autre ont un caractère méridional, Tovilyis, ou un endroit voisin, selon toute probabilité. Ils sont tous les deux plus jeunes qu'ils ne paraissent en ce moment. Ce sont des spadassins francs-tireurs, d'après ce que je peux en juger, le genre d'hommes que la Confrérie engage comme extras quand elle a en même temps plusieurs missions importantes de protection et d'escorte. En ce moment, ils sont, naturellement, déguisés maladroitement en mendiants.

Fafhrd en bâillant, le Souricier en hochant la tête d'un air de commisération, essayèrent de faire comprendre que c'était là un travail de divination bien minable.

— C'est tout ce que je peux dire sans lire dans leur pensée, conclut Hristomilo. Dois-je aller chercher mes lumières et mes miroirs?

— Pas encore. (Krovas se tourna vers le Souricier et le menaça du doigt.) Comment sais-tu ces choses avec lesquelles tu essaies de faire l'intéressant? Les Sept Mystérieux et tout cela. Réponds directement et le plus simplement possible. Pas de rodomontades.

Le Souricier répondit avec beaucoup d'aisance :

— Il y a une courtisane nouvellement installée dans la Rue aux Putains. Tyarya est son nom. Elle est grande, belle, mais bossue, ce qui, assez curieusement, enchante certains clients. Maintenant, Tyarya m'aime parce que mes yeux estropiés s'accordent avec son épine dorsale tordue, ou bien simplement par compassion pour ma cécité, elle y croit!

« L'un de ses clients, un négociant récemment arrivé de Klelg Nar, il s'appelle Mourph, a été impressionné par mon intelligence, ma force, ma hardiesse, ma discrétion et par les mêmes qualités qui se retrouvent chez mon camarade. Mourph nous a sondés et a fini par nous demander si nous détestions la Guilde des Voleurs à cause du contrôle qu'elle exerce sur la Guilde des Mendiants. Voyant là une occasion de venir en aide à la Guilde, nous avons joué le jeu et, il y a une semaine, il nous a recrutés pour faire partie d'une cellule de trois membres reliée à la partie extérieure du réseau de conspiration ourdie par les Sept.

— Vous prétendez faire tout cela de vous-mêmes? demanda Krovas, se redressant sur son siège en agrippant solidement les accoudoirs.

— Oh non! répondit le Souricier avec franchise. Nous rendions compte de tous nos faits et gestes au Maître des Mendiants de Jour et il les approuvait; il nous disait d'espionner de notre mieux, de recueillir tous les éléments et tous les bruits concernant la conspiration des Sept.

— Et il ne m'en a pas dit un mot! s'exclama Krovas d'un ton sec. Si c'est exact, Bannat le paiera de sa tête. Mais tu mens, n'est-ce pas?

Tandis que le Souricier regardait Krovas de ses yeux blessés, en s'apprêtant à nier du ton de la vertu offensée, un homme massif passait devant la porte en boitant. Il s'aidait d'une canne à pommeau d'or, et se déplaçait avec une aisance silencieuse.

— Maître des Mendiants de Nuit, appela Krovas dès qu'il l'aperçut.

L'homme s'arrêta, se retourna, passa la porte majestueusement, malgré sa claudication. Krovas brandit un doigt dans la direction du Souricier, puis de Fafhrd.

— Connais-tu ces deux-là, Flim?

Sans se presser, le Maître des Mendiants de Nuit les étudia un moment, puis secoua sa tête coiffée d'un turban de lamé d'or.

— Je ne les ai jamais vus. Qu'est-ce que c'est? Des faux mendiants?

— Mais Flim ne peut pas nous connaître, expliqua désespérément le Souricier en sentant que tout s'écroulait. Nous n'avons jamais eu de contacts qu'avec Bannat.

— Bannat est au lit depuis dix jours avec la fièvre paludéenne. Depuis ce moment-là, j'exerce les fonctions de Maître des Mendiants de Jour aussi bien que de Nuit.

Au même instant, Slevyas et Fissif accoururent derrière Flim. Le grand voleur avait une bosse bleuâtre. Le gros avait la tête bandée, au-dessus de ses yeux perçants. Il se hâta de désigner Fafhrd et le Souricier du doigt pour accuser :

— Voici les deux qui nous ont attaqués, se sont emparés du butin que nous avions fait chez Jengao, et ont tué les membres de notre escorte.

Fafhrd leva le coude, la bouteille verte tomba à ses pieds et se rompit en mille morceaux sur le marbre.

L'odeur du gardénia se répandit aussitôt dans l'air de la pièce.

Mais, plus rapidement encore, le Petit Gris secoua l'étreinte nonchalante de ses gardes surpris, se jeta dans la direction de Krovas, en brandissant son épée emmaillottée. S'il pouvait seulement réduire à l'impuissance le Maître des Voleurs et lui appuyer sa Griffe de Chat sur la gorge, il serait en mesure de négocier sa vie et celle de Fafhrd. A moins que les autres voleurs n'aient envie de voir tuer leur maître, ce qui ne l'aurait pas surpris.

Avec une saisissante rapidité, Flim lança en avant sa canne à pommeau d'or, faisant trébucher le Souricier, qui fit une culbute et s'efforça en chemin de la transformer en un saut périlleux contrôlé.

Pendant ce temps, Fafhrd se lançait de tout son poids contre son gardien de gauche en même temps qu'il relevait violemment sa Massue Grise munie de son bandage pour frapper son gardien de droite sous la mâchoire. Au prix d'un puissant effort de contorsion, il retrouva son équilibre sur une jambe et sauta pour atteindre le mur garni de butin qui se trouvait derrière lui.

Slevyas se rua sur le mur où étaient accrochés les outils de voleurs et, dans un effort à se briser les muscles, arracha de son anneau cadenassé la grande pince-monseigneur.

Le Souricier, après avoir atterri de manière peu brillante devant le fauteuil de Krovas, se remit péniblement sur ses pieds. Le fauteuil était vide, le Maître des Voleurs était à moitié accroupi derrière, son poignard au manche d'or tiré, ses yeux enfoncés animés d'une rage combative froide. Pivotant sur lui-même, il vit les gardes de Fafhrd étendus par terre. L'un semblait avoir perdu connaissance, l'autre commençait à se relever, tandis que le grand Nordique adossé au mur garni des étranges joyaux, menaçait tout le monde avec sa Massuc Grise emmaillotée et son long poignard sorti du fourreau qu'il avait dans le dos.

Tirant de même sa Griffe de Chat, le Souricier

s'écria d'une voix de clairon sonnant la charge :
— Écartez-vous, vous tous! Il est devenu fou! Je vais, pour vous sauver, couper le jarret de sa bonne jambe?
Il s'élança à travers les assistants, écarta ses deux gardes qui continuaient à le considérer avec quelque crainte; il se lança, la dague tirée, sur Fafhrd, en faisant des prières pour que le Nordique, ivre à présent de fureur combative autant que de vin et de parfum empoisonné, le reconnaisse et devine son stratagème.
La Massue Grise passa très haut par-dessus sa tête penchée. Non seulement son nouvel ami l'avait deviné, mais encore il en rajoutait. Ce n'était pas par accident qu'il l'avait manqué, du moins le Souricier l'espérait-il. Il s'accroupit au pied du mur, coupa les liens qui maintenaient la jambe gauche de Fafhrd. La Massue Grise et le long poignard continuaient à le manquer. Il se releva, se dirigea vers le couloir en criant à Fafhrd par-dessus son épaule :
— Viens!
Hristomilo se tenait à l'écart et observait tranquillement. Fissif s'empressait d'aller se mettre en sûreté. Krovas restait derrière son fauteuil, en criant :
— Arrêtez-les! Barrez-leur le chemin!
Les trois gardes ruffians qui restaient, finissant par recouvrer leur combativité, se rassemblèrent pour s'opposer au Souricier. Mais il les menaçait de rapides feintes de sa Griffe de Chat, si bien qu'il les ralentit et ensuite se glissa entre eux. Alors, juste à point nommé, en abaissant brusquement son épée toujours emmaillottée, il détourna la canne à pommeau d'or que Flim avait encore une fois tendue pour le faire trébucher.
Tout cela donna à Slevyas le temps de revenir du mur aux outils et de viser le Souricier avec l'énorme pince-monseigneur pour la lancer sur lui. Mais au moment où il la lâchait, une très longue épée entourée de bandages au bout d'un très long bras passa par-dessus l'épaule du Souricier et vint frapper violemment Slevyas dans le haut de la poitrine,

le renvoyant en arrière, si bien que le levier fut lancé trop court et passa en sifflant sans faire de mal à personne.

Le Souricier se retrouva alors dans le couloir avec Fafhrd à côté de lui. Pour quelque obscure raison, ce dernier continuait à sauter. Le Souricier lui désigna l'escalier. Fafhrd fit un signe d'acquiescement, mais s'attarda un instant pour se dresser, toujours sur une seule jambe, afin d'arracher du mur le plus proche une douzaine de coudées des lourdes tentures qu'il jeta en travers du couloir pour empêtrer leurs poursuivants.

Ils arrivèrent à l'escalier et commencèrent à monter à l'étage supérieur, le Souricier devant. On entendait derrière eux des cris, dont certains étaient étouffés.

— Cesse de sauter, Fafhrd! lui ordonna le Souricier sur un ton plaintif. Tu as retrouvé tes deux jambes.

— Oui, mais l'autre est toujours morte, dit Fafhrd en geignant. Ah! voilà qu'elle commence à reprendre vie.

Un couteau lancé passa entre eux, alla frapper le mur, la pointe en avant, avec un bruit sourd et en faisant jaillir de la poussière de pierre. Ils se trouvaient alors dans le tournant de l'escalier.

Encore deux couloirs vides, encore deux étages d'un escalier tournant, puis ils virent au-dessus d'eux, sur le dernier palier, une échelle massive qui montait jusqu'à un trou carré et sombre ménagé dans le toit. Un voleur, dont les cheveux étaient noués sur la nuque par un mouchoir de couleur, cela paraissait être un signe distinctif des gardiens de portes, menaça le Souricier de son épée nue, mais quand il vit qu'ils étaient deux qui le chargeaient d'un air décidé avec à la main des dagues étincelantes et d'étranges bâtons ou cannes, il fit demi-tour et partit en courant dans le dernier couloir vide.

Le Souricier, suivi de près par Fafhrd, monta rapidement l'échelle et, sans s'arrêter, se baissa pour passer à travers la lucarne et arriver au-dehors, sous un ciel étoilé.

Il se trouvait près du bord d'un toit d'ardoises sans parapet, assez en pente pour paraître un peu redoutable à un novice, mais aussi sûr que l'intérieur d'une maison pour un vétéran.

Il y avait un autre voleur coiffé d'un mouchoir, accroupi sur le faîte du toit; il tenait une lanterne sourde. Il masquait et démasquait successivement, à intervalles très rapprochés, le verre de cette lanterne, suivant un certain code, très probablement. Il en sortait un faisceau verdâtre qui se dirigeait vers le nord et là, un point lumineux rouge clignotait faiblement en réponse. C'était, semblait-il, aussi loin que le Front de Mer, ou peut-être encore plus loin, sur le grand mât d'un bateau navigant sur la Mer Intérieure. Contrebandiers?

En voyant le Souricier, l'homme tira instantanément son épée et s'avança, menaçant, en balançant légèrement la lanterne dans son autre main. Le Souricier le regardait avec circonspection : cette lanterne sourde au métal chaud, avec sa provision de pétrole, constituerait une arme traîtresse.

Mais, à ce moment, Fafhrd, qui arrivait enfin à se tenir sur ses deux pieds, était sorti à son tour pour se placer à côté du Souricier. Leur adversaire recula lentement vers le bord du toit situé au nord. Le Souricier se demandait en passant s'il n'y avait pas par là une autre lucarne. Il entendit un bruit sourd, se retourna et vit Fafhrd qui hissait prudemment l'échelle. Dès qu'il l'eut dégagée, un couteau, sortant de la lucarne, passa devant lui à la vitesse de l'éclair. Le Souricier le suivit des yeux et fronça les sourcils; il admirait malgré lui l'adresse qu'il avait fallu pour lancer un couteau verticalement avec cette précision.

Le couteau fit un bruit sec contre le toit et rebondit. Le Souricier courut sur les ardoises en allant vers le sud, et se trouvait à mi-chemin de la distance comprise entre la lucarne et l'extrémité du toit quand il entendit tinter légèrement l'arme sur les pavés de l'Allée aux Meurtres.

Fafhrd suivait plus lentement, en partie parce

qu'il avait une moins grande expérience des toits, en partie aussi peut-être parce qu'il boitait toujours un peu pour soulager sa jambe gauche, et enfin parce qu'il portait la lourde échelle en équilibre sur son épaule droite.

— Nous n'en aurons pas besoin, lui cria le Souricier en se retournant.

Sans hésiter, Fafhrd la balança joyeusement par-dessus le bord du toit. Au moment où elle vint s'écraser dans l'Allée aux Meurtres, le Souricier sautait d'une hauteur de deux mètres en franchissant un espace d'un mètre pour arriver au toit suivant, d'une pente moins accentuée et en sens inverse. Fafhrd vint atterrir à côté de lui.

Le Souricier les conduisit, presque en courant, à travers une forêt de cheminées couvertes de suie, de conduits de fumée, de girouettes munies d'une queue qui les amenait toujours face au vent, de citernes montées sur des pieds noirs, de couvre-lucarnes, de volières, de pièges à pigeons, sur une distance de cinq toits. Les quatre premiers diminuaient progressivement de hauteur, le cinquième leur fit regagner un mètre sur l'altitude qu'ils avaient perdue. Les espaces entre les maisons étaient faciles à franchir d'un bond, aucun n'ayant plus de trois mètres; il n'y avait pas besoin d'échelle pour ménager un pont et un seul toit avait une pente plutôt accentuée que celui de la Maison des Voleurs jusqu'à ce qu'ils parviennent à la Rue aux Penseurs, en un point où elle était franchie par un passage couvert ressemblant beaucoup à celui qui se trouvait chez Rokkermas et Slaarg.

Au moment où ils le franchissaient à quatre pattes, quelque chose passa tout près d'eux en sifflant et alla frapper un peu plus loin en faisant un bruit métallique. Au moment où ils sautaient du toit du pont, le même phénomène se reproduisit plusieurs fois. L'un des projectiles ricocha sur une cheminée carrée et vint tomber presque aux pieds du Souricier. Il le ramassa, s'attendant à trouver une pierre; il fut surpris du poids : c'était une boule de plomb grosse comme deux doigts repliés.

— Ils n'ont pas perdu de temps, dit-il en levant un pouce par-dessus son épaule, pour faire venir des frondeurs sur le toit. Quand ils s'y mettent, ils ne sont pas mauvais.

Dans la direction du sud-est, après avoir traversé une nouvelle forêt des cheminées noires, il y avait un point de la Rue aux Truands où les étages supérieurs des maisons surplombaient de chaque côté la chaussée, à tel point qu'on pouvait aisément sauter. Pendant ce voyage sur les toits, une nappe de brume nocturne les avait submergés; elle était assez épaisse pour les faire tousser et pour gêner leur respiration. Pendant le temps de soixante battements de cœur peut-être, le Souricier avait dû marcher en traînant les pieds et en tâtonnant, tandis que Fafhrd avait une main posée sur son épaule. Un peu avant la Rue aux Truands, ils étaient brusquement et complètement sortis du brouillard; ils avaient revu les étoiles et la vague avait déferlé vers le nord, derrière eux.

— Qu'est-ce que c'était donc que ça? avait demandé Fafhrd, et le Souricier avait haussé les épaules.

Un faucon de nuit aurait vu un large cercle de brume nocturne épaisse qui s'en allait dans toutes les directions en partant d'un centre voisin de l'Anguille d'Argent, et qui s'élargissait sans cesse.

A l'est de la Rue aux Truands, les deux camarades ne tardèrent pas à regagner le sol. Ils atterrirent dans le Passage de la Peste, derrière les ateliers exigus de Nattick-Doigts-de-Fées, le tailleur.

Ils se regardèrent alors, avec leurs épées emmaillottées, leurs visages dégoûtants, leurs habits encore plus sales à cause de la suie qu'ils avaient recueillie sur les toits, et ils se mirent à rire, à rire. Sans s'arrêter, Fafhrd se baissa pour masser sa jambe gauche au-dessus et au-dessous du genou. Ils continuèrent ainsi à se moquer de bon cœur d'eux-mêmes pendant qu'ils débarrassaient leurs épées de leurs bandages, le Souricier s'y prenait comme s'il s'était agi de déballer un cadeau-surprise, et rebouclaient le fourreau à leur ceinture. Ces exercices violents avaient dissipé les dernières vapeurs du vin, fait s'évaporer l'odeur puante qu'ils dégageaient. Ils n'éprouvaient plus aucun désir de boire, mais seulement l'envie impérieuse de rentrer à la maison, de manger énormément, d'engloutir de la bière amère chaude, et de raconter tout au long à leurs charmantes compagnes leur folle équipée.

Ils marchaient côte à côte à grandes enjambées, se regardant par moments pour rire de bon cœur; ils gardaient cependant un œil vigilant derrière et devant eux, pour déceler une éventuelle poursuite ou une interception; mais ils ne s'attendaient vraiment ni à l'une ni à l'autre.

Débarrassé de la brume nocturne, inondé de clarté par les étoiles, le voisinage immédiat de la maison semblait moins puant et moins étouffant qu'au moment où ils étaient partis. Même le Boulevard de l'Ordure avait une sorte de fraîcheur.

Ils ne redevinrent sérieux pour un court moment qu'en une seule occasion.

— Il fallait vraiment que tu sois un idiot de génie, et ivre par surcroît, ce soir, même si j'étais, moi, un unijambiste saoul. M'attacher la jambe! Entortiller nos épées de telle sorte que nous ne puissions nous en servir que comme massues!

— Cela nous a évité de commettre cette nuit je ne sais combien de meurtres, dit le Souricier en haussant les épaules.

— Tuer au combat, ce n'est pas commettre un meurtre, rétorqua Fafhrd avec chaleur.

« Le Souricier eut un nouveau haussement d'épaules.

— Tuer c'est commettre un meurtre, peu importent les jolis noms que tu donnes à la chose. Exactement comme manger c'est dévorer, et boire engloutir. Dieux, j'ai le gosier sec, je suis affamé et épuisé! Vite, des coussins moelleux, de la bonne chère et de la bière fumante!

Ils montèrent en hâte et sans prendre aucune

précaution l'escalier grinçant dont les marches s'effondraient. Quand ils se trouvèrent en haut, le Souricier poussa la porte pour l'ouvrir rapidement et en faire la surprise.

Elle ne bougea pas.

— Verrouillée, dit Fafhrd d'un ton bref.

Il remarqua alors qu'il ne venait aucune lumière des interstices autour de la porte, ni à travers les planches, tout au plus une vague lueur rouge-orangé. Alors, avec un sourire attendri et une voix pleine d'amour, où ne transparaissait qu'une très vague inquiétude, il ajouta :

— Elles se sont couchées, ces insouciantes fillettes!

Il frappa violemment à trois reprises. Puis, arrondissant les lèvres, il cria d'une voix contenue à travers une fente de la porte :

— Holà Dame Ivrian! Nous sommes rentrés sains et saufs. Et toi, Vlana! Ton homme s'est conduit de manière à te rendre fière de lui, en terrassant un nombre incalculable de voleurs de la Guilde, et avec un pied attaché dans le dos, encore!

Aucun bruit ne venait de l'intérieur, si l'on ne tenait pas compte d'un bruissement si léger qu'on ne pouvait rien affirmer.

— Ça sent la fumée, reprit Fafhrd en fronçant le nez.

Le Souricier frappa encore une fois. Pas de réponse.

Fafhrd s'écarta et exerça de son épaule puissante une pesée sur la porte.

Le Souricier hocha la tête. Adroitement, en tapotant, en faisant glisser et en tirant, il fit sortir une brique qui, un instant plus tôt, semblait faire partie intégrante du mur à côté de la porte. Il plongea son bras tout entier dans l'ouverture. On entendit le bruit d'un premier verrou qu'on tire, d'un second, puis d'un troisième. Il ramena rapidement son bras et il lui suffit d'effleurer la porte pour qu'elle s'ouvre.

Mais ils ne se précipitèrent ni l'un ni l'autre à

l'intérieur, comme ils en avaient eu d'abord l'intention, car l'odeur indéfinissable du danger et de l'inconnu leur arrivait avec celle, encore plus accentuée, de la fumée et une légère senteur douceâtre un peu écœurante qui, tout en étant féminine, n'était pas un parfum normal de femme, ainsi qu'une odeur animale aigrelette à relent de moisi.

Ils apercevaient vaguement la pièce à la lueur orangée qui sortait de la porte ouverte du petit fourneau. Mais cette ouverture n'était pas dans sa position normale; elle était inclinée d'une manière insolite. Le poêle avait visiblement été à moitié renversé. Il était à présent appuyé sur la paroi du foyer et sa porte s'était ouverte dans cette direction.

Cette position anormale suffisait à évoquer le bouleversement de tout ce petit univers.

A la lueur orangée, on apercevait les tapis curieusement plissés, marqués çà et là de cercles noirs de la largeur d'une main, les chandelles proprement emballées étaient répandues sous leur étagère en même temps que quelques jarres et des boîtes d'émail. Sur le tout, il y avait deux massues noires, allongées, de forme irrégulière, l'une près du foyer, l'autre à moitié sur le divan doré et sur le sol.

De chacun de ces tas sortaient d'innombrables paires d'yeux minuscules, assez écartés, d'un rouge brasillant, qui examinaient le Souricier et Fafhrd.

De l'autre côté du foyer, sur l'épais tapis, on voyait comme une toile d'araignée en argent : c'était la cage qui était tombée, mais à l'intérieur aucun oiseau ne chantait plus.

On entendit un léger bruit métallique : Fafhrd s'assurait que sa Massue Grise jouait librement dans son fourreau.

Comme si ce bruit imperceptible avait été à l'avance choisi par eux comme signal pour l'attaque, ils tirèrent immédiatement leur arme et ils avancèrent côte à côte dans la pièce, prudemment d'abord, en tâtant le plancher à chaque pas.

Au bruit qu'ils firent en tirant leurs épées, les

minuscules yeux rouges clignèrent et bougèrent sans répit; à présent, les deux hommes s'approchant, ils se dispersèrent rapidement, deux par deux; chaque paire d'yeux rouges appartenait à un petit corps mince, noir, se terminant par une queue sans poils. Ils s'en allaient tous en direction de l'un des cercles noirs du tapis, et disparaissaient par là.

Ces cercles noirs étaient sans aucun doute des trous nouvellement creusés à travers le plancher et les tapis, tandis que ces animaux aux yeux rouges étaient des rats noirs.

Fafhrd et le Souricier se précipitèrent et se mirent à les transpercer et les hacher, en proie à une grande frénésie, en poussant des jurons et des grondements.

Mais ils n'en tuèrent que peu. Les rats s'enfuyaient avec une rapidité surnaturelle, ils disparaissaient pour la plupart dans les trous creusés près des murs et du foyer.

Un coup de taille forcené de Fafhrd traversa le plancher. Avec un craquement sinistre, il plongea dans le trou jusqu'à la hanche. Le Souricier le dépassa sans prêter attention aux craquements qui continuaient.

Fafhrd dégagea sa jambe prise au piège sans se soucier de ses écorchures et sans se préoccuper plus que le Souricier des craquements. Les rats étaient partis. Il se précipita derrière son camarade qui venait de placer une botte d'allume-feux dans le fourneau pour donner un peu plus de lumière.

Ce qu'il y avait d'horrifiant, c'était que, bien que les rats aient tous disparu, les deux masses allongées subsistaient, quoique considérablement rapetissées. D'autre part, on voyait maintenant à la lueur jaune des flammes qui s'échappaient de la porte noire, qu'elles avaient changé de couleur. Elles n'étaient plus noires avec des points rouges, mais c'était un mélange de noir brillant et de brun foncé, de bleu pourpre écœurant, de violet, de noir velouté et de blanc d'hermine, avec le rouge des bas et du sang, des chairs sanglantes et des os.

Les mains et les pieds avaient été rongés jusqu'à l'os, les corps creusés jusqu'au cœur, mais les deux visages avaient été épargnés. Ce n'était pas mieux, car il y avait des parties d'un bleu velouté trahissant la mort par strangulation, les lèvres rentrées, les yeux exorbités, tous les traits convulsés par les affres de l'agonie. Seuls les cheveux noirs et brun très foncé étaient toujours aussi brillants, et il y avait le blanc, le blanc des dents blanches.

Les deux hommes avaient les yeux fixés sur ce qui avait été leur amour, incapables de détourner leur regard, malgré les vagues d'horreur, de douleur et de rage qui montaient en eux de plus en plus haut. Ils voyaient l'un et l'autre une minuscule cordelette noire partant de la dépression noire qui faisait le tour de chacun de ces cous et qui s'en allait, en se dissipant, vers la porte ouverte derrière eux : deux cordons de brume nocturne.

Le plancher s'affaissa de trois empans de plus au centre, en faisant entendre des craquements de plus en plus accentués, puis il reprit pour un moment une stabilité nouvelle.

Malgré la torture à laquelle ils étaient soumis, ils notèrent certains détails : le poignard à manche d'argent de Vlana avait cloué un rat sur le plancher; il était vraisemblable que l'animal s'était trop hâté et s'était aventuré trop près avant que la brume nocturne ait accompli son œuvre de mort. La ceinture et la bourse de Vlana avaient disparu. De même que la boîte d'émail bleu incrusté d'argent dans laquelle Ivrian avait rangé la part du Souricier des bijoux récupérés sur les voleurs.

Le Souricier et Fafhrd levèrent l'un vers l'autre un visage blême et décomposé exprimant la folie, mais en même temps une compréhension mutuelle et une froide détermination. Ils n'avaient pas besoin de se dire ce qui avait dû se produire lorsque les deux boucles de vapeur noire avaient pénétré en se rétrécissant dans le matras de Hristomilo ou pourquoi Slivikin avait bondi de joie en poussant des petits cris d'allégresse, ou la signification de phrases telles que : un nombre largement suffisant de convives, ou : n'oublie pas le butin, ou bien encore : cette affaire dont nous avons parlé. Pas besoin que Fafhrd explique à présent pourquoi il se débarrassait de sa robe à capuchon, pourquoi il arrachait du plancher le poignard de Vlana, en faisant tomber le rat d'un mouvement du poignet, et passait l'arme à sa ceinture. Pas besoin pour le Souricier de dire pourquoi il était allé chercher une demi-douzaine de jarres d'huile, en avait brisé trois devant le poêle allumé, s'était arrêté, avait réfléchi, et mis les trois autres dans le sac pendu à sa ceinture en y ajoutant les allume-feux qui restaient et le pot à feu plein de charbons ardents, puis serré ensuite solidement les cordons du sac.

Alors, sans qu'un mot ait été échangé entre eux, le Souricier s'enveloppa la main dans un petit morceau de tapis, tendit le bras dans le foyer et tira résolument le poêle en avant, si bien qu'il tomba, la porte tournée vers le bas, sur les tapis imbibés d'huile. Il fut entouré de flammes jaunes.

Ils firent demi-tour et coururent à la porte. Avec des craquements plus intenses qu'auparavant, le plancher s'effondra. Ils se frayèrent désespérément un passage en escaladant un tas abrupt de tapis et arrivèrent à la porte un instant avant que tout ce qui se trouvait derrière eux ne s'effondre. Les tapis en flammes, le poêle, le bois de chauffage, les chandelles, le divan doré, les petites tables, les boîtes, les jarres, et les corps invraisemblablement mutilés de leur premier amour, tombèrent en cascade dans la pièce sèche, poussiéreuse, envahie de toiles d'araignées, qui se trouvait au-dessous. Les flammes immenses d'un incendie purificateur, ou tout au moins capable de faire disparaître toutes traces, montaient déjà très haut.

Ils dévalèrent l'escalier, qui se détacha du mur, s'effondra et s'écrasa sur le sol au moment même où ils y parvenaient. Il leur fallut se frayer un chemin dans les décombres pour parvenir à l'Allée des Ossements.

Mais déjà les flammes commençaient à lécher les fenêtres du grenier munies de volets, et celles, condamnées par des planches, de l'étage au-dessous de celui du Souricier. Quand ils parvinrent au Passage de la Peste, en courant côte à côte à toute vitesse, la sirène d'alarme de l'Anguille d'Argent retentissait derrière eux, annonçant le sinistre.

Ils couraient encore quand ils empruntèrent la fourche de l'Allée de la Mort. Alors, le Souricier saisit Fafhrd et l'obligea à s'arrêter. Le grand gaillard continuait à courir, en blasphémant d'une manière insensée, et ne s'arrêta, son visage blême était encore celui d'un fou, que lorsque le Souricier, haletant, lui cria :

— Nous n'avons plus que le temps de dix battements de cœur pour nous armer!

Il détacha le sac de sa ceinture, le tint serré par son ouverture, l'écrasa sur les pavés, d'un coup assez énergique pour briser non seulement les jarres d'huile, mais aussi le pot à feu, car le fond du sac commença bientôt à brûler.

Alors, il tira son épée étincelante, Fafhrd fit de même avec sa Massue Grise et ils partirent en courant. Le Souricier faisait décrire devant lui de grands cercles à son sac, pour en attiser les flammes. C'était une véritable boule de feu qui brûlait dans sa main gauche quand ils traversèrent à toute allure la Rue aux Truands pour pénétrer dans la Maison des Voleurs. Le Souricier sauta très haut, lança son sac dans la grande niche au-dessus de la porte d'entrée et le laissa aller.

Les gardes de la niche poussèrent des cris aigus de surprise et de douleur devant cette invasion de leur refuge par les flammes; ils n'eurent pas le temps de se servir de leurs épées ou de toute autre arme qu'ils auraient pu avoir, pour intervenir contre les deux assaillants.

En entendant ces cris ct ces bruits de pas, des élèves voleurs sortirent des portes qui se trouvaient devant eux. Ils rebroussèrent chemin en voyant les flammes qui gagnaient et ces démons qui accouraient en brandissant leurs longues épées étincelantes.

Un petit apprenti tout maigrichon, il devait avoir à peine dix ans, s'attarda trop longtemps. La Massue Grise le transperça sans pitié; ses grands yeux s'exorbitaient, sa bouche laissait passer des cris d'horreur et des supplications faisant appel à la pitié de Fafhrd.

Plus loin devant eux jaillit un étrange cri plaintif, caverneux, à vous faire dresser les cheveux sur la tête. Les portes commencèrent à se fermer au lieu de déverser les gardes en armes qu'ils priaient de voir apparaître afin de pouvoir les transpercer de leurs épées. Également, en dépit des longues torches posées sur des supports et qui paraissaient avoir été réellement remplacées, le couloir était sombre.

La raison leur en apparut lorsqu'ils remontèrent l'escalier. Des traînées de brume nocturne apparaissaient dans la cage de l'escalier, elles se matérialisaient dans l'air en partant de rien. Elles vous effleuraient et s'accrochaient à vous d'une façon obscène. Dans le couloir au-dessus, elles se formaient d'un mur à l'autre, du plafond au plancher, comme une gigantesque toile d'araignée et elles devenaient si consistantes que le Souricier et Fafhrd devaient les couper pour passer au travers, ou du moins c'était ce que se figurait leur esprit en folie. La toile d'araignée noire étouffa un peu une répétition de l'appel étrange, plaintif, qui venait de la septième porte devant eux et qui se termina cette fois en un pépiement joyeux et un caquetage aussi démentiel que les sentiments qui animaient les deux assaillants.

Ici, deux portes se fermèrent bruyamment. Durant un bref instant de lucidité, il vint à l'esprit du Souricier que ce n'était pas lui ni Fafhrd qui effrayaient les voleurs, car ils n'avaient pas encore été vus, mais plutôt Hristomilo et sa magie, même lorsqu'elle travaillait à la défense de la Maison des Voleurs.

Même la salle de la grande carte, d'où il était

vraisemblable que partirait une contre-attaque, était fermée par une énorme porte de chêne cloutée de fer.

Chaque pas gagné faisait naître maintenant deux fois plus de toiles d'araignées noires et visqueuses qui surgissaient et se collaient à eux. A mi-chemin entre la salle de la carte et celle de la magie, une araignée grosse comme un renard se formait sur la toile couleur d'encre. Elle avait tout d'abord un aspect fantomatique, mais elle prit ensuite de plus en plus de consistance.

Le Souricier, qui tailladait la lourde toile d'araignée devant ce monstre, recula de deux pas, puis se précipita dessus en faisant un grand bond. Son épée le transperça, frappa au milieu de ses huit yeux de jais nouvellement formés, et la chose s'effondra comme une vessie percée d'un coup de poignard, en dégageant une affreuse puanteur.

Ils regardaient à présent dans la chambre magique, la chambre de l'alchimiste. Elle ressemblait beaucoup à ce qu'ils avaient déjà vu, à part le fait que certaines choses avaient doublé de taille, d'autres grandi encore davantage.

Sur la longue table, deux cornues bleutées bouillonnaient et s'opacifiaient. Plus vite que ne se meut le cobra noir des marais, qui peut dépasser un homme à la course, leurs têtes expulsaient une corde résistante, sinueuse, et non pas dans deux matras accouplés, mais à l'air libre dans la pièce (si l'on pouvait parler d'air libre à l'intérieur de la Maison des Voleurs), pour tisser une barrière entre leurs épées et Hristomilo, penché une fois de plus sur son parchemin jauni ; mais cette fois son regard exultant était fixé principalement sur Fafhrd et le Souricier, et il ne baissait les yeux que par instants sur la formule magique qu'il psalmodiait et scandait frénétiquement.

A l'autre extrémité de la table, dans un espace où il n'y avait pas de toile d'araignée, Slivikin bondissait, mais il n'était pas seul : il y avait aussi un énorme rat de la même taille que lui, sauf pour la tête.

Dans tous les trous de rats qui se trouvaient au pied des murs, des yeux rouges brasillaient, par paires.

Avec un hurlement de colère, Fafhrd s'attaqua du tranchant de son épée à cette barrière noire, mais la cornue remplaçait les cordes aussi vite qu'il les tranchait. Les tronçons, au lieu de tomber inertes, commençaient à se dresser avec avidité contre lui, comme l'auraient fait des serpents constricteurs ou des plantes grimpantes strangulatrices.

Soudain, il fit passer sa Massue Grise dans sa main gauche, tira son long poignard et le lança sur le sorcier. L'arme se dirigea tout droit sur la cible, trancha trois cordes, fut déviée et ralentie par une quatrième et une cinquième, presque stoppée par la sixième et finit, devenue d'une dérisoire inutilité, par se prendre dans une boucle de la septième.

Hristomilo partit d'un rire caquetant; son rictus faisait apparaître d'énormes incisives supérieures, tandis que Slivikin pépiait, en proie à l'extase, et sautait plus haut que jamais.

Le Souricier lança sa Griffe de Chat, mais sans résultat meilleur. Pire, même, puisque son geste donna le temps à deux cordes de brume de s'enrouler à la vitesse de l'éclair autour de la poignée de son épée et autour de son cou pour commencer à l'étrangler. Des rats noirs sortaient de grands trous à la base des murs.

Cependant, d'autres cordes s'enroulaient autour des chevilles, des genoux, du bras gauche de Fafhrd en le faisant presque chanceler. Mais, même en luttant pour recouvrer son équilibre, il trouva le moyen de dégager le poignard de Vlana de sa ceinture et de l'élever au-dessous de son épaule. Son manche d'argent brillait, sa lame était tachée de brun, de sang et de rat séché.

Lorsque Hristomilo vit cela, son rictus s'effaça. Il poussa des cris étranges et désespérés, s'écarta de son parchemin et de sa table, et leva ses mains torses pour conjurer le sort.

Le poignard de Vlana traversa sans résistance la

toile noire, les fils semblaient même s'écarter devant lui, passa entre les mains derrière lesquelles le sorcier essayait de se protéger, et vint se planter jusqu'à la garde dans son œil droit.

Il poussa un cri aigu d'affreuse souffrance et porta ses mains crochues à son visage.

La toile noire se tordit comme dans un spasme mortel.

Les cornues se brisèrent en même temps, répandant leur lave, ainsi que les flammes bleues sur la table couverte d'entailles, à tel point que le bois massif se mit à fumer un peu sur le bord de la mare de lave. Celle-ci commençait à tomber sur le sol de marbre en faisant des plop.

Hristomilo tomba en avant en poussant un dernier cri à peine perceptible; ses mains étaient toujours devant ses yeux, au-dessus de son nez proéminent, le manche d'argent du poignard dépassant entre ses doigts.

La toile s'effaça peu à peu, comme de l'encre fraîche qu'on lave à l'eau claire.

Le Souricier se précipita pour transpercer Slivikin et l'énorme rat d'un coup de son épée, sans leur laisser le temps de s'apercevoir de ce qui leur arrivait. Ils expirèrent tous les deux en poussant de petits cris, tandis que les autres rats s'enfuyaient vers leurs trous si rapidement qu'on les aurait pris pour autant d'éclairs noirs.

La dernière trace de brume nocturne ou de fumée de sorcellerie disparut ainsi. Fafhrd et le Souricier se retrouvèrent seuls avec trois cadavres, au sein d'un profond silence qui semblait régner, non seulement dans cette pièce, mais dans toute la Maison des Voleurs. Même la lave de la cornue avait cessé de s'agiter et se solidifiait; le bois de la table ne fumait plus.

Leur folie et toute leur colère avaient disparu jusqu'à la dernière parcelle; elles étaient plus qu'assouvies. Ils ne se sentaient pas plus pressés d'abattre Krovas, ou qui que ce fût d'autre, que de tuer des mouches. Dans la mémoire de Fafhrd, il y avait le visage pitoyable de ce voleur-enfant qu'il avait tué dans un accès de colère démentielle, et il en était horrifié.

Il ne leur restait plus que leur chagrin, qui ne s'apaisait pas, bien au contraire. Et puis, une répulsion qui grandissait rapidement pour tout ce qui les entourait : la mort, le désordre de la chambre magique, toute la Maison des Voleurs, la cité de Lankhmar tout entière, jusqu'à sa dernière ruelle puante et sa dernière volute de brume.

Avec un haut-le-cœur de dégoût, le Souricier arracha son épée du cadavre des rongeurs, l'essuya sur la première étoffe venue, la remit au fourreau. Fafhrd fit de même avec sa Massue Grise. Alors, les deux hommes ramassèrent leur dague et leur poignard qui étaient tombés sur le sol quand la toile d'araignée s'était dématérialisée, mais aucun d'eux n'avait très envie de regarder le poignard de Vlana à l'endroit où il était planté. Sur la table du sorcier, ils remarquèrent la bourse et la ceinture de velours noir de Vlana avec leurs ornements d'argent, à moitié recouvertes par la lave noire durcie, ainsi que la boîte d'émail bleu incrusté d'argent d'Ivrian. Ils y prirent simplement les bijoux de Jengao.

Sans échanger plus de paroles qu'ils ne l'avaient fait là-bas, derrière l'Anguille d'Argent, dans le nid d'amour du Souricier maintenant réduit en cendres, mais sans cesser d'avoir conscience de la similitude de leurs intentions, de l'unité de leurs objectifs, ainsi que de leur camaraderie, devenue maintenant dans l'épreuve une amitié sans faille, ils s'en furent, les épaules voûtées, d'un pas lent et prudent qui ne s'accéléra que très progressivement en quittant la chambre magique, en longeant le couloir au tapis épais, en passant devant la salle de la carte dont la porte était toujours barricadée de chêne et de fer, devant les autres portes closes et silencieuses. Il était clair que toute la Guilde était terrorisée par Hristomilo, ses enchantements et ses rats. Ils descendirent les escaliers pleins d'échos, et alors leur pas s'accéléra encore un peu. Dans le couloir de l'étage inférieur, au sol nu, en passant devant les portes fermées et silencieuses, leurs pas résonnaient malgré les précautions qu'ils prenaient. Ils passèrent sous la niche des gardes, à présent déserte et portant des traces de feu, sortirent dans la Rue aux Truands, tournèrent à gauche vers le nord parce que c'était le chemin le plus court pour aller à la Rue aux Dieux, puis ils tournèrent ensuite à droite, vers l'est. Il n'y avait pas une âme dans la large rue, sauf un apprenti maigrichon qui lavait tristement les dalles devant un marchand de vin dans la lumière rose qui commençait à poindre de l'est. Il y avait cependant bien des formes dans les ruisseaux et sous les sombres portiques, celles de gens qui dormaient et ronflaient. Puis ils tournèrent à droite vers l'est, en suivant la Rue aux Dieux, car c'était le chemin de la Porte du Marais, qui conduisait à la Chaussée de Pierre à travers le Grand Marais Salé. La Porte du Marais était le chemin le plus court pour sortir de cette grande cité prestigieuse qui leur faisait désormais horreur et qu'un cœur lourd et blessé ne pouvait pas supporter plus longtemps qu'il n'était strictement nécessaire, une ville peuplée de fantômes adorés, mais impossibles à regarder en face.

TABLE

Achevé d'imprimer en janvier 1989
sur les presses de l'Imprimerie Bussière
à Saint-Amand (Cher)

PRESSES POCKET - 8, rue Garancière - 75285 Paris
Tél. : 46-34-12-80

— N° d'imp. 7042. —
Dépôt légal : décembre 1984.

Imprimé en France